LE POIDS DE LA GRÂCE

JOSEPH ROTH

LE POIDS DE LA GRÂCE

roman

CALMANN-LÉVY

Titre original de l'ouvrage :
HIOB

Traduit de l'allemand par
P. HOFER-BURY
Lauréate du Prix Halpérine-Kaminsky 1962.

ISBN 2-266-02884-7

PREMIÈRE PARTIE

1

VOICI déjà bien des années que vivait à Zuchnow un homme qui avait pour nom Mendel Singer. Il était pieux, il craignait Dieu et n'avait rien d'extraordinaire : c'était, en somme, un de ces Juifs tels que l'on en voit tous les jours. Il exerçait modestement le métier de maître d'école. Sa maison, en tout et pour tout, ne comprenait qu'une cuisine, d'assez vastes dimensions ; il y inculquait aux enfants la connaissance de la Bible. Avec ardeur et conviction, il faisait chaque jour sa classe, sans jamais obtenir de succès éclatants. D'autres Juifs, avant lui, par milliers, par centaines, avaient vécu de même et, de même, enseigné.

Sa personne était tout entière insignifiante — insignifiant aussi, son visage au teint blême. Comme il portait toute sa barbe, celle-ci, d'un noir très quelconque, encadrait ses joues, et sa bouche disparaissait sous cette barbe. Ses grands yeux, noirs et indolents, sous des paupières trop lourdes, avaient l'air à demi voilés. Il gardait constamment sur la tête une calotte de reps noir, d'aspect démodé. Il était vêtu d'un cafetan, sorte de lévite mi-longue qu'on voyait aux Juifs de cette contrée et dont les pans, flottant au vent, venaient battre, d'un rythme régulier, les bottes de cuir de Mendel Singer quand il allait, de son pas pressé, par les rues de la ville.

Singer n'avait, semblait-il, jamais assez de temps pour tout faire et donnait sans cesse l'impression d'être appelé quelque part, avec une extrême urgence. Sa vie, il est vrai, lui posait constamment de graves problèmes, qui allaient jusqu'au tourment. Il lui fallait vêtir et nourrir son épouse et ses trois enfants (sans compter celui dont la naissance était proche). Le Seigneur avait accordé à ses flancs la fécondité, à son cœur la sérénité, et la pauvreté à ses mains. Elles ignoraient le contact de l'or qu'on pèse et des gros billets que l'on compte. Néanmoins, la vie de Mendel Singer se déroulait sans heurt et sans relâche, ainsi qu'on voit couler entre ses berges arides un tout petit ruisseau au débit misérable. Chaque matin, Mendel remerciait le Seigneur de lui avoir donné le sommeil, le réveil et le jour renaissant. Lorsque le soleil se couchait, il disait une autre prière, et quand, au firmament, s'allumaient les étoiles, pour la troisième fois encore il priait Dieu. Enfin, à l'heure du coucher, une dernière oraison, à mi-voix, s'échappait de ses lèvres lasses, mais ferventes. Son sommeil était sans rêves. Il avait une conscience pure, une âme chaste. Jamais il n'avait rien fait qui pût lui donner le moindre remords ; il ne connaissait rien au monde qui fût pour lui objet d'envie. Sa femme ? Il l'aimait sincèrement et trouvait dans sa chair une source de joie. Il prenait ses repas sur un rythme rapide, avec l'appétit d'un homme bien portant. A ses deux fils, encore bien jeunes, Jonas et Chémariah, il administrait les corrections que méritait leur désobéissance. Mais il prodiguait ses caresses à sa benjamine, la petite Miriam. L'enfant avait comme lui des cheveux sombres, des yeux noirs, indolents et doux. Ses membres étaient délicats, ses attaches fragiles. Elle faisait penser à une jeune gazelle.

Douze écoliers de six ans venaient apprendre chez Mendel Singer à lire la Bible et à la réciter. Tous les vendredis, chacun des douze enfants lui apportait vingt kopecks. C'était là son unique source de revenus. Il n'avait pas plus de trente ans. Cependant, ses chances de gagner davantage étaient minimes, pour ne pas dire inexistantes. Dès que ses élèves avançaient en âge, on les donnait à d'autres maîtres qui en savaient plus long que lui. La vie renchérissait tous les ans. Les récoltes se faisaient de plus en plus maigres. La taille des carottes diminuait à vue d'œil, les œufs finissaient par être vides, les pommes de terre gelaient, les soupes n'étaient guère que de l'eau, les carpes devenaient d'une maigreur incroyable, les brochets toujours plus chétifs, les canards n'avaient plus que la peau sur les os, les oies n'avaient jamais été si coriaces ; et quant aux poulets, ce n'était vraiment pas la peine d'en parler.

Telles étaient les misères que déplorait, dans ses lamentations, Déborah, l'épouse de Mendel Singer. Étant femme, elle succombait parfois aux embûches du démon. Elle jetait des regards d'envie sur le bien des gens fortunés ; les bénéfices que réalisaient les commerçants suscitaient sa jalousie. A ses yeux, Mendel Singer faisait trop piètre mine. Tout était pour elle objet de reproches : leurs enfants, sa nouvelle grossesse, la cherté de la vie, les tarifs ridicules dévolus à l'enseignement, et souvent même le mauvais temps. Le vendredi, elle frottait le plancher jusqu'à ce qu'il devînt jaune comme du safran. Ses larges épaules exécutaient un mouvement saccadé, cent fois répété, de bas en haut, de haut en bas ; ses mains vigoureuses s'attaquaient à chacune des planches du sol pour les récurer en tous sens ; ses ongles grattaient tous les recoins et les interstices entre les lattes. Ils en faisaient sortir une crasse noire qui bientôt disparaissait à jamais dans les flots des seaux d'eau dont Déborah répandait généreusement le contenu sur le sol. Pareille à une montagne imposante et massive, mais cependant capable de se mouvoir, elle avançait sur les genoux, à travers la pièce nue, aux murs peints de bleu du haut en bas. Dehors, devant la porte, elle avait mis les meubles à l'air : leur seul lit de bois brun, les paillasses, la table de bois blanc, les deux bancs, longs et étroits, qui n'étaient en fait que des planches, fixées, dans le sens horizontal, par quelques clous bien solides, sur deux autres planches verticales. Dès que les premières vapeurs du crépuscule commençaient à voiler la fenêtre, Déborah allumait les bougies dans les chandeliers de ruolz et, cachant son visage dans ses mains, elle se mettait à prier. Son mari ne tardait pas à rentrer, vêtu de noir comme toujours, mais d'un noir plus soyeux, chatoyant. Dès le seuil, le jaune éclatant du plancher, comme une coulée de soleil, frappait ses yeux ravis. La figure de Mendel prenait, ce jour-là, une nuance d'un blanc plus blanc encore qu'à l'accoutumée ; sa barbe, en revanche, semblait plus noire que pendant le reste de la semaine. Il s'asseyait, psalmodiait rapidement un chant sacré ; après quoi, parents et enfants, cuillère en main, avalaient activement leur soupe, aussi brûlante qu'elle fût. Chacun présentait à son assiette un visage souriant, sans dire un seul mot. La pièce se réchauffait progressivement, car des vagues de vapeur tiède s'échappaient des marmites, des assiettes et des êtres. Dans les chandeliers de ruolz, les bougies (achetées à bas prix), incapables de soutenir l'assaut de la chaleur, prenaient bientôt des airs penchés. Des gouttes de stéarine tombaient sur les carreaux bleus de la nappe à fond brique et s'y figeaient immédiatement. Mais qu'une main vigoureuse rouvrît alors en hâte la fenêtre, et les bougies relevaient bientôt la tête pour terminer paisiblement leur existence, à une allure normale. Les enfants allaient se coucher, près du fourneau, sur leurs paillasses. Les parents restaient assis afin de se plonger à la fois dans leurs soucis et dans la solennité. Ils regardaient les dernières flammèches bleuâtres, mourantes au creux des chandeliers, lancer, pour s'évader, des pointes dentelées et retomber bientôt, mollement ondulées, dessinant, en contours de feu, comme des jets d'eau en miniature. On voyait fumer la fin de la stéarine ; au-dessus des restes de mèche déjà carbonisés, de fines torsades bleutées s'élevaient vers le plafond.

— Ah ! mon Dieu ! soupirait la mère de famille.

— Voyons, voyons, ce n'est pas le moment de soupirer ! opinait Mendel Singer avec une autorité bienveillante. Ils gardaient ensuite le silence.

— Allons nous coucher, Déborah !

C'était, en fait, un ordre. Alors ils disaient tous deux, à mi-voix, la prière du soir.

Ainsi commençait le sabbat, à la fin de chaque semaine ; il s'accompagnait de silence, de chandeliers allumés et de cantiques sacrés. Vingt-quatre heures plus tard, il s'effaçait à jamais dans la nuit terne qui ramenait, en morne cortège, les jours de la nouvelle semaine ; tous chargés d'un lot de tourments, ils les égrenaient tour à tour.

Vers le milieu de l'été, un jour où la chaleur était accablante, Déborah accoucha ; il pouvait être environ 4 heures de l'après-midi. Les cris que lui arrachaient les premières douleurs firent écho au chœur des douze écoliers qui récitaient leur leçon sur leur rythme traditionnel. Tous les gamins rentrèrent au plus vite chez eux. Sept jours de vacances en perspective, quelle aubaine ! Mendel fut donc père pour la quatrième fois ; le nouveau-né était un garçon. Circoncis huit jours plus tard, il reçut à cette occasion le prénom de Ménouhim.

Ménouhim ne couchait pas dans un berceau. Il vivait entre ciel et terre, dans un moïse d'osier tressé qu'on suspendait au milieu de la pièce, comme un lustre, à un crochet du plafond où se rejoignaient quatre cordes. De temps en temps, d'un doigt léger, non sans tendresse, Mendel Singer imprimait un petit élan à la corbeille suspendue au-dessus de lui ; elle se mettait aussitôt en branle. Ce mouvement berceur calmait bien, quelquefois, le nourrisson. Mais, dans certains cas, aucun artifice ne se montrait efficace contre son besoin de pleurer et de hurler. Ses cris discordants couvraient la récitation des douze élèves — sons profanes et choquants, peu faits pour accompagner les saints versets de la Bible. Déborah montait sur un tabouret et descendait le bébé trop bruyant. D'un blanc parfait, sphérique et gigantesque, son sein s'échappait bientôt du corsage qu'elle entrouvrait. Les regards des gamins, fascinés, convergeaient vers cette rondeur. Déborah avait l'air d'allaiter toute la troupe des marmots. Ses propres enfants, les trois aînés, faisaient cercle autour d'elle pendant la tétée, avec des yeux chargés d'envie et de convoitise. Un silence absolu se faisait dans la pièce. On n'entendait plus, désormais, que les lèvres actives du nourrisson.

Les jours, peu à peu, formaient des semaines ; les semaines se groupaient en mois et, au bout de douze mois, voilà qu'une année tout entière avait passé. Ménouhim continuait à boire le lait de sa mère, pauvre lait trop clair, peu nutritif. Déborah n'arrivait pas à sevrer cet enfant. Vers le treizième mois de son existence, le visage de Ménouhim se mit à grimacer ; le petit poussait des gémissements rauques pareils à ceux d'une bête. Sa respiration, brusquement, se précipitait, à une allure folle. Il haletait de façon inquiétante, inexplicable. Telle une citrouille au bout de sa tige, sa grosse tête pesante ne trouvait pas son équilibre sur son cou trop mince. Son front immense se creusait de rides, sillonné en tous sens de plis et de replis, comme un vieux parchemin tout froissé. Ses jambes en cerceau n'avaient pas l'air d'être en vie ; on aurait dit deux morceaux de bois taillés en arc. Ses pauvres petits bras maigres tremblotaient, parcourus de tressaillements. Sa bouche s'essayait à balbutier ; il n'en sortait que des sons grotesques. Dès qu'on le voyait en proie à une crise, vite on le sortait de son moïse et on le secouait vigoureusement jusqu'au moment où son visage prenait une teinte violette. Le souffle lui manquait ; c'était à croire qu'il ne le retrouverait plus. Mais il se remettait, lentement. On posait sur sa poitrine décharnée, en petits sachets, des feuilles de thé brûlantes qui venaient d'infuser et, autour de son cou trop frêle, des cataplasmes de taconnet.

— Il n'y a pas lieu de s'inquiéter, affirmait son père ; c'est la croissance qui veut ça.

Déborah, de son côté, expliquait :

— Les garçons, vous savez, ils ressemblent beaucoup aux frères de leur mère. Mon frère a eu la même chose cinq années durant.

Et les autres d'ajouter :

— Ces maladies-là, on finit toujours par s'en remettre en grandissant.

La vie continuait donc ainsi, jusqu'au jour où des cas de variole furent signalés dans la ville. Les autorités ordonnèrent que la population fût vaccinée et, de cette manière, les médecins s'introduisirent dans les maisons où logeaient les Juifs. Plusieurs d'entre eux décidèrent de se cacher. Mais Mendel Singer, homme juste et probe, ne se dérobait jamais aux châtiments que le Tout-Puissant envoyait à ses élus. C'est pourquoi, après tant d'autres épreuves, il envisageait d'un cœur serein celle de la vaccination.

Le soleil tapait dur, ce matin-là, quand la Commission médicale fit son entrée dans la rue de Mendel. Parmi les maisons juives alignées sur cette rangée, les Singer habitaient la dernière. Un agent de police, qui tenait sous son bras un registre imposant, servait d'escorte au docteur Soltysiouk. Le médecin portait, sur son visage basané, une moustache blonde qui flottait au vent et, à cheval sur son nez quelque peu rougeoyant, un lorgnon cerclé d'or. Il marchait à grandes enjambées, faisant craquer, à chaque pas, ses guêtres de cuir jaune. En raison de la chaleur, son veston était posé négligemment sur ses épaules, par-dessus sa *roubachka* bleue ; à voir ainsi ces manches ballantes, on aurait dit qu'il possédait des bras en supplément, tout prêts à assurer, aussi bien que les autres, le service de vaccination. Donc, le docteur Soltysiouk s'engagea dans la rue des Juifs. A peine s'y trouvait-il qu'il put entendre les lamentations des femmes et les hurlements des enfants qui n'avaient pas réussi à se cacher à temps. L'agent de police savait où dépister les mères et leurs marmots ; il les cherchait au fond des caves ou dans les greniers ; il poursuivait son inspection dans des réduits minuscules, et même derrière les plus larges des corbeilles d'osier. Le soleil, toujours plus chaud, faisait transpirer le médecin. Il avait reçu l'ordre de vacciner, ce jour-là, cent soixante-seize Juifs en tout, ce qui n'était pas une petite affaire. Au fond de son cœur, il remerciait Dieu pour chacune des victimes désignées qui avait réussi à s'enfuir ou à se mettre hors d'atteinte. Arrivé à la quatrième des maisons basses peintes en bleu, il fit signe à l'agent de mettre désormais un frein à l'ardeur de ses recherches. Plus le médecin avançait dans la rue, plus les cris s'intensifiaient. Ils s'élevaient à son approche, comme un vent précurseur d'orage. Les hurlements de ceux qui n'en étaient encore qu'au stade de la peur se mêlaient aux clameurs de rage de ceux qui avaient dû subir la vaccination. Recru, totalement abasourdi, le docteur entra chez Mendel et se laissa tomber sur le premier banc en poussant un soupir profond et plaintif ; il demanda un verre d'eau. Son regard s'arrêta sur le petit Ménouhim. Il prit l'infirme, le souleva et déclara :

— En voilà un qui promet d'être épileptique.

A ces mots, le père sentit l'angoisse inonder son cœur.

— Tous les enfants ont des convulsions à cet âge, rétorqua Déborah.

— Ce n'est pas de convulsions qu'il s'agit, précisa le médecin. Mais je pourrais peut-être le guérir. Il y a de la vie dans ses yeux.

Il était bien décidé à emporter sans plus tarder le petit malade à l'hôpital. Déjà la mère acceptait.

— On va le guérir, répétait-elle, et cela ne nous coûtera rien.

Mais Mendel répliqua :

— Veux-tu bien te taire, Déborah ! Il n'y a pas un docteur au monde qui puisse lui rendre la santé si Dieu ne le permet pas. Tu voudrais peut-être l'exposer à grandir au milieu d'enfants russes, à ne jamais entendre la parole du Seigneur ? Tu voudrais qu'il mange de la viande mélangée à du lait, et des poulets qui ont cuit dans le beurre, comme on en donne à l'hôpital ? Nous sommes pauvres, mais il y va de l'âme de Ménouhim, et je n'ai pas l'intention de la vendre pour la seule raison qu'on pourrait le soigner et le guérir gratuitement. Non, non, on ne vous guérit pas dans les hôpitaux étrangers.

Tel un héros, impassible, Mendel tendit et abandonna au docteur son bras décharné pour se faire vacciner. Mais quant à son fils Ménouhim, il n'accepta pas de s'en séparer. Il décida d'implorer le secours de Dieu pour son benjamin et de jeûner deux fois par semaine, le lundi et le jeudi. Déborah, de son côté, prit la résolution de se rendre pieusement au cimetière sur la tombe de ses ancêtres, et d'invoquer leurs cendres en les priant d'intercéder pour elle auprès du Tout-Puissant. Dans ces conditions, Ménouhim guérirait ; leur enfant ne deviendrait pas un épileptique.

Malgré tout, depuis l'heure fatale de la vaccination, la crainte pesait comme un cauchemar sur le foyer de Mendel Singer ; le chagrin dévastait les cœurs à la manière d'un ouragan dont le souffle brûlant harcèle sa proie sans relâche. Déborah pouvait désormais soupirer à loisir sans encourir les réprimandes de son mari. Quand elle priait, elle gardait plus longtemps que jadis son visage caché dans ses mains comme pour se créer des nuits à elle seule, où enfouir ses angoisses et, pour elle seule aussi, des abîmes d'obscurité où trouver en même temps une source de grâce. Car elle croyait que, selon l'Écriture, la lumière de Dieu se manifeste dans toute Sa splendeur en illuminant les ténèbres et que Sa bonté dispense au milieu de l'ombre Sa clarté. Cependant, les crises de Ménouhim ne cessaient pas. Déborah voyait ses trois aînés grandir, toujours grandir. Les échos trop bruyants de leur bonne santé avaient, pour la malheureuse, des accents de méchanceté et même d'hostilité à l'adresse de Ménouhim, le pauvre infirme. On aurait dit que les enfants bien portants tiraient du petit malade leurs réserves de force. Déborah avait horreur de leurs cris, de leurs joues rouges, de leurs membres bien droits. Elle se rendait au cimetière, sous la pluie comme sous le soleil ardent, fidèle à son vœu. Elle heurtait de sa tête les blocs de grès, envahis par la mousse, qui se dressaient sur les dépouilles de ses ancêtres. Elle adressait aux morts une prière instante et croyait entendre leur réponse muette ; ne cherchaient-ils pas à la consoler ? Sur le chemin du retour, frémissante d'espoir, elle s'imaginait retrouver à la maison son fils guéri. Elle négligeait de surveiller le feu ; elle laissait fuir la soupe ; les pots de terre se cassaient ; les casseroles se couvraient de rouille ; les verres aux reflets verdâtres se brisaient avec un bruit net ; le manchon de la lampe à pétrole se couvrait d'une suie noire ; la mèche, carbonisée, n'était plus qu'un misérable lumignon informe ; la boue, déposée des semaines durant par un bon nombre de semelles, formait, sur les lattes du plancher, une croûte de plusieurs couches ; la graisse restait, liquide, au fond de la terrine ; les boutons — fruits secs — tombaient des chemises que portaient les enfants, comme tombent les feuilles mortes à l'approche de l'hiver.

Un jour, une semaine avant les grandes fêtes juives (la saison des pluies avait succédé à l'été et la pluie menaçait de se changer en neige), Déborah saisit dans ses bras le moïse où reposait son fils, l'enveloppa dans des couvertures de laine, l'installa dans le chariot de Samechkine, le voiturier, et se fit conduire à Kluczysk où habitait le rabbi. La banquette de la voiture était tout juste posée à même la paille ; elle se déplaçait au moindre mouvement que faisait le véhicule. Déborah ne parvenait à la maintenir en place que par le poids de son propre corps. L'objet semblait mu par une sorte de vie qui l'incitait à sauter. La route était étroite et sinueuse, couverte d'une boue grise, argentée. Les gens qui marchaient là s'y enlisaient avec leurs bottes à tige montante, et les roues du chariot en faisaient autant, jusqu'à mi-hauteur. La pluie noyait les champs à perte de vue derrière son voile, décomposait en fine vapeur la fumée qui s'élevait des chaumières éparses. Patiente, discrète mais tenace, elle désagrégeait tous les éléments solides qu'elle rencontrait ; elle pulvérisait le calcaire qui, çà et là, perçait de sa dent blanche la chair noire de la terre ; elle estompait les troncs d'arbres alignés, bien sciés, le long de la route, et les planches entassées à l'entrée de la scierie qui répandaient alentour leur arôme forestier ; enfin, elle effaçait même le fichu dont Déborah avait couvert sa tête et jusqu'aux couvertures de laine sous lesquelles était enfoui Ménouhim. Il ne fallait pas, bien sûr, que la moindre goutte de pluie vînt mouiller l'enfant. Déborah calculait qu'ils avaient encore quatre heures de trajet à effectuer. Si la pluie ne cessait pas, il faudrait faire halte à l'auberge pour sécher les couvertures, boire quelques gorgées de thé et manger les bretzels au pavot qu'elle avait emportés, déjà détrempés par la pluie, eux aussi. Un tel arrêt risquait de lui coûter cinq kopecks ; cinq kopecks, une somme qu'il ne s'agissait pas de gaspiller sans réfléchir ! Dieu se montra compréhensif : la pluie s'arrêta. Au ciel, des lambeaux de nuages se mirent à courir, à la lueur pâle d'un soleil délavé ; cela dura une heure à peine, et la pénombre retomba plus obscure, cette fois, et définitive, pour engloutir ses derniers rayons.

La nuit complète, opaque, régnait sur Kluczysk lorsque Déborah y parvint. Beaucoup d'autres gens, désemparés comme elle, s'y trouvaient déjà, également avec l'intention de voir le rabbi. Kluczysk ne comptait guère que quelques milliers de maisons basses aux toits couverts de chaume ou de lattes de bois et, d'autre part, une place du marché, gigantesque, démesurée, qui avait l'air de former le fond d'un lac desséché, entouré de diverses bâtisses. Les véhicules qui y stationnaient, disséminés en désordre, faisaient penser à des épaves embourbées ; ils se perdaient dans ce cirque immense, objets minuscules qui semblaient n'avoir aucune raison d'être. Les chevaux dételés hennissaient à côté des chariots, piétinant de leurs sabots las la boue visqueuse qui claquait. Par-ci par-là, des hommes tournaient en rond, à l'aveuglette, dans cette obscurité, tenant à la main une lanterne jaune vaeillante, à la recherche d'une couverture oubliée dans la voiture ou de provisions contenues dans un récipient de métal dont le cliquetis révélait la présence. Sur le pourtour de la place, et bien au-delà, par centaines, d'humbles bicoques avaient accueilli les pèlerins. Ceux-ci couchaient sur des lits improvisés qu'on avait installés, tant bien que mal, à côté de ceux des habitants. C'étaient des malades incurables, des infirmes, des paralytiques, des aliénés, des idiots, des cardiaques et des diabétiques, des malheureux que rongeait un cancer latent, d'autres dont les yeux étaient infectés d'un trachome, des femmes aux flancs stériles, des enfants contrefaits amenés par leur mère, des hommes que menaçait la prison ou le service obligatoire, des déserteurs en quête de soutien pour réussir leur évasion, et ceux qu'avait condamnés la médecine, qu'avaient repoussés leurs frères humains, victimes de la justice terrestre, inquiets, nostalgiques, à l'estomac creux ou au ventre plein, gens honnêtes ou escrocs sans scrupules... Que ne trouvait-on pas là, parmi tous ces êtres, déjà innombrables, toujours plus nombreux ?

Déborah put loger, à Kluczysk, chez des parents de son mari. Elle ne dormit point. Elle passa toute la nuit pelotonnée par terre, dans un coin près du foyer, à côté du moïse de Ménouhim. Il faisait sombre dans la pièce, et tout aussi sombre dans son cœur. Elle n'osait plus implorer le Seigneur qui lui semblait trop haut, trop grand, trop loin, à une distance infinie, par-delà tous les cieux, en nombre infini eux aussi. Il lui aurait fallu ériger une échelle, en superposant des millions de prières, pour atteindre à grand-peine le bas du manteau sacré du Tout-Puissant. Elle cherchait, parmi les morts, qui pourrait bien intercéder pour elle. Elle invoquait ses propres parents, et surtout le grand-père de Ménouhim dont l'enfant portait le prénom ; ensuite, elle implorait les patriarches d'Israël, Abraham, Isaac et Jacob, puis les cendres de Moïse et, en dernière instance, les mères juives des temps bibliques. A tous les coins du ciel où elle espérait trouver un secours éventuel, elle adressait un soupir qui était une prière. Des centaines de fois, elle frappait à la porte des tombeaux et aux portes du paradis. Comme elle redoutait de ne pouvoir, le lendemain, atteindre le rabbi en personne en raison du nombre inouï des solliciteurs, elle demandait avant tout, dans ses prières, que le ciel lui accordât la chance d'arriver dans les premiers rangs avant qu'il fût trop tard ; on aurait dit que cet avantage représentait l'essentiel de son voyage, et qu'ensuite la guérison de son fils ne serait presque plus qu'un jeu insignifiant. Enfin, elle distingua à travers les fentes des volets noirs les premiers rayons blafards de l'aube. En toute hâte elle se leva, alluma les morceaux de petit bois sec disposés sur le fourneau. Elle n'eut pas à chercher longtemps pour découvrir une bouilloire ; elle alla prendre le samovar déjà préparé sur la table, y jeta les tisons encore flambants, y ajouta du charbon de bois, saisit le récipient par ses deux anses et se pencha au-dessus de lui pour souffler sur le feu. Elle y mit tant d'ardeur que des étincelles en jaillirent et vinrent crépiter autour de son visage. Elle semblait, en agissant ainsi, obéir en tous points à un rite mystérieux. Bientôt l'eau se mit à bouillir, le thé ne tarda pas à être chaud. La famille se leva à son tour ; on s'assit, pour boire, en face de jattes de terre brune. Le moment vint où Déborah retira son fils du moïse. L'enfant geignait. Vite elle le couvrit de baisers, avec une tendresse affolée. Le contact de ses lèvres humides produisait un claquement bref chaque fois qu'elles touchaient la petite figure grisâtre, les menottes grêles, les cuisses arquées ou le ventre gonflé du pauvre infirme. On aurait dit qu'elle administrait à l'enfant une série de coups sonores avec sa bouche et toute la vigueur de son amour maternel. Cela fait, elle l'enveloppa soigneusement, noua une corde solide autour de ce paquet vivant et put ainsi suspendre son fils à son cou de façon à garder les mains libres. Il s'agissait avant tout de pouvoir fendre l'attroupement qui l'attendait devant la porte du rabbi et de s'y assurer une place au premier rang.

En poussant des hurlements aigus, Déborah fonça à travers la foule immobile en attente. Sans aucune pitié ses poings écartaient les malheureux trop faibles qui lui faisaient obstacle. Personne ne pouvait la retenir. Tous ceux que sa main heurtait et repoussait se retournaient vers elle, espérant refréner son élan. Mais tous étaient aveuglés par la douleur ardente qui consumait son visage ; sa bouche béante, empourprée, semblait exhaler un souffle de feu ; tous restaient sidérés à la vue des larmes épaisses qui roulaient sur ses joues embrasées, car elles avaient l'éclat du cristal. Et ils s'effaraient tout autant à voir, sur son cou tendu, se gonfler les veines bleues où ses cris se condensaient avant d'éclater librement. Comme une torche au vent, Déborah avançait, envers et contre tous. Enfin avec un cri strident, un cri sans écho à la suite duquel s'abattit sur tout un monde inanimé un silence effroyable, Déborah s'effondra sur le seuil du rabbi ; elle avait atteint son but. Elle saisit, étendant sa main droite, la poignée de la porte. De sa main gauche elle martelait le bois brun du vantail. Sur le sol, devant elle, Ménouhim était là, comme un paquet, toujours attaché à elle.

Quelqu'un vint ouvrir. Le rabbi était debout près de la fenêtre et tournait le dos à Déborah. Toute sa silhouette n'était qu'un mince trait noir. Soudain, il se retourna. Elle n'osa pas quitter le seuil, et, sur ses deux bras, présenta son fils comme on présente une offrande. Son regard n'eut guère qu'une rapide vision de blancheur discrète : le visage du vieillard, très pâle, semblait se confondre avec sa barbe blanche. Elle avait eu la ferme intention de plonger ses yeux dans ceux du saint pour bien se convaincre que la bonté du Tout-Puissant vivait réellement en eux. Mais voici qu'aujourd'hui, alors qu'elle se trouvait en sa présence, un océan de larmes troublait soudain son regard ; elle ne pouvait discerner le saint homme derrière ces remous d'eau et de sel tout blanc qui obstruaient ses yeux. Il leva la main, et elle distingua avec une quasi-certitude deux doigts maigres, destinés à transmettre la bénédiction divine. Puis la voix du rabbi lui parut soudain très proche, bien qu'il lui parlât tout bas :

— Ménouhim, fils de Mendel, guérira un jour. Le peuple d'Israël comptera peu de ses pareils. La douleur lui donnera la sagesse, la laideur, un cœur pur, et l'amertume, une âme tendre. De la maladie, il tirera sa force ; ses yeux verront loin et au fond des choses ; ses oreilles seront pleines de sons clairs et d'échos sans nombre. Sa bouche gardera le silence, mais lorsqu'il ouvrira les lèvres, ce sera pour transmettre un message bienfaisant. Cesse de craindre et retourne à ton foyer !

— Mais quand donc, quand donc, et dans combien de temps va-t-il guérir ? interrogea Déborah à mi-voix.

— Bien des années passeront, répondit le rabbi. Non, non, il ne faut pas m'en demander davantage. Le temps dont je dispose ne me permet pas plus, et je n'ai rien d'autre à te dire. N'abandonne pas ton fils, même s'il représente pour toi une lourde charge. Ne t'en sépare pas ; il est issu de toi, il est à toi au même titre qu'un enfant bien portant. Va-t'en, à présent !

Dehors, on s'écarta sur son passage. Ses joues étaient livides, ses yeux secs ; ses lèvres demeuraient entrouvertes comme si l'espoir seul s'exhalait dans son souffle. Le cœur inondé par la grâce, elle s'en retourna chez elle.

2

DÉBORAH, en rentrant, trouva son mari occupé, près du fourneau, à des besognes ménagères. Fort à contrecœur, il surveillait le feu et le contenu de la marmite, une cuillère de bois à la main. Son bon sens ne dépassait pas les limites d'un univers où tout était simple et réel ; il n'admettait pas l'intrusion d'un miracle dans le domaine du tangible. La foi qu'avait sa femme dans le pouvoir du rabbi le faisait sourire. Sa piété dépourvue de toute complication n'éprouvait pas le besoin d'un élément qui servît d'intermédiaire entre Dieu et les hommes.

— Eh bien ! oui, Ménouhim guérira ! Mais il va falloir attendre longtemps !

Ainsi parla Déborah en rentrant au foyer.

— Il va falloir attendre longtemps ! répéta Mendel, comme l'eût fait un écho cruel.

Déborah poussa un soupir et suspendit au plafond le moïse qui reprit ainsi sa place coutumière. Les trois aînés, qui étaient allés jouer dehors, rentrèrent à ce moment. Ils se précipitèrent sur le berceau dont la présence leur manquait depuis plusieurs jours et se mirent à le balancer à tour de bras. De ses deux mains, Mendel Singer saisit ses fils Jonas et Chémariah. La petite Miriam, elle, se réfugia auprès de sa mère. Mendel commença par pincer très fort les oreilles de ses fils. Les garçons poussèrent des hurlements aigus. Ouvrant la boucle de sa ceinture, il fit claquer dans l'air la lanière de cuir. Elle lui semblait être une partie de lui-même, un prolongement tout naturel de sa main, tant il sentait en lui chacun des coups sonores qu'il assenait sur le dos de ses fils. Une horrible tempête se déchaînait dans la tête de Mendel Singer. Les cris que poussait sa femme pour le retenir venaient se mêler à ce vacarme et s'y perdaient totalement. Leur succès était aussi nul que l'effet qu'on obtient en déversant quelques verres d'eau au milieu d'une mer en furie. Mendel n'avait pas conscience du lieu où il se trouvait. Il faisait tournoyer sa ceinture qui claquait et rebondissait contre les murs, contre la table et contre les bancs ; et il ne savait pas, en définitive, lesquels de tous ces coups lui causaient le plus de satisfaction : ceux qui manquaient leur but ou ceux qui l'atteignaient ? Finalement, 3 heures sonnèrent à la pendule ; 3 heures, c'était l'heure où, l'après-midi, ses élèves revenaient travailler ! L'estomac creux — car il n'avait rien mangé — refoulant dans sa gorge un dernier reste d'indignation, Mendel se mit à réciter, comme chaque jour, les pages de la Bible, mot pour mot, une phrase après l'autre. Et le chœur des enfants aux voix grêles reprenait, mot pour mot, une phrase après l'autre, à tel point que la Bible semblait chantée par une infinité de cloches. Et sur un même rythme de cloche, on voyait s'agiter, d'avant en arrière, tous les bustes des écoliers, tandis qu'au-dessus de leurs têtes, le berceau de Ménouhim avait presque l'air d'observer à son tour une cadence analogue. Ce jour-là, les fils de Mendel suivirent la classe avec les autres. La colère de leur père s'estompa, se refroidit ; elle s'éteignit complètement lorsque Mendel eut constaté que les deux garçons, dans les exercices de récitation psalmodiée, étaient toujours en avance sur les autres gamins. Pour les mettre à l'épreuve, Mendel quitta la pièce. Le chœur des écoliers continuait à réciter, guidé par les deux voix des fils de leur maître. Mendel pouvait leur faire confiance.

Jonas, l'aîné, était fort comme un bœuf ; Chémariah, le cadet, rusé comme un renard. Jonas marchait lourdement, la tête en avant, les mains pendantes ; ses joues éclataient de santé ; il avait toujours faim ; ses cheveux crépus s'échappaient, abondants, vigoureux, de son bonnet trop étroit. D'un pas discret, presque furtif, présentant un profil aux lignes aiguës, le regard toujours en éveil, toujours aux aguets, avec de longs bras maigres et les mains enfoncées dans les poches, son frère Chémariah ne tardait jamais à le suivre. Jamais non plus on n'avait vu une dispute s'élever entre eux, tant leurs tempéraments étaient étrangers l'un à l'autre. Leurs domaines et leurs biens propres étaient strictement séparés, mais ils avaient conclu une alliance. Pour peu qu'il disposât de boîtes de fer-blanc, de tessons de bouteilles, de boîtes d'allumettes, de cornes d'animaux ou de brins d'osier, Chémariah s'entendait à confectionner des objets merveilleux. Jonas aurait pu les renverser et les anéantir d'un revers de main, ou bien rien qu'en soufflant dessus, fort comme il était. Mais il se contentait d'admirer l'adresse délicate de son frère. Ses petits yeux noirs lançaient, entre ses grosses joues, des étincelles bienveillantes où se reflétaient sa curiosité et sa joie sincère.

Quelques jours après son retour, Déborah estima que l'heure décisive était venue et qu'il s'agissait de descendre du plafond le moïse de Ménouhim. Avec une certaine solennité, elle remit le benjamin aux mains des aînés.

— Vous allez le promener ! expliqua-t-elle. Quand il sera fatigué, vous le porterez. Mais, surtout — grand Dieu ! — ne le laissez pas tomber ! Le saint homme a promis qu'il guérirait un jour. Ne lui faites pas de mal.

C'est alors que commença le cauchemar des trois aînés.

Ils se mirent à traîner Ménouhim à travers la ville comme une malédiction. Ils l'oubliaient où il était, couché par terre ; ils le laissaient tout le temps tomber. Quand ils promenaient Ménouhim, c'était pour eux un vrai supplice, car ils avaient à subir sans cesse les moqueries de leurs camarades, d'autant plus que ceux-ci s'amusaient à les suivre en cortège. Il fallait que l'infirme fût constamment soutenu entre deux personnes. Il n'avançait pas un pied devant l'autre, comme tous les enfants normaux. Non, il agitait ses jambes en tremblotant, comme s'il n'avait eu à leur place que deux cerceaux brisés. S'il restait immobile, il s'affaissait aussitôt. En fin de compte, Jonas et Chémariah le laissèrent à l'abandon sur le sol. Ils le posèrent dans un coin, dans un sac. Là, il jouait avec des excréments de chien, du crottin de cheval et des cailloux. Il avalait tout. Il grattait les murs pour en faire tomber la chaux dont il se remplissait la bouche ; il se mettait alors à tousser, sa figure devenait violette. Au fond de son recoin, il n'était guère lui-même qu'une ordure. Quelquefois on s'apercevait qu'il pleurait. Alors les garçons envoyaient Miriam le consoler. Avec des poses gracieuses et coquettes, sautillant sur ses jambes minces, le cœur plein d'un dégoût méchant, haineux, elle se dirigeait vers le grotesque petit être. La tendresse avec laquelle elle caressait le visage grisâtre et ridé du malheureux dissimulait des intentions diaboliques. Elle lançait des regards prudents à droite et à gauche, puis, son inspection terminée, elle pinçait fortement son petit frère à la cuisse. L'enfant hurlait ; les voisins se mettaient aux fenêtres. Miriam contractait son visage et réussissait, par ses grimaces, à leur faire croire qu'elle pleurait. Tous les voisins avaient pitié d'elle et lui posaient une foule de questions.

Un jour, c'était en été et il pleuvait, les enfants sortirent de chez eux avec Ménouhim sur les bras et imaginèrent de le fourrer dans la cuve où l'on conservait l'eau de pluie depuis près de six mois. Les vers y grouillaient et l'on y voyait surnager des détritus de fruits et des croûtes de pain couvertes de moisissure. Les enfants prirent leur frère par ses jambes difformes et enfoncèrent sa grosse tête grisâtre dans l'eau, une bonne douzaine de fois. Puis ils l'en retirèrent définitivement, le cœur battant, les joues en feu, dans l'espoir mi-joyeux, mi-horrifique de tenir un cadavre entre leurs mains. Mais Ménouhim était bien en vie. Il fit entendre une sorte de râle, après quoi il vomit l'eau, les vers, le pain moisi, les détritus, et il demeura en vie. Aucun changement ne s'opéra en lui. Alors les enfants, sans rien dire, le rapportèrent à la maison, tout transis d'angoisse. Une immense crainte de Dieu les envahit, car ils sentaient, les deux garçons et la petite fille, que le doigt tout-puissant de Dieu venait de passer près d'eux, en les frôlant. Pendant tout ce jour-là, ils ne se dirent pas un mot. Leur langue semblait collée à leur palais ; leurs lèvres s'entrouvraient pour former un mot, mais aucun son n'arrivait à vibrer au fond de leur gorge.

La pluie cessa, le soleil revint ; les ruisseaux s'écoulaient allégrement en bordure des rues, dans les rigoles. C'eût été le moment rêvé pour lancer sur l'eau de petits bateaux en papier et pour les regarder flotter, en suivant le courant, dans la direction des égouts. Or, rien ne se produisait, rien du tout. Les enfants rentrèrent chez eux, piteusement, comme des chiens battus. Tout le long de l'après-midi, ils s'obstinèrent encore à attendre la mort de Ménouhim ; mais Ménouhim ne voulait pas mourir.

Non, Ménouhim ne mourut pas ; il resta bien en vie et devint un solide gaillard — au moins pour un infirme. Dès lors, le sein de Déborah fut frappé de cette aridité qui rend les femmes stériles. Ménouhim avait été le dernier fruit de ses entrailles, un pauvre fruit bien malvenu ; on aurait dit que son corps maternel se refusait à donner encore naissance à d'autres malédictions. Elle ne connaissait plus, avec son mari, que de fugitives étreintes qui se limitaient à quelques secondes. Elles avaient la brièveté de l'éclair, et elles avaient aussi la sécheresse de ces lueurs rapides qui, en été, illuminent au loin l'horizon. Les nuits de Déborah s'étiraient indéfiniment dans une atmosphère de cruauté, sans le moindre sommeil. Elle sentait qu'une paroi de verre, une paroi de glace la séparait de son mari. Sa poitrine se flétrissait, tandis que se gonflait son ventre, comme pour tourner en dérision la stérilité qui l'accablait ; ses cuisses se faisaient lourdes ; il lui semblait traîner une semelle de plomb sous chacun de ses pieds.

Un matin, en été, elle s'éveilla plus tôt que Mendel. Un moineau, en gazouillant sur le rebord de la fenêtre, l'avait tirée de sa somnolence. Elle entendait encore à son oreille les petits cris de l'oiseau ; sa mémoire les mêlait à des souvenirs de rêves, à des bribes de bonheur ; un rayon de soleil, s'il avait pu chanter, aurait eu cette voix. La lueur indécise d'une aurore déjà tiède perçait les pores et les fentes des volets de bois encore clos ; le profil des meubles se distinguait mal, estompé dans l'ombre de la nuit finissante. Chez Déborah, au contraire, le regard était déjà net, l'esprit lucide, le cœur indifférent. Elle jeta un coup d'œil sur son mari qui dormait encore et découvrit, dans sa barbe noire, les premiers poils gris. Il se racla la gorge sans que son sommeil en fût troublé et continua à ronfler. Elle courut d'un bond à son miroir terni. Du bout de ses doigts froids comme l'acier, elle partagea par une raie ses cheveux déjà clairsemés ; ramenant sa chevelure sur le front par mèches isolées, elle les inspectait l'une après l'autre pour y dépister la présence éventuelle de quelque cheveu blanc. Elle crut en avoir trouvé un et, formant avec deux de ses doigts une pince inexorable, elle l'arracha. Puis elle ouvrit sa chemise en face du vieux miroir. Elle y vit ses seins flasques, les souleva, les laissa retomber, effleura de la main son ventre creux et pourtant bombé, considéra les ramifications bleuâtres que dessinaient ses veines sur ses cuisses, puis décida de retourner au lit. A l'instant où elle se retournait, son regard tomba, effrayé, sur l'œil grand ouvert de son mari.

— Qu'est-ce que tu regardes ? lui demanda-t-elle.

Il ne répondit pas. On aurait dit que cet œil grand ouvert n'appartenait pas à Mendel, car, en fait, il dormait encore. L'œil s'était ouvert de son propre chef, poussé par une curiosité indépendante de Mendel. Le blanc de l'œil semblait plus blanc que de coutume. La pupille était minuscule. Cet œil évoquait, pour Déborah, un lac gelé marqué, en son milieu, d'un tout petit point noir. Il ne pouvait guère être resté ouvert plus longtemps qu'une minute, mais Déborah avait l'impression que cette minute avait duré dix ans. L'œil de Mendel se referma. Son souffle reprit un rythme régulier ; sans aucun doute, il dormait réellement. Tout au loin, dans une joyeuse symphonie de trilles, les alouettes, par millions, montaient dans les airs au-dessus de la maison, sous le ciel du Seigneur. Déjà la chaleur naissante d'un jour qui promettait d'être étouffant pénétrait dans la pièce, malgré l'obscurité qu'il convenait d'y entretenir à cette heure matinale. Bientôt la pendule allait sonner six coups. C'était le moment où Mendel Singer avait l'habitude de se lever. Déborah ne bougea pas. Elle resta debout à l'endroit où elle se trouvait lorsqu'elle avait voulu retourner au lit, tournant le dos au miroir. Jamais encore elle n'était demeurée ainsi debout, aux aguets, sans but, sans besoin, sans curiosité, sans désir. Attendait-elle quelque chose ? Non, en somme. Mais il lui semblait qu'elle aurait dû attendre un événement extraordinaire. Tous ses sens étaient en éveil, avec une intensité insolite ; et aux sens qu'elle possédait déjà, comme pour les renforcer, il en était venu s'ajouter de nouveaux, qu'elle ne connaissait pas. Elle voyait, elle entendait et sentait avec mille organes. Mais aucun événement ne se produisait. C'était tout bonnement un matin d'été qui se levait ; c'était un chœur d'alouettes qui lançait ses trilles à une distance infinie ; c'étaient toujours les mêmes rayons qu'envoyait le soleil à travers les fentes des volets, la même chaleur invincible ; les ombres, qui dessinaient de larges bandes noires sur les contours des meubles, rétrécissaient peu à peu ; l'horloge continuait son tic-tac avant de reprendre son souffle pour sonner ses six coups. Le mari de Déborah respirait paisiblement. On n'entendait pas les enfants qui, eux, couchaient dans leur coin, près du fourneau. Déborah était là, visible mais lointaine, aussi lointaine qu'elle l'eût été dans un tout autre lieu. Non, aucun événement ne se produisait. Et pourtant on devinait, dans l'atmosphère, l'imminence fatale d'un événement fabuleux. L'horloge sonna enfin ; ce fut comme une délivrance. Mendel Singer se réveilla, s'assit tout droit sur sa couche et fixa sur sa femme un regard étonné.

— Tiens, tu n'es pas au lit, pourquoi donc ? demanda-t-il, en se frottant les yeux.

Il toussa et cracha. Rien dans ses paroles, rien non plus dans son attitude ne trahissait que son œil gauche était, un moment auparavant, grand ouvert et s'était alors permis de faire ses observations personnelles. Peut-être, après tout, Mendel n'en savait-il plus rien ? Qui sait si Déborah n'avait pas été le jouet d'une illusion ?

A partir de ce jour-là, le désir déserta les nuits de Mendel Singer et de sa femme. Quand venait l'heure de dormir, ils allaient au lit comme deux êtres du même sexe. Ils passaient ces heures côte à côte, plongés dans le sommeil, et se réveillaient sans jamais rien ressentir l'un pour l'autre. Ils n'éprouvaient que honte, en face l'un de l'autre, et gardaient le silence, comme aux premiers jours de leur mariage. La honte avait présidé à la naissance de leur désir, et ils la retrouvaient, semblable et ponctuelle, pour assister à son déclin.

Finalement, ce stade se trouva à son tour dépassé. Ils recommencèrent à se parler, leurs yeux cessèrent de s'éviter, leurs visages et leurs corps se mirent à vieillir sur le même rythme, comme cela se produit chez deux jumeaux. L'été se montra paresseux, il n'avait guère de souffle ; de pluie, pas davantage. On laissait tout grand ouvert, portes et fenêtres. Les enfants restaient peu à la maison. Dehors, ils grandissaient plus vite, le soleil activait leur croissance.

Et Ménouhim lui-même parvenait à grandir. Ses jambes, bien sûr, restaient arquées, mais tout de même, c'était net, elles s'allongeaient. Son buste aussi s'étirait quelque peu. Soudain, un beau matin, il poussa un cri aigu, tel qu'on n'en avait jamais entendu sortir jusqu'alors de sa gorge. Puis il se tut. Un moment plus tard, il articula distinctement : « Ma-ma ! »

Déborah se précipita sur lui. De ses yeux, toujours secs depuis si longtemps, coulaient des larmes brûlantes, lourdes, épaisses, chargées de sel, des larmes de douleur et de délices.

— Dis-moi encore : ma-ma !

— Ma-ma ! répéta le petit infirme.

Il le répéta une douzaine de fois environ. Quant à Déborah, elle le redit au moins cent fois. Ainsi, ses prières n'avaient pas été vaines : Ménouhim parlait. Et ce mot unique, dans la bouche de l'avorton, prenait le caractère sacré d'une révélation divine ; il enfermait en lui la puissance du tonnerre, la chaleur ardente du plus grand amour, la grâce infinie des cieux, l'immensité du globe terrestre, la fécondité d'un champ fertile et la douceur du fruit le plus exquis. La santé dont jouissaient les enfants bien portants n'était rien à côté d'un tel prodige ! La chose était claire, désormais : Ménouhim deviendrait grand et fort, il serait sage et généreux, comme l'avait prédit le saint homme en le bénissant !

Il faut toutefois préciser que les lèvres de Ménouhim ne furent plus jamais capables d'émettre d'autres syllabes pourvues de sens. Longtemps, bien longtemps, ce mot qui lui avait demandé, pour prendre corps, une si terrible période de silence, ce mot, à lui seul, signifia tour à tour le manger et le boire, le sommeil et la tendresse, la joie et la douleur, et le ciel, et la terre. Bien que l'enfant n'employât jamais d'autre mot, en quelque circonstance que ce fût, Déborah, sa mère, l'estimait aussi doué pour la parole que le meilleur des orateurs ; la richesse de son vocabulaire égalait à ses yeux celle des grands poètes. Elle devinait chacun des mots qui se dissimulaient en foule dans ce mot unique. Elle négligeait ses autres enfants, les trois aînés. Elle se désintéressait de leur sort et n'avait plus qu'un fils, un seul fils : Ménouhim.

3

PEUT-ÊTRE les bénédictions ont-elles besoin, pour s'accomplir, de plus longtemps que les malédictions. Dix ans avaient passé depuis le jour où Ménouhim avait prononcé son premier mot, son unique mot. Il n'était toujours pas capable d'en dire un autre.

Parfois, quand Déborah était seule à la maison avec son fils infirme, elle fermait la porte au verrou, puis s'asseyait par terre à côté de Ménouhim, plongeant ses yeux dans ceux de l'enfant sans pouvoir s'en détacher. Elle se rappelait cet horrible jour d'été où la comtesse était arrivée en calèche devant les marches de l'église. Déborah revoit le portail grand ouvert sur un scintillement d'or : cierges par milliers, icônes multicolores nimbées de lumière. Et là-bas, au fond, tout au fond, au pied de l'autel, trois prêtres en chasuble resplendissante, trois prêtres à la barbe noire, aux mains blanches et sinueuses, vision calme qui vient se heurter au soleil cru de la place, dont le sol poudreux accentue la chaleur. Déborah en est à son septième mois ; elle sent les mouvements de Ménouhim dans son sein, et elle tient solidement par la main sa fille Miriam, sa frêle enfant. Soudain une clameur retentit, une clameur qui couvre le chant des fidèles et leurs prières. Et voilà les fouets qui claquent, les sabots qui frappent le sol, voilà les chevaux au milieu d'un nuage de poussière, puis c'est l'équipage lui-même, l'équipage bleu sombre de la comtesse qui s'arrête devant l'église. Les enfants du village poussent des cris d'allégresse. Les mendiants et les mendiantes, assis sur les marches, se lèvent aussitôt et, clopin-clopant, descendent vers la calèche pour baiser la main de la comtesse. Tout à coup, Miriam s'échappe. En un clin d'œil, elle a disparu. Déborah se met à trembler ; elle se sent glacée, malgré la chaleur torride. Où donc est Miriam ? Elle interroge chacun des gamins. La comtesse est descendue de voiture. Déborah s'approche de la calèche ; elle en est tout près. Le cocher, dont la livrée bleu de nuit s'orne de boutons d'argent, trône si haut sur son siège au-dessus de la foule qu'il domine du regard toute l'assistance.

— Vous n'auriez pas vu une petite fille brune en train de courir ? lui demande Déborah, la tête dressée vers lui, ayant grand-peine à soutenir l'éclat du soleil et du personnage en livrée.

De sa main gauche gantée de blanc, le cocher indique l'entrée de l'église. C'est dans cette direction que Miriam s'est enfuie. Déborah hésite un instant, puis elle se précipite dans le sanctuaire, plonge à corps perdu dans la lumière d'or, dans les flots d'harmonie, dans le tonnerre de l'orgue. Miriam est là, près de l'entrée. Déborah s'empare de l'enfant, la traîne, la tire vers la place, dévalant à toute allure les marches qui brûlent ses pieds, blanches sous un soleil implacable. On dirait qu'elle s'échappe d'un incendie. Elle a bien envie de battre la petite, mais elle a peur.

Elle court, elle court ; l'enfant, qu'elle ne lâche pas, la suit tant bien que mal. Elles arrivent dans une ruelle ; Déborah se calme peu à peu.

— Il ne faudra pas raconter cette histoire à ton père, explique-t-elle, encore haletante. Pas un seul mot, tu entends, Miriam ?

A partir de ce jour, Déborah a su qu'un malheur se préparait. Ce malheur, elle le porte en elle. Elle le sait, et n'en dit rien. Elle tire le verrou, car on frappe à la porte ; c'est Mendel.

Sa barbe a vieilli avant l'âge. Avant l'âge, eux aussi, le visage, le corps et les mains de Déborah se sont fanés. Jonas, le fils aîné, avait maintenant la force et la lenteur d'un ours ; Chémariah, le cadet, était, au contraire, vif et rusé comme un renard ; Miriam, leur sœur, ressemblait à une gazelle, insouciante et coquette. D'un pied léger, elle allait par les rues, faisant rapidement les courses, silhouette fine et frêle, ombre aux reflets étoilés ; autour de son visage mat, à la bouche large et rouge, elle nouait un fichu jaune d'or dont les deux pointes dessinaient sous son menton deux ailes frémissantes. Dans cette figure juvénile au teint bistré, on s'étonnait de voir deux yeux d'un tout autre âge. Telle qu'elle était, elle n'avait pas tardé à devenir le point de mire des officiers de la garnison et le centre de gravité de leurs cervelles aussi creuses que friandes de plaisir charnel. Parfois, l'un d'entre eux s'avisait de la suivre. Dans cette poursuite, que percevait-elle de ceux qui lui donnaient la chasse ? Tout juste ce que ses sens en éveil lui transmettaient : un cliquetis, un bruit confus d'éperons et de sabre, l'arôme épars dans l'air de leur pommade et de leur savon à barbe, l'éclat aveuglant de leurs boutons dorés, de leurs galons d'argent et de leur ceinturon de cuir rouge sang. C'était peu de chose, mais c'était assez. Derrière les sens aigus de Miriam, la curiosité était aux aguets, cette curiosité qui va de pair avec la jeunesse et se fait la messagère de la volupté. En proie à une peur ardente et délicieuse, la jeune fille prenait la fuite dès qu'elle se sentait suivie. Pour pouvoir savourer plus longtemps la morsure excitante de la peur, elle prolongeait sa fuite dans un dédale inutile de ruelles, des minutes durant. Elle agrémentait son trajet de détours. A seule fin de pouvoir prendre, une fois de plus, la fuite, Miriam s'inventait des raisons de sortir plus souvent qu'il n'était nécessaire. Au coin des rues, elle s'arrêtait et jetait derrière elle des regards qui ne tardaient pas à trouver preneur. Telles étaient les seules joies que connût Miriam. Même s'il s'était trouvé là quelqu'un qui l'eût comprise, elle n'aurait pas desserré les lèvres. Car les jouissances demeurent plus intenses tant qu'elles restent secrètes.

Miriam ignorait encore quel aspect menaçant devait prendre pour elle ce qu'on appelle l'armée, cette force insondable, terrifiante ; elle ne savait pas encore quel pénible destin assemblait déjà ses foudres au-dessus des têtes de Mendel Singer, de sa femme et de ses enfants.

En effet, Jonas et Chémariah avaient atteint l'âge de partir au régiment pour obéir à la loi et, de ce fait, pour obéir à la tradition de leurs ancêtres, celui d'échapper par tous les moyens au service militaire. D'autres garçons avaient reçu providentiellement du ciel la faveur d'une infirmité corporelle qui les gênait peu dans l'existence, mais qui suffisait à les mettre à l'abri du sort. Les uns étaient borgnes, d'autres boitaient; celui-ci avait une hernie, celui-là un tremblement inexplicable dans les bras et les jambes; chez les uns, c'étaient les poumons qui laissaient à désirer, chez les autres, c'était le cœur; celui-ci était dur d'oreille, tel autre bégayait, sans parler de tel autre encore qui souffrait tout simplement d'une faiblesse généralisée. Mais, au foyer de Mendel Singer, il semblait vraiment que Ménouhim, le benjamin, avait accaparé pour lui seul tout l'arsenal de souffrances humaines que, normalement, une nature bienveillante aurait peut-être réparties, d'une main douce, sur divers membres de la famille. Les deux grands fils de Mendel étaient en parfaite santé; il n'y avait pas moyen de découvrir la moindre déficience dans tout leur organisme. Le moment vint donc pour eux de se livrer à diverses mortifications, de pratiquer des jeûnes forcés et de boire du café très fort, dans l'espoir de provoquer, au moins de façon passagère, une affection cardiaque, bien que la guerre contre le Japon fût déjà terminée.

Le temps des mortifications commença donc. Ils ne mangeaient rien; ils ne dormaient pas; chancelant, tremblotant, la nuit, le jour, ils se traînaient à peine sur leurs jambes affaiblies. Leurs yeux rougis étaient tout gonflés, leur cou décharné; leur tête était lourde. Déborah se remit à les aimer. Elle reprit le chemin du cimetière afin de prier pour ses deux grands fils. Cette fois, elle implorait le ciel dans ses prières d'envoyer une bonne maladie à Jonas et à Chémariah, tout comme elle avait jadis demandé ardemment la santé pour Ménouhim. L'armée, telle que la voyaient ses yeux noyés de chagrin, c'était en quelque sorte une montagne invincible, faite d'acier fourbi et de tortures, au milieu d'un cliquetis d'armes. Elle imaginait des cadavres, des cadavres à perte de vue. Tout au sommet, dans la lumière, baignant dans la pourpre du sang ses pieds garnis d'éperons, le tsar avait dressé son trône, attendant le sacrifice des fils de Déborah. Rien que l'idée de les voir partir aux manœuvres suffisait à la remplir d'un immense effroi ; elle n'allait même pas jusqu'à penser à l'éventualité d'une nouvelle guerre. Elle éprouvait de la rancœur contre son mari. Mendel Singer, qu'était-ce au juste ? Un maître d'école, un maître ignorant, tout juste bon pour ses ignorants d'élèves. Elle avait fait d'autres rêves lorsqu'elle était jeune fille.

De son côté, Mendel Singer n'était pas moins affligé que sa femme. Le jour du sabbat, lorsque, dans la synagogue, on prononçait, pour se conformer aux prescriptions du gouvernement, la prière à l'intention du tsar, Mendel songeait à l'avenir qui attendait sous peu ses fils. Il les imaginait déjà sous l'odieux uniforme de treillis qu'on fait endosser aux plus jeunes recrues. Ils mangeaient de la viande de porc et recevaient des coups de cravache que leur assenaient les officiers. Ils portaient un fusil et une baïonnette. Souvent il soupirait, et sans raison apparente, au milieu des prières, tout en enseignant, au milieu du silence. Il inspirait de la compassion même à des gens qui n'étaient pas de sa famille. Jamais personne ne lui avait demandé de nouvelles de son fils infirme, mais tous à présent voulaient en avoir de ses fils bien portants.

Enfin, le 26 mars, les deux frères se mirent en route pour Targi. Ils tirèrent tous deux le numéro fatidique. Tous deux étaient parfaitement constitués et en bonne santé. Ils furent déclarés l'un et l'autre : « Bon pour le service armé. »

On leur permettait de passer encore tout un été chez eux. Ils p tiraient en automne au service. Ils étaient devenus soldats un mercredi. On les vit revenir le dimanche.

On les vit revenir le dimanche, munis de billets gratuits que l'État leur avait offerts. Ils voyageaient déjà aux frais du tsar. Beaucoup de leurs semblables faisaient le voyage en même temps qu'eux. Le train allait lentement. Ils étaient assis sur des banquettes de bois, au milieu de paysans. Les paysans chantaient ; ils étaient ivres. Tous fumaient un tabac noir dont la fumée conservait encore une lointaine odeur de sueur. Tous se racontaient des histoires. Jonas et Chémariah ne se séparèrent pas un seul instant. C'était leur premier voyage en chemin de fer. Souvent l'un prenait la place de l'autre. Chacun d'eux voulait être un certain temps proche de la fenêtre et pouvoir regarder le paysage. Pour Chémariah, le monde était immense, immense, à perte de vue. Aux yeux de Jonas, il était plat, ce qui ne tarda pas à l'ennuyer. Le train suivait un tracé tout droit à travers la plaine, pareil à un traîneau glissant sur la neige. Les champs étaient collés aux vitres. Sur le passage du train, les paysannes, vêtues de couleurs vives, faisaient signe aux voyageurs. Quand on les voyait surgir en groupes, les paysans, dans le wagon, se mettaient à brailler en chœur pour leur répondre. Vêtus de noir, intimidés et tristes, les deux Juifs se perdaient au milieu d'eux, repoussés dans leur coin par la gaieté débordante des hommes pris de boisson.

— Je voudrais être un paysan, déclara soudain Jonas.

— Pas moi, répliqua Chémariah.

— Je voudrais être un paysan, répéta Jonas ; je voudrais être soûl une bonne fois et coucher avec les filles qui sont là-bas.

— Moi, je veux être ce que je suis, dit Chémariah, un Juif comme mon père Mendel Singer, et pas un soldat ; et je n'ai pas envie de me soûler.

— Moi, au fond, je ne suis pas fâché de devenir soldat, continua Jonas.

— Ah ! je t'en promets, du plaisir ! J'aimerais bien mieux faire fortune et voir ce que c'est que la vie.

— Qu'est-ce que c'est, la vie ?

— La vie, expliqua Chémariah, c'est dans les grandes villes qu'on peut la voir. Il y a des trains qui passent au beau milieu de la rue ; et tous les magasins sont aussi grands que, chez nous, la caserne de la gendarmerie ; imagine-toi que leurs étalages, eh bien ! ils sont encore plus grands. J'ai vu des cartes postales. On n'a pas besoin de porte pour entrer dans un magasin, les fenêtres descendent jusqu'à vos pieds.

— Hé là ! vous en faites, une tête ! Pourquoi ça ? s'exclama soudain l'un des paysans, installé dans le coin qui leur faisait face.

Jonas et Chémariah feignirent de ne pas l'entendre ou de croire que sa question ne s'adressait pas à eux. Faire le sourd quand on s'entend interpeller par un paysan, c'était, chez eux, une réaction instinctive ; ils avaient ça dans le sang. Depuis mille ans et plus, on peut être sûr que les choses finiront mal si un paysan pose une question et qu'un Juif se hasarde à lui répondre.

— Hé ! fit le paysan en se levant.

Jonas et Chémariah se levèrent en même temps.

— Tiens, bien sûr, c'est à vous, les Juifs, que je parle, reprit le paysan. On dirait que vous n'avez pas encore bu ?

— Si, si, on a bu, affirma Chémariah.

— Pas moi, rétorqua Jonas.

Le paysan sortit une bouteille qu'il avait gardée jusque-là sur lui, sous son vêtement. Son contact était tiède et moite ; elle sentait plus l'odeur du paysan que celle de son contenu. Jonas la porta à sa bouche. Il découvrait, ce faisant, ses deux lèvres pleines, que le sang colorait d'un ton vif. Des deux côtés de la bouteille brune, on voyait la blancheur de ses dents solides. Jonas buvait et n'en finissait pas de boire. Il ne sentait pas la légère pression de la main de son frère, de la main attentive qui pesait sur son bras pour l'avertir du danger. Il tenait la bouteille à deux mains, à la manière d'un biberon ; on aurait dit un bébé géant. Comme il levait le coude très haut, on devinait le blanc de sa chemise à travers le tissu élimé de sa manche. Avec la régularité du piston qui actionne une machine, sa pomme d'Adam montait et descendait sous la peau de son cou. Le bruit d'un glouglou étouffé montait de son gosier comme un grognement. Tous les regards se tournaient vers le Juif pour le regarder boire.

Jonas avait fini. La bouteille, vide à présent, tomba de ses mains sur les genoux de son frère Chémariah. Jonas s'effondra dès qu'il l'eut lâchée, comme si une force d'attraction l'obligeait à prendre le même chemin qu'elle. Le paysan tendit la main vers Chémariah, exprimant, par ce geste tacite, son désir de récupérer sa bouteille. Puis, du bout de sa botte, en guise de caresse, il effleura les larges épaules de Jonas endormi.

Ils atteignirent la station de Podworsk où il fallait descendre. Ensuite, jusqu'à Yourki, restaient encore sept verstes à faire à pied. Les deux frères avaient vaguement l'espoir de rencontrer en chemin une voiture dont le conducteur voudrait bien les y faire monter. Tous les voyageurs, d'un commun effort, s'employèrent à mettre Jonas sur ses pieds, malgré son poids. Lorsqu'il se retrouva au grand air, le garçon ne tarda pas à reprendre ses esprits.

La route était longue. Il faisait nuit. Des nuages baignés d'une clarté laiteuse révélaient la présence de la lune invisible. La neige recouvrait encore les champs, mais la terre, çà et là, s'en dégageait par plaques irrégulières, dessinant des taches sombres dont la forme évoquait des cratères de volcan. C'était, semblait-il, la forêt qui leur envoyait le printemps sur les ailes du vent. Jonas et Chémariah marchaient d'un pas rapide sur un étroit sentier. Ils entendaient craquer discrètement sous leurs bottes les fins cristaux du gel qui recouvrait le sol. Les deux garçons portaient sur l'épaule, au bout d'un bâton, leur balluchon enveloppé d'un tissu blanc. À plusieurs reprises, Chémariah tenta d'engager une conversation avec son frère. Jonas ne répondit pas. Il avait honte de s'être enivré et de s'être affalé dans le train, comme un paysan. Aux endroits où le chemin se resserrait à tel point qu'il n'y avait pas place pour les deux frères côte à côte, Jonas laissait passer son cadet le premier. Il aurait même préféré que Chémariah marchât constamment en tête. Dès que le sentier redevenait plus large, il ralentissait le pas, espérant que Chémariah continuerait à avancer sans attendre son frère. Mais on aurait dit que le cadet avait peur de perdre son aîné. Depuis qu'il avait eu l'occasion de voir que Jonas pouvait sombrer dans l'ivresse, il n'avait plus confiance en lui ; il hésitait à le considérer comme un être raisonnable et se sentait responsable de son aîné. Jonas devinait les sentiments de son frère. Une fureur violente et stupide agitait son cœur. « Il est ridicule, Chémariah, se disait Jonas ; il n'est pas plus costaud qu'un fantôme, même pas fichu de tenir convenablement son bâton sur l'épaule ; il est tout le temps obligé de le remonter ; je parie qu'il va laisser tomber son balluchon dans la boue. » En imaginant le tableau cocasse qui s'offrirait à sa vue si le balluchon blanc de Chémariah, glissant le long du bâton, venait à tomber dans la boue noire du chemin, Jonas éclata de rire.

— Qu'est-ce qui te fait rire ? demanda Chémariah.

— L'allure que tu as ! répliqua Jonas.

— C'est plutôt moi qui aurais eu des raisons de me moquer de la tienne, conclut Chémariah.

Et le silence revint entre eux. A l'horizon, la forêt de sapins, comme un mur noir, avait l'air de monter à leur rencontre. C'était d'elle et non d'eux que semblait émaner ce lourd silence. De temps en temps, un vent se levait, un vent de n'importe où, dont nul n'aurait pu deviner la provenance. Un bouquet de saules s'agitait en rêve ; des brindilles de bois mort craquaient avec un bruit sec ; les nuages qui couraient au ciel y jetaient des taches claires.

— A présent, nous voilà tout de même soldats ! s'écria soudain Chémariah.

— C'est vrai, dit Jonas ; qu'est-ce que nous faisions donc, avant ? Nous n'avons pas de métier. Crois-tu que nous allons faire l'école aux gamins, comme notre père ?

— Ça vaudrait toujours mieux que d'être soldat ! répliqua Chémariah. Moi, je pourrais faire du commerce et m'en aller voir le monde.

— Les soldats, ça voit aussi le monde, et moi, je ne me sens pas tellement la bosse du commerce, opina Jonas.

— Tu as trop bu !

— Non, je ne suis pas plus soûl que toi. Moi, je peux boire autant que je veux sans être soûl. Je ferai un soldat, aussi bien qu'un autre, et comme ça, je verrai le monde. Ce que je voudrais, ça serait d'être un paysan, tu peux m'en croire. Je sais ce que je dis, je ne suis pas soûl...

Chémariah haussa les épaules. Ils continuèrent leur route. A l'aube, ils entendirent les coqs chanter dans des fermes lointaines.

— Tiens, ça doit être Yourki, dit Chémariah.

— Non, ça, c'est Bytok, rétorqua Jonas.

— Bon, c'est Bytok, si ça te fait plaisir, grommela Chémariah.

Au tournant du chemin, on entendit les cahots et les grincements d'un chariot qui passait par là. La lumière de l'aube était indécise comme l'avait été la nuit. Il n'y avait pas de différence entre la lune et le soleil. La neige se mit à tomber ; c'était une neige molle et tiède. Des corbeaux s'élevèrent au-dessus du sol ; on les entendait croasser.

— Regarde, des oiseaux, là-bas, remarqua Chémariah. C'était un simple prétexte pour tenter de se réconcilier avec son frère.

— Penses-tu ! Ce sont des corbeaux ! fit Jonas. Des oiseaux ! répéta-t-il d'un ton ironique, en singeant la voix de son cadet.

— Bon, conclut Chémariah, des corbeaux, admettons, si tu y tiens.

Et, en fait, c'était bien Bytok. Encore une heure de marche, et ils seraient à Yourki. De là, trois heures encore, et ils seraient chez eux.

La neige continuait à tomber, toujours plus dense, toujours plus molle, au rythme du jour qui croissait, comme si la neige s'échappait du soleil qui montait au ciel. Au bout de quelques minutes, la campagne fut tout entière recouverte de blanc. Les saules isolés, au bord du chemin, eux aussi, et les bouleaux dispersés dans les champs par petits groupes, tous se couvrirent de blanc, de blanc, toujours plus blanc. Seuls les deux jeunes Juifs qui marchaient sans arrêt étaient noirs. La neige se déversait pourtant sur eux, sans les épargner, mais elle semblait fondre plus vite qu'ailleurs au contact de leur dos. Leurs longs cafetans noirs flottaient au vent. Les pans du vêtement heurtaient de coups secs et réguliers les tiges de leurs grandes bottes de cuir. Plus il neigeait dru, plus ils marchaient vite. Des paysans qu'ils rencontrèrent allaient d'un pas très lent, en pliant les genoux ; ils étaient devenus tout blancs, car ils laissaient la neige se déposer sur leurs larges épaules comme elle le fait sur les branches les plus robustes, pesante et légère à la fois ; la neige, ils la connaissaient bien, ils s'y trouvaient dans leur élément et se déplaçaient au milieu d'elle avec cette assurance qu'on ne peut avoir qu'au pays natal. Parfois, ils s'arrêtaient pour se retourner et regarder les deux hommes vêtus de noir qui semblaient avoir pour eux quelque chose d'insolite, bien qu'ils eussent assez l'habitude de voir des Juifs. Les deux frères arrivèrent à la maison hors d'haleine ; le soir commençait déjà à tomber. De loin, ils entendirent la voix des écoliers psalmodiant leur leçon. Cette musique qui les accueillait, c'était comme une langue maternelle, comme la voix de leur père ; elle leur apportait toute leur enfance ; elle voulait tout dire pour eux, elle renfermait en elle leur univers entier, avec tout ce que, depuis l'heure de leur naissance, ils avaient pu voir, entendre, humer et sentir : voilà ce qu'était le chant psalmodié des petits écoliers. Ils y trouvaient mêlés l'odeur de plats brûlants relevés d'aromates, le contraste du noir et du blanc que formaient la barbe et le visage de leur père, l'écho des soupirs de leur mère et les gémissements de Ménouhim, les prières que chuchotait le soir Mendel Singer, et, sans compter, par milliers, imprécis, quotidiens ou extraordinaires, des faits et des événements qu'ils n'auraient pas su évoquer. Cette mélodie familière éveilla donc chez les deux frères les mêmes sentiments ; elle les accueillait à travers la neige, tandis qu'à chaque pas ils se rapprochaient de la maison paternelle. Leurs cœurs battaient au même rythme. La porte s'ouvrit toute grande. Déborah, leur mère, les avait depuis longtemps vus arriver, de la fenêtre.

— On est pris, tous les deux ! claironna Jonas sans même dire bonjour.

A cet instant, un silence affreux s'abattit sur la pièce, sur cette pièce toute vibrante encore des voix d'enfants qui récitaient en chœur. Ce silence démesuré, trop fort pour l'espace qu'il venait d'envahir, avait jailli d'un mot, d'un petit mot qu'avait lâché Jonas : « Pris ! On est pris ! » Les élèves s'arrêtèrent net au beau milieu d'un terme, en pleine récitation. Mendel, qui marchait de long en large dans la pièce, demeura cloué sur place, les yeux fixes ; il leva les bras au ciel, puis les laissa retomber. Déborah, la mère, s'assit sur l'un des deux tabourets qui, toujours en faction à côté du poêle, semblait avoir attendu depuis longtemps l'occasion d'accueillir charitablement une mère désolée. Sa fille, en reculant à tâtons, s'était glissée dans un coin ; son cœur battait à coups violents ; elle était sûre que tout le monde devait l'entendre. Les enfants demeuraient à leurs places, pétrifiés. Tous portaient des bas de laine à raies de couleur circulaires et, pendant les heures de classe, ils balançaient leurs jambes sans arrêt ; mais à présent, celles-ci restaient inertes sous la table. Dehors, il ne cessait pas de neiger ; le blanc moelleux des flocons, à travers les vitres, répandait une lueur blafarde dans la pièce et baignait les visages de tous ces êtres réduits au silence. Une ou deux fois, on entendit crépiter dans le poêle quelques restes de bûches carbonisées, ou bien c'étaient les montants de la porte qui gémissaient sous l'assaut du vent ? Chacun son bâton sur l'épaule, et, au bout du bâton, chacun son balluchon tout blanc, les deux frères demeuraient sur le seuil — messagers du désastre, que le désastre guettait. Brusquement, Déborah hurla :

— Mendel ! va-t'en vite, vite, cours, et demande aux gens ce qu'il faut faire pour s'en tirer !

Mendel Singer prit sa barbe dans une main. Du coup, le silence fut rompu, les jambes des écoliers retrouvèrent peu à peu leur mouvement de pendule ; les deux frères déposèrent leur balluchon et leur bâton et s'approchèrent de la table.

— Qu'est-ce que tu racontes là ? En voilà des sottises ! s'écria Mendel Singer. Où voudrais-tu que j'aille ? Et qui donc pourrait me donner un conseil de ce genre ? Tu crois peut-être qu'il y a des gens prêts à me rendre service, à un pauvre maître d'école comme moi ? Et puis, qu'est-ce qu'ils pourraient faire, pour me rendre service ? Comment peux-tu attendre des hommes qu'on nous vienne en aide quand on voit que Dieu nous punit ?

Déborah ne répondit rien. Pendant un certain temps, elle demeura encore immobile sur son tabouret, puis elle se leva, le repoussant du pied comme un chien qui l'aurait gênée, si bien que le siège s'en alla, à grand fracas, rouler dans un coin. Elle saisit son grand châle brun ; comme il était resté tombé sur le plancher, il avait l'aspect d'une vraie montagne de laine ; elle s'enveloppa la tête et le cou, noua les franges sur sa nuque et en fit un nœud bien solide, d'un geste rageur, comme si son intention eût été de s'étrangler. Son visage devint écarlate. Elle était debout, immobile, les dents serrées ; on l'aurait dite remplie d'eau bouillante, et soudain elle cracha, elle lança un trait de feu, un trait empoisonné aux pieds de Mendel Singer : un jet de salive blanche. Sans doute estimait-elle n'avoir pas assez prouvé par là son mépris, car elle fit suivre son jet de salive d'un cri furieux qu'on pouvait interpréter comme signifiant « poltron », mais que personne ne comprit tout à fait. Avant que l'effet de stupeur générale eût cessé, elle avait déjà ouvert la porte ; une mauvaise rafale s'engouffra dans la pièce, avec tout un cortège de flocons blancs, soufflant son haleine au visage de Mendel Singer et pinçant sous la table les petites jambes des écoliers. D'un coup sec, la porte se referma. Déborah avait disparu.

Elle courait sans but à travers les rues, toujours en plein milieu du chemin, tel un colosse sombre, tout de brun et de noir. Elle fonçait, écartant le rideau ouaté de la neige où elle finit par s'effacer. Elle s'entortillait dans ses vêtements, s'effondrait sur le sol et se relevait avec une agilité surprenante. Elle reprenait sa course, sans d'ailleurs savoir encore où elle se dirigeait, mais elle avait le sentiment vague que ses pieds la portaient, d'instinct, vers un but dont son esprit n'avait pas encore conscience. Le crépuscule arrivait plus vite encore que les flocons de neige ; les premières lumières mettaient aux fenêtres des lueurs jaunes. De temps à autre, on voyait des gens sortir de chez eux pour fermer leurs volets ; ils tournaient la tête vers Déborah et la suivaient longtemps des yeux, sur le pas de la porte, malgré le froid vif. Déborah courait dans la direction du cimetière. Quand elle se trouva devant la petite grille de bois, elle tomba une fois encore. D'un brusque effort, elle se releva ; la porte ne voulait pas céder, la neige s'était glissée partout et faisait obstacle. Alors Déborah, de toutes ses forces, s'élança contre la porte, l'épaule en avant. Ah! tout de même, elle y était arrivée. A l'intérieur du cimetière, le vent qui hurlait balayait les tombes. Les morts, aujourd'hui, devaient être plus morts que jamais. Le crépuscule s'effaça bientôt devant la nuit — nuit noire, affreusement noire où transparaissait le blanc de la neige. Parvenue, dans la première rangée, devant l'une des premières dalles, Déborah se baissa vers la pierre tombale. De ses poings raidis, elle en dégagea la neige comme pour bien s'assurer que sa voix prendrait, pour arriver jusqu'au mort, le chemin le plus court; il fallait, avant tout, écarter l'écran que formait cette couche, l'empêcher d'arrêter les mots de sa prière avant qu'ils n'aient pu atteindre l'oreille du défunt. Alors, Déborah lança un cri terrible, un cri tel qu'aurait pu en produire un cor s'il avait renfermé en lui un cœur humain, vibrant avec lui en parfait unisson. Ce cri, la ville entière l'entendit, mais on l'oublia tout de suite. Le silence lui succéda aussitôt, et nul alors n'y prit plus garde. Déborah ne savait plus que gémir tout bas, à de brefs intervalles, d'une pauvre voix maternelle et plaintive qu'étouffait la nuit, que bientôt recouvrait la neige et que seuls percevaient les morts.

4

A Kluczysk vivait, non loin des parents qu'y avait Mendel Singer, un personnage nommé Kapturak, homme sans âge, sans famille, sans amis, prompt en affaires, toujours occupé à mille choses et en bons termes avec les autorités. Désormais, Déborah se fixa pour but d'obtenir ses services. Kapturak, avant d'entrer en relation avec ses clients, commençait par exiger soixante-dix roubles. Elle n'en possédait guère que vingt-cinq, vingt-cinq roubles péniblement économisés en secret, de longues années durant ; elle les gardait dans une sacoche de cuir bien résistant, cachée sous une latte du plancher qu'elle était seule à connaître. Tous les vendredis, quand elle récurait le sol, elle la soulevait avec précaution. Sous l'effet de l'espoir et de l'amour maternel, la différence de ces quarante-cinq roubles qu'il s'agissait de combler lui paraissait inférieure à la somme qu'elle possédait déjà. Car à ce chiffre, elle additionnait celui des années au cours desquelles l'argent s'était amoncelé, celui des privations auxquelles le moindre demi-rouble devait d'être resté intact, et enfin toutes les minutes de joie ardente qu'elle avait connues à compter et recompter tant de pièces en cachette.

Mendel Singer essaya en vain de faire comprendre à sa femme à quel point Kapturak était sourd aux requêtes, combien son cœur était dur, et sa bourse cupide.

— Que veux-tu, Déborah, expliquait Mendel Singer,

les pauvres gens ne peuvent rien. Dieu n'a pas coutume de leur jeter, du haut du ciel, de l'or en barres ; à la loterie, ce ne sont jamais eux qui gagnent, et la seule grâce qui leur soit donnée, c'est de pouvoir supporter leur lot sans mot dire. Pendant qu'Il donne aux uns, aux autres, il retire ce qu'ils ont. J'ignore pour quel motif Il nous punit ; d'abord, c'était la maladie de Ménouhim, et, à présent, c'est le tour de nos enfants bien portants. Eh oui ! le pauvre a bien des maux quand il a péché, et quand il est malade, il a bien des maux aussi à supporter. Il faut, coûte que coûte, subir son destin. Et pour ce qui est de nos fils, laisse-les donc partir au régiment ; ils ne seront pas perdus pour autant. Il n'existe pas de puissance au monde qui soit capable d'empêcher la volonté du ciel de s'accomplir. Il est écrit : C'est Lui qui répand sur le monde le bruit du tonnerre et le feu des éclairs ; d'une voûte unique, Il recouvre tout l'univers ; nul ne peut échapper à Son pouvoir.

Mais Déborah, la main posée sur la hanche juste au-dessus de son trousseau de clés rouillées, avait sa réponse toute prête :

— Aide-toi, le ciel t'aidera ! Voilà ce qui est écrit, Mendel ! Les citations que tu sais par cœur, ce sont toujours les plus déplacées. Il y en a, il y en a, des versets, dans la Bible ! Ceux qui ne servent à rien, ce sont ceux-là que tu retiens. C'est la faute des gamins à qui tu fais la classe, si tu as maintenant l'esprit dérangé ! Tu leur donnes le peu de cervelle que tu avais dans la tête, et, en échange, ils te font cadeau de toute leur sottise. Ah ! tu peux t'en vanter, Mendel, d'être un maître d'école !

Mendel Singer n'avait jamais tiré vanité ni de son intelligence, ni de sa profession. Néanmoins, les paroles de Déborah le piquaient au vif. Les reproches que lui adressait sa femme finissaient par entamer sa patience. Et les premières flammes de la révolte pointaient déjà, courtes et fermes, tout au fond de son cœur. Il se détourna pour ne pas voir plus longtemps le visage de son épouse. Il avait l'impression de le connaître de longue date, de l'avoir connu bien avant leurs noces, depuis l'enfance, peut-être. Des années durant, il ne lui semblait pas changé ; il croyait ce visage toujours tel qu'au jour de son mariage. Il n'avait pas remarqué la destruction progressive de la chair qui s'était, par lambeaux, détachée des joues, comme tombe par écailles, tout au long d'un mur peint, l'enduit qui lui prêtait une belle couleur. Il n'avait pas vu la peau se tendre aux alentours du nez, tandis qu'elle se faisait flasque, en plis, sous le menton. Il n'avait pas vu les paupières, ridées, dessiner un réseau de mailles sur les yeux ; le noir des yeux avait fini par virer au brun, tant il s'était affaibli ; il avait perdu sa chaleur et gagné l'amour du réel. Dans ce regard froid, on lisait le bon sens, mais on n'y trouvait plus d'espoir. Un jour — il ne se souvenait plus quand ; peut-être fallait-il remonter à ce matin où, encore endormi, il avait surpris d'un seul œil entrouvert Déborah s'examinant devant le miroir — un jour donc, il avait eu la révélation de la réalité. Il avait la sensation de s'être marié une seconde fois, de s'être remarié, pour épouser, hélas ! la laideur, l'amertume, bref la vieillesse de sa femme, spectre affreux qui marchait à pas de géant. Sans doute elle lui était plus proche que jamais, elle faisait presque partie de lui-même, inséparable, et pour l'éternité mais malgré tout, pénible à supporter, cette présence le torturait et lui inspirait, il faut bien le dire, un peu de haine. Ainsi, d'une femme à qui l'on ne s'unit que dans l'obscurité avait pu naître une sorte de mal chronique, une plaie toujours présente, jour et nuit, entièrement à vous, sans qu'il fût besoin de la partager avec le reste du monde, et capable d'anéantir un homme sous les coups de sa fidèle hostilité. Évidemment, Mendel n'était rien de plus qu'un pauvre maître d'école ! Mais son père en avait été un aussi, et son grand-père de même. Pour sa part, il n'imaginait pas qu'il pût être autre chose. Donc, c'était attenter à sa propre existence que lui reprocher son métier. Oui, c'était comme si on cherchait à rayer son nom de la liste des vivants. Et cela, Mendel Singer se refusait à l'admettre.

Somme toute, l'idée que Déborah allait partir lui causait un certain plaisir. A présent déjà, tandis qu'elle s'occupait des préparatifs de ce voyage, la maison était vide ; Jonas et Chémariah traînaient dans les rues, Miriam allait voir les voisins ou se promenait. Ainsi, vers midi, avant le retour des élèves, il n'y avait plus à la maison que Mendel et Ménouhim. Il fermait la porte au verrou pour empêcher le petit de sortir en rampant à quatre pattes, selon son habitude. Alors le père allait chercher l'enfant dans son coin, le prenait dans ses bras, le posait sur ses genoux et se mettait en devoir de le faire manger.

Mendel aimait ces heures paisibles ; il se plaisait à être seul avec son fils. Il allait même parfois jusqu'à se demander s'il ne vaudrait pas mieux que l'enfant pût rester toujours avec lui, sans personne, sans mère, sans frère ni sœur. Ménouhim avalait docilement sa bouillie d'orge, une cuillerée après l'autre ; après quoi, son père l'asseyait sur la table, puis s'installait tout près de lui en le regardant bien en face, de ses yeux pleins d'affection et de curiosité ardente ; il examinait tour à tour le visage pâle et bouffi du petit, son front sillonné de rides, ses paupières aux mille plis et le double menton qui pendait sur son cou. Le père s'efforçait de deviner ce qui pouvait bien se passer dans ce crâne trop large ; il aurait voulu lire derrière ces yeux comme derrière une vitre et voir ce que cachait son cerveau. Il lui parlait tantôt tout bas, tantôt très haut dans l'espoir d'éveiller cet esprit inerte et d'en extirper une manifestation quelconque. Il répétait dix fois de suite le nom de Ménouhim. Lentement, de ses lèvres appliquées, il articulait les sons, en exagérant, de façon bien visible pour que Ménouhim pût saisir ces sons avec les yeux dans le cas où ses oreilles auraient été incapables de les entendre. Malheureusement, Ménouhim ne réagissait pas. Une fois, Mendel prit sa cuillère et en frappa un verre à thé ; immédiatement, Ménouhim tourna la tête de son côté et une petite lueur se fit jour dans ses grands yeux gris à fleur de tête. Mendel continua à faire tinter le verre, puis se mit à chanter un air, tout en battant la mesure contre le verre avec la cuillère. Ménouhim manifesta alors une agitation évidente ; il déplaça, non sans peine, sa tête trop lourde en balançant ses jambes.

— Ma-ma ! Ma-ma ! répétait-il pendant ce temps.

Mendel se leva, alla prendre sa bible reliée de noir, l'ouvrit à la première page qu'il montra, grande ouverte, à Ménouhim et, sur l'air de la mélopée qu'il chantait pour enseigner la religion à ses élèves, il entonna le premier verset :

— Au commencement, Dieu créa le ciel et la terre.

Il attendit un instant, espérant que Ménouhim allait redire ces mots après lui. Mais Ménouhim ne broncha pas. Dans ses yeux seulement, la lueur d'attente persistait encore. Alors Mendel posa son livre sur la table, regarda son fils avec tristesse et continua son monologue sur le ton uniforme de sa psalmodie coutumière :

— Écoute-moi, Ménouhim, me voilà tout seul. Tes frères ont grandi et je ne les connais plus ; ils vont partir au régiment. Ta mère, c'est une femme, je ne peux pas lui demander davantage. Tu es mon benjamin, c'est en toi que j'ai mis ma dernière espérance, l'unique qui me reste. Pourquoi ne veux-tu pas parler, Ménouhim ? Tu es pourtant mon fils, mon vrai fils ! Regarde, Ménouhim, répète ce que je te dis : Au commencement, Dieu créa le ciel et la terre...

Mendel attendit encore un moment. Ménouhim ne bougea pas. Alors Mendel refit tinter le verre sous le choc de la cuillère. Ménouhim se retourna, et Mendel voulut saisir comme à deux mains ce réveil passager de la conscience chez son fils. Il se remit à chanter :

— Écoute-moi, Ménouhim ! Je suis vieux ; de tous mes enfants, c'est toi seul qui me restes, Ménouhim ! Écoute bien et dis comme moi : Au commencement, Dieu créa le ciel et la terre...

Mais Ménouhim ne bougea pas.

Alors, avec un gros soupir, Mendel reposa Ménouhim sur le sol. Il poussa le verrou et sortit sur le pas de la porte pour guetter l'arrivée de ses élèves. Ménouhim le suivit à quatre pattes jusqu'au seuil où il resta immobile, accroupi. Sept coups sonnèrent au clocher de l'église, quatre coups graves et trois coups plus aigus. Aussitôt Ménouhim s'écria :

— Ma-ma, Ma-ma !

Mendel se retourna vers lui et vit l'enfant, le cou

tendu, la tête haute, comme pour happer au passage les dernières vibrations des notes lancées par les cloches.

« Qu'est-ce que j'ai donc fait pour mériter une telle punition ? » se demandait Mendel. Mais il avait beau explorer sa mémoire, en quête de péchés de tout ordre, il n'en découvrait pas de graves.

Les élèves arrivèrent. Il rentra dans la maison avec eux. Tout en parcourant la pièce de long en large, il distribuait à l'un ou à l'autre des gamins des mots d'encouragement ou des réprimandes, tapait sur les doigts d'un distrait ou lui donnait, le cas échéant, de petits coups significatifs dans les côtes. Mais une seule et même question occupait son esprit, sans relâche : « Pour quel péché, grand Dieu ! pour quel péché ? »

Pendant ce temps, Déborah était allée trouver Samechkine, le voiturier, pour lui demander s'il pourrait l'emmener gratuitement à Kluczysk un de ces prochains jours.

— Pour sûr, commença le voiturier.

Assis à même la banquette du poêle, immobile, il gardait les pieds enfermés dans des sacs jaunâtres que maintenaient des ficelles. Il sentait fortement l'eau-de-vie de sa propre fabrication. L'odeur de cet alcool, c'était, pour Déborah, la présence d'un ennemi ; c'était l'odeur des paysans, une odeur qui exhalait le danger, qui annonçait l'éveil de passions imprévisibles et qui s'accompagnait d'un climat de pogrome.

— Pour sûr, répéta Samechkine ; mais il faudrait que les chemins soient meilleurs qu'à présent !

— Voyons, tu m'as déjà emmenée une fois en automne, à une époque où les chemins étaient encore bien plus mauvais.

— Je ne m'en souviens pas, reprit Samechkine ; tu dois te tromper, c'était sûrement un jour d'été où la terre était sèche.

— Pas du tout, répliqua Déborah, c'était l'automne, il pleuvait ; je le sais bien, puisque j'allais voir le rabbi.

— Eh oui, tu vois, concéda Samechkine qui se mit à balancer ses pieds enveloppés de sacs (car la banquette était assez haute et Samechkine n'était pas grand) ; oui, tu vois, reprit-il, cette fois-là tu étais allée consulter le rabbi, c'était peu avant vos grandes fêtes, et moi, je t'avais emmenée. Mais aujourd'hui, ce n'est pas chez le rabbi que tu veux aller !

— Non, et c'est pourtant pour une affaire d'importance, expliqua Déborah. Il faut empêcher que Jonas et Chémariah partent au régiment !

— Moi aussi, j'ai été soldat, dit Samechkine, pendant sept ans. Sur le nombre, j'en ai passé deux en prison, pour avoir volé ; si peu, d'ailleurs, que ça n'en valait pas la peine.

Déborah, à l'entendre, se sentait au bord du désespoir. Ce qu'il lui racontait ne faisait que lui prouver combien son propre sort importait peu à cet homme, son sort et celui de ses fils. Car, eux, ils n'avaient pas été élevés pour devenir un jour des voleurs et passer des années en prison. Dans ces conditions, elle se résolut à traiter rapidement l'affaire :

— Combien faudra-t-il que je te paie ?

— Rien du tout. Je ne te demande pas d'argent parce qu'il n'est pas question que j'y aille. Le gris se fait vieux, et pour ce qui est du brun, il a perdu deux fers d'un seul coup. Et puis, pour peu qu'il ait fait deux verstes, il est capable ensuite de me bouffer en une journée toute ma provision d'avoine. Je ne veux pas le garder, j'ai décidé de le vendre. Ce n'est pas une existence de faire le métier de voiturier !

— Écoute, Jonas se chargera de mener le brun chez le forgeron, reprit Déborah, obstinée ; c'est lui qui paiera les fers.

— Dans ce cas, on pourrait y penser, concéda Samechkine, si vraiment Jonas s'en chargeait ; il faudrait aussi qu'il fasse cercler une des roues.

— Entendu, on s'en occupera, promit Déborah. Alors, c'est sûr ; je compte sur toi pour la semaine prochaine.

Elle se rendit donc à Kluczysk pour y voir l'inquiétant personnage qui avait nom Kapturak. En fait, elle aurait de beaucoup préféré porter ses pas vers la maison du rabbi. Car, elle en était sûre, un mot de sa bouche sainte aux lèvres minces devait avoir beaucoup plus de prix que l'entremise de Kapturak. Mais entre Pâques et la

Pentecôte, le rabbi ne recevait pas, sinon dans des cas urgents, quand il y avait danger de mort. Elle finit par trouver Kapturak à l'auberge où, entouré de paysans et de Juifs, assis dans un coin près de la fenêtre, il écrivait activement. Sa casquette reposait sur la table à côté des paperasses, à l'envers, comme une main ouverte, la doublure visible. On y avait déjà déposé un bon nombre de pièces d'argent, point de mire pour les yeux de toute l'assistance. Kapturak en vérifiait le total de temps en temps bien qu'il sût que personne n'aurait osé en soustraire le moindre kopeck. Il rédigeait des requêtes, des lettres d'amour, remplissait des mandats-cartes pour tous les analphabètes de la région (il savait en outre arracher les dents et couper les cheveux).

— J'ai à te parler d'une chose importante, lui cria Déborah par-dessus la foule de ces têtes qui l'entouraient.

D'un seul coup, Kapturak écarta toutes les paperasses, les gens se dispersèrent. Il tira vers lui sa casquette, fit tomber dans le creux de sa main l'argent qui s'y trouvait, puis enferma les pièces dans un mouchoir auquel il fit un nœud solide. Cette opération terminée, il invita Déborah à s'asseoir.

En regardant les yeux petits et durs de l'homme, elle avait l'impression de voir des boutons de corne claire, sans vie.

— Mes fils doivent partir au régiment, lui dit-elle.

— Tu n'es qu'une pauvre femme, déclara Kapturak d'une voix lointaine et chantante, comme une voyante qui déchiffre le langage des cartes. Tu n'as pas pu faire d'économies, tu n'as pas d'argent et personne ne peut rien pour toi.

— Mais si, j'ai mis de l'argent de côté.

— Combien ?

— Vingt-quatre roubles et soixante-dix kopecks. Sur cette somme, j'ai déjà dépensé un rouble pour venir te voir.

— Donc, en tout, ça ne fait que vingt-trois roubles !

— Vingt-trois roubles et soixante-dix kopecks, rectifia Déborah.

Kapturak leva la main droite, en écartant le majeur et l'index. Il demanda :

— Tu dis deux fils ?

— Deux, répéta Déborah à mi-voix.

— Pour un seul, il faut déjà compter vingt-cinq roubles !

— Même pour moi ?

— Pour toi, comme pour les autres.

Ils marchandèrent pendant une bonne demi-heure. En fin de compte, Kapturak accepta de se contenter de vingt-trois roubles, pour un des garçons. Un des deux, à défaut de mieux, songea Déborah.

Sur le chemin du retour, dans le chariot de Samechkine dont les roues soumettaient sans cesse ses entrailles et sa pauvre tête à des cahots douloureux, la situation ne tarda pas à lui paraître plus lamentable encore qu'auparavant. Comment avait-elle pu admettre de faire une différence entre ses fils ? « Jonas ou Chémariah ? » se demandait-elle à chaque instant. Mieux vaut n'en savoir qu'un là-bas, plutôt que deux, lui soufflait son bon sens, tandis que son cœur désolé ne voulait rien entendre.

Lorsqu'elle rentra au foyer et commença, en présence de ses fils, le récit de la sentence prononcée par Kapturak, Jonas, soudain, l'interrompit, et l'aîné des deux fils déclara :

— Moi, je ne demande pas mieux que de partir au régiment !

Déborah, sa fille Miriam, Chémariah et Mendel Singer demeurèrent en attente, immobiles comme des poutres. Finalement, voyant que Jonas n'en disait pas davantage, Chémariah s'écria :

— Toi, tu es un vrai frère ! Un bon frère, pour sûr !

— Non, répliqua Jonas, c'est moi qui ai envie d'aller au régiment !

— Qui sait si on ne te libérera pas au bout de six mois ? opina le père en guise de consolation.

— Non, répliqua Jonas, je n'ai pas envie d'être libéré. Je resterai soldat, c'est décidé.

Tous murmurèrent la prière du soir ; ils se déshabillèrent en silence. Après quoi, Miriam, en chemise de nuit, sur la pointe des orteils, élégamment, s'approcha de la lampe et la souffla. Tout le monde se coucha.

Le lendemain matin, Jonas avait disparu. On se mit à sa recherche, mais en vain, toute la matinée. Vers la fin de la soirée, Miriam eut tout de même la chance de l'apercevoir. Il montait un cheval gris et portait une vareuse brune ainsi qu'un calot militaire.

— Est-ce que tu es déjà soldat ? cria Miriam.

— Pas encore, répondit Jonas, en arrêtant son cheval. Dis bonjour de ma part à notre père et à notre mère. Pour le moment, je suis chez Samechkine jusqu'à mon départ pour le régiment. Dis-leur que je ne pouvais vraiment plus supporter la vie chez vous ; mais je vous aime bien tous.

Là-dessus, il fit siffler dans l'air une baguette de saule, tira sur les rênes et continua son chemin.

A partir de ce jour, il fut valet d'écurie chez Samechkine, le voiturier. Il étrillait le gris et le brun, il dormait auprès d'eux à l'écurie et reniflait avec délices, les narines grandes ouvertes, l'odeur forte que dégageait l'urine des bêtes et l'âcre relent de leur sueur. Il cherchait leur avoine, leur apportait à boire dans leur seau, réparait les cordes et taillait leur queue, remplaçait au collier les grelots qui manquaient, remplissait les auges, changeait le foin pourri dans les chariots et les garnissait de foin sec ; il buvait des rasades de *samogonka* (1) avec Samechkine, se soûlait et engrossait les servantes.

Chez lui on le pleurait, car on le considérait comme perdu, mais on ne l'oubliait pas. L'été survint, brûlant et sec. Les soirées, tardives, lentes à tomber, nimbaient d'or toute la campagne. Jonas restait assis devant la bicoque de Samechkine ; il jouait de l'accordéon. Il était ivre à tel point qu'il ne reconnaissait pas son propre père quand celui-ci, parfois, passait de ce côté d'un pas hésitant et furtif, telle une ombre qui aurait peur d'elle-même — et ce père n'arrivait toujours pas à comprendre comment ce fils, tel qu'il était, avait pu naître de ses flancs.

(1) Vodka faite à la maison.

5

LE 20 août, un émissaire de Kapturak se présenta chez Mendel Singer pour emmener Chémariah. Tout le monde l'attendait pour un de ces jours-là, comme convenu. Mais lorsqu'il fit son apparition en chair et en os, il leur causa autant de surprise que de terreur. C'était un homme ordinaire, de taille ordinaire et d'aspect ordinaire ; il portait sur la tête une casquette bleue de soldat et avait à la bouche une cigarette mince qu'il avait dû rouler lui-même. Lorsqu'on l'invita à s'asseoir pour prendre une verre de thé, il refusa. « Je préfère attendre dehors, devant la maison », déclara-t-il. Au ton sur lequel il disait cela, on devinait aussitôt qu'il avait l'habitude d'attendre dehors, devant la maison de ses clients. Chose curieuse, cette attitude décidée de l'homme provoqua chez la famille de Mendel Singer un redoublement d'effervescence. Ils voyaient tous la silhouette de l'homme à la casquette bleue aller et venir comme une sentinelle devant la fenêtre ; à cette vue, leurs gestes devenaient plus brusques. Ils faisaient les bagages de Chémariah, ce qui comprenait : un complet, des phylactères, des provisions de voyage et un couteau à pain. Miriam cherchait les objets à rassembler et ne cessait d'en apporter. Ménouhim, dont la tête atteignait déjà à présent le niveau de la table, levait le menton avec une expression hébétée, mais pourtant curieuse, en balbutiant sans arrêt le seul mot qu'il connût : Ma-ma. Mendel Singer, debout près de la fenêtre, tambourinait contre la vitre. Déborah pleurait sans bruit ; ses yeux déversaient leurs larmes, dans sa bouche tordue par le chagrin. Lorsque le balluchon de Chémariah fut terminé, tout le monde lui trouva vraiment piteuse mine et chacun se mit à explorer la pièce d'un regard désespéré, pensant y découvrir quelque objet supplémentaire. Jusqu'à ce moment-là, aucun d'entre eux n'avait prononcé quoi que ce fût de particulier. Maintenant que le ballot blanc était prêt, posé sur la table à côté du bâton, Mendel Singer tourna le dos à la fenêtre pour se présenter de face à sa famille, et s'adressa à son fils : « Tu nous feras parvenir tout de suite des nouvelles, aussi vite qu'il te sera possible, n'est-ce pas, tu n'oublieras pas ? » Déborah, avec un sanglot bruyant, ouvrit ses bras tout grand et y serra son fils. Ils s'étreignirent longtemps. Ensuite, Chémariah s'arracha brusquement à cette emprise, marcha droit vers sa sœur et posa sur ses deux joues des baisers sonores. Son père étendit les mains au-dessus de sa tête pour le bénir, en murmurant très vite une formule incompréhensible. Puis, d'un geste craintif, Chémariah s'approcha de Ménouhim aux yeux ahuris. C'était la première fois qu'il se hasardait à embrasser le petit malade ; Chémariah avait l'impression qu'il n'avait pas dans ses bras un être qui était son frère, mais un objet symbolique dont il n'attendait pas de réponse. Chacun aurait bien voulu dire encore quelque chose, mais personne ne trouvait un mot qui fût à propos. Ils savaient que c'était un adieu pour toujours. Si tout allait pour le mieux, Chémariah arriverait sain et sauf à l'étranger. Dans le cas contraire, il serait fait prisonnier à la frontière, puis exécuté, à moins que les sentinelles de la frontière ne se chargent de l'abattre sur les lieux. Que pourrait-on bien se dire, quand on se fait des adieux pour toute la vie ? Chémariah installa son balluchon en équilibre sur son épaule et ouvrit la porte d'un coup de pied. Il ne se retourna pas ; c'était fini. En cet instant où il franchissait le seuil, il tentait d'oublier la maison et sa parenté tout entière. Derrière son dos retentit, une fois encore, un cri aigu de Déborah. La porte se referma. Chémariah eut le sentiment que sa mère avait dû tomber évanouie lorsqu'il s'approcha de son guide. « C'est tout de suite derrière la place du marché, expliqua l'homme à la casquette bleue ; nos chevaux nous attendent. » Lorsqu'ils passèrent devant la demeure de Samechkine, Chémariah s'arrêta pour jeter un regard sur le jardinet, puis sur l'écurie que l'on voyait vide par la porte ouverte. Son frère Jonas n'était pas là. Il dédia une pensée mélancolique à ce frère désormais perdu qui s'était dévoué pour lui de son plein gré, comme Chémariah continuait à se l'imaginer. « Il ne sait pas se conduire convenablement, mais son cœur est noble et vaillant », songea-t-il, puis il reprit son chemin au côté de l'étranger, en marchant d'un pas régulier.

Ils trouvèrent en effet les chevaux juste derrière la place du marché, ainsi que l'homme l'avait annoncé. Il ne leur fallut pas moins de trois jours pour atteindre la frontière, car mieux valait ne pas utiliser le chemin de fer. En cours de route, il fut bien évident que le guide de Chémariah connaissait à la perfection les moindres recoins de la contrée. Il faisait montre de son savoir sans que Chémariah eût besoin de lui poser des questions. Il indiquait du doigt chaque clocher éloigné, et donnait toujours le nom du village qu'il dominait. Il savait aussi le nom des fermes isolées, des propriétés, sans oublier celui des propriétaires. Souvent il abandonnait la grand-route pour prendre un chemin de traverse et ne tardait jamais à s'orienter dans le bon sens, aussi petit que devînt le sentier. On aurait dit qu'il voulait présenter à Chémariah tout ce qu'il pouvait voir encore de sa patrie, le plus vite possible, avant que le jeune homme la quittât pour en chercher une autre. Il plantait bien vivace, au cœur de Chémariah, un mal du pays indéracinable, qu'il devait garder toute sa vie.

Une heure avant minuit, ils arrivèrent à l'auberge de la frontière. C'était une nuit paisible. L'auberge, seule maison à la ronde, se fondait entièrement dans l'obscurité — maison faite à la mesure de la nuit et de sa paix, muette, toute noire, aux fenêtres bien closes derrière lesquelles on ne pouvait deviner aucun signe de vie. Par millions, des grillons invisibles, inlassables, répétaient alentour leur chant strident, à l'unisson, sur une même note ; ils chantaient ainsi tout au long de la nuit. A part cette musique, aucune voix ne se faisait entendre pour inquiéter les voyageurs. La contrée était plate ; l'horizon étoilé l'entourait complètement d'un cercle parfait, tout d'un bleu intense ; vers le nord-est seulement, une bande claire venait interrompre son tracé, comme un anneau bleu où l'on aurait inséré un morceau d'argent. On décelait au loin l'odeur humide des marais qui s'étendaient à l'ouest ; le vent, sans hâte, leur apportait cette senteur. « C'est une belle nuit d'été, une vraie nuit d'été ! » déclara l'homme de Kapturak. Et, pour la première fois depuis qu'ils faisaient route ensemble, il consentit à faire allusion à son activité : « Quand la nuit est aussi calme qu'aujourd'hui, il n'est pas toujours facile de passer de l'autre côté. Pour notre genre d'affaires, la pluie est préférable. » Ces mots éveillèrent une certaine appréhension dans l'âme de Chémariah. Comme l'auberge devant laquelle ils se trouvaient était sans voix et parfaitement close, Chémariah n'avait pas songé à sa véritable destination jusqu'à l'instant où les paroles de son guide lui rappelèrent ses propres projets.

— Entrons donc, s'écria-t-il, comme quelqu'un qui a déjà trop attendu l'instant d'affronter le danger.

— Tu n'as pas besoin de te presser, nous serons bien assez forcés d'attendre !

Cependant, l'homme s'approcha de la fenêtre et frappa doucement au volet de bois. La porte s'ouvrit et déversa un large flot de lumière jaune sur la terre nocturne. Ils entrèrent. Derrière le comptoir, juste au milieu du cône lumineux que dessinait la suspension, on reconnaissait, debout, l'aubergiste qui leur fit de la tête un signe d'intelligence ; quelques hommes étaient accroupis sur le plancher, occupés à jouer aux dés. A une table Kapturak était installé en compagnie d'un homme qui portait un uniforme de brigadier. Personne ne leva les yeux. On entendait le bruit sec des dés jetés sur le sol et le tic-tac de la pendule. Chémariah s'assit. Son guide commanda à boire. Chémariah avala un petit verre d'eau-de-vie qui le remplit d'une bonne chaleur et, en même temps, d'un sentiment de calme. Il n'avait jamais éprouvé une telle impression de sûreté. Il savait qu'il était en train de vivre une des rares heures de l'existence où l'homme contribue à modeler son destin dans une mesure au moins égale à celle dont dispose la force supérieure qui le lui a donné en partage.

Peu après les douze coups de minuit, on entendit claquer un coup de feu, dur et sec, dont l'écho se perdit lentement. Kapturak et le brigadier se levèrent. C'était le signal convenu par lequel la sentinelle faisait savoir que l'officier préposé au contrôle de la frontière avait terminé sa ronde de nuit. Le brigadier disparut. Kapturak dit aux hommes de se préparer pour le départ. Tous se relevèrent sans ardeur, prirent sur l'épaule leur ballot ou leur valise, et la porte s'ouvrit. Goutte à goutte, ils sortaient dans la nuit pour prendre le chemin de la frontière. Ils essayèrent de chanter ; quelqu'un le leur interdit, on reconnut la voix de Kapturak. On ne savait pas si elle sortait des premiers rangs, du milieu ou de la fin. Il leur fallut donc marcher en silence à travers la musique dense des grillons et le bleu profond de la nuit. Au bout d'une demi-heure, la voix de Kapturak commanda « Couchez-vous ! » Ils se laissèrent tomber sur le sol humide de rosée et y restèrent sans mouvement, pressant leur cœur battant contre la terre mouillée. Leur cœur disait ainsi adieu à leur patrie. Puis ils reçurent l'ordre de se relever. Ils arrivèrent enfin au bord d'un large fossé peu profond. A gauche, on vit luire soudain un point lumineux. Cette lumière, c'était celle du poste des gardes frontières. Ils sautèrent le fossé. Selon les prescriptions, mais sans viser, la sentinelle tira un coup de feu derrière eux.

« Ça y est, nous voilà passés ! » s'écria quelqu'un.

A cet instant, une lueur blanchit le ciel, à l'est. Les hommes firent volte-face, contemplant leur patrie qui semblait encore plongée dans la nuit, puis ils se retournèrent vers le jour naissant, vers la terre étrangère.

L'un des garçons commença à chanter ; tous reprirent le refrain en chœur, et ils se mirent en marche au rythme de la chanson. Seul Chémariah ne chantait pas. Il pensait à son avenir le plus proche (il possédait en tout deux roubles) ; il voyait ce matin se lever à son foyer. Dans deux heures, là-bas, son père allait sortir du lit, dire à mi-voix une prière, se racler la gorge, se gargariser ; puis il se dirigeait vers la cuvette pour s'éclabousser d'eau. Pendant ce temps, leur mère soufflerait dans le samovar ; Ménouhim entonnerait, au réveil, quelques sons vagues à sa manière ; Miriam, en se coiffant, détacherait de ses cheveux noirs le duvet blanc qui, çà et là, lui restait de la nuit. Toutes ces images s'imposaient à l'esprit de Chémariah avec une netteté qu'elles n'avaient jamais eue pour lui tant qu'il était à la maison et qu'il formait encore un élément du matin familial. C'est à peine s'il percevait ce que chantaient ses compagnons ; pourtant, ses pieds s'adaptèrent instinctivement au rythme et se mirent à marcher en mesure.

Une heure plus tard, il aperçut la première ville étrangère ; il distingua la fumée bleuâtre qui sortait, laborieuse, des premières cheminées, puis ce fut un homme au brassard jaune qui prit en charge les arrivants. Du haut d'un clocher, six coups sonnèrent.

Chez les Singer aussi, six coups sonnaient à la pendule. Mendel, au sortir du lit, se gargarisait, se raclait la gorge, disait sa prière à mi-voix. Déborah, déjà près du fourneau, soufflait à coups répétés sur le samovar. Ménouhim, dans son coin, chantonnait des sons incompréhensibles. Miriam se coiffait devant le miroir terni. Puis Déborah, toujours debout près du fourneau, avala quelques gorgées de thé bouillant.

— Où peut bien être Chémariah ? demanda-t-elle soudain.

Tous avaient eu la même pensée.

— Dieu le prendra sous sa protection ! répondit Mendel Singer.

Et ce fut ainsi que la journée commença.

Ainsi commencèrent, de même, les jours qui suivirent, des jours vides, des jours misérables. « Voilà notre maison sans enfants, songeait Déborah. Je les ai mis au monde ; tous, je les ai nourris ; il a suffi d'un coup de vent pour les emporter loin de moi. » Elle cherchait des yeux la présence de Miriam, mais elle ne trouvait pas souvent sa fille à la maison. Il n'y avait plus que Ménouhim pour rester avec sa mère. Dès qu'elle approchait de son recoin, il tendait les bras vers elle, et quand elle l'embrassait, il cherchait son sein comme un nourrisson. Non sans rancœur, elle pensait à la prophétie qui tardait tant à s'accomplir, et elle se demandait, quelque peu incrédule, s'il lui serait encore donné d'assister ici-bas à la guérison de Ménouhim.

La maison retombait dans le silence dès que s'arrêtait la mélopée des écoliers. Sans voix, elle sombrait dans l'obscurité. L'hiver était revenu, on économisait le pétrole et l'on se couchait de bonne heure. On s'abandonnait avec reconnaissance à la nuit généreuse. De temps en temps, Jonas envoyait un signe de vie. Il faisait son service à Pskov ; il conservait cette bonne santé qu'il avait toujours eue et n'éprouvait aucune difficulté dans ses rapports avec ses supérieurs.

Et ainsi les années passèrent…

6

UN jour, c'était vers la fin de l'été, un inconnu se présenta dans l'après-midi chez Mendel Singer. La porte et les fenêtres étaient largement ouvertes. Des mouches noires, pesantes, bien gavées, étaient collées aux murs, en plein soleil, profitant de la bonne chaleur. La mélopée des écoliers s'envolait par la fenêtre jusque dans la rue aux maisons blanches. Brusquement, les gamins remarquèrent la silhouette de l'étranger dans l'encadrement de la porte et ils se turent aussitôt. Déborah se leva du tabouret. Miriam accourut de l'autre côté de la rue, sans lâcher, de sa main ferme, Ménouhim qui, clopin-clopant, la suivait tant bien que mal. Mendel Singer s'arrêta en face de l'étranger et l'examina. Le visiteur avait quelque chose d'insolite. Il portait un feutre noir à larges bords, comme les artistes, un large pantalon clair d'une ampleur extraordinaire, des bottes jaunes de bonne qualité, et l'on voyait flotter, à la manière d'une oriflamme, sur sa chemise vert bouteille une cravate rouge carmin. Sans changer de place, il prononça quelques mots, probablement en guise de bonjour, dans une langue incompréhensible. On avait l'impression qu'il parlait avec une cerise dans la bouche. Chose curieuse, de petites tiges vert tendre sortaient des poches de son veston. Sa lèvre supérieure, qu'il avait très longue et entièrement rasée, remonta lentement vers son nez, comme un rideau qu'on lève, dégageant une puissante mâchoire aux dents jaunes qui faisait penser à celle d'un cheval. Les enfants se mirent à rire et Mendel Singer, lui aussi, ne put retenir un sourire. L'étranger sortit une lettre de forme allongée, puis lut à haute voix l'adresse et le nom de la famille Singer avec son accent bizarre, ce qui fit, de nouveau, rire aux éclats toute l'assemblée. « America ! » expliqua cette fois l'étranger en tendant la lettre à Mendel Singer. Un heureux pressentiment se fit jour dans le cœur de Mendel Singer. Son visage s'illumina : « Chémariah ! » s'écria-t-il. D'un geste, il renvoya ses élèves chez eux comme on chasse d'un revers de main des mouches importunes. Ils ne se le firent pas dire deux fois et s'en allèrent au plus vite. L'étranger s'assit. Déborah disposa sur la table le thé, quelques friandises et un pichet de citronnade. Mendel ouvrit la lettre. Déborah et Miriam s'assirent également. Alors Singer lut à haute voix les lignes suivantes :

Cher père, chère mère, ma chère petite Miriam et mon bon gros Ménouhim !

Je n'ajoute pas le nom de Jonas, car je sais qu'il est au régiment. Je vous demande d'ailleurs de ne pas lui faire parvenir directement cette lettre, car il pourrait avoir des ennuis si l'on découvrait qu'il est en correspondance avec un frère qui compte comme déserteur. C'est d'ailleurs pour cette raison que j'ai attendu si longtemps pour vous écrire et que je ne vous ai pas envoyé de nouvelles par la poste, jusqu'à ce jour où j'ai enfin l'occasion de confier cette lettre à mon bon ami Mac. Il vous connaît tous d'après ce que je lui ai raconté, mais il ne pourra pas du tout causer avec vous. Comme vous le verrez, c'est un Américain, et ses parents à lui sont déjà nés en Amérique. Bien sûr, il n'est pas juif, mais il vaut mieux que dix Juifs tous ensemble.

Maintenant, je m'en vais tout vous raconter, depuis le début jusqu'à ce jour : d'abord, quand j'ai passé la frontière, je n'avais rien à manger et pas plus de deux roubles en poche ; mais je me disais : Dieu me viendra bien en aide. Une compagnie de navigation de Trieste avait mis là, à la frontière, un homme à casquette galonnée pour s'occuper de nous à l'arrivée. Nous étions douze ; les onze autres avaient tous de l'argent, ce qui leur permettait de s'acheter de faux papiers d'identité et des billets pour prendre le bateau. Alors, l'agent de la société de navigation les a conduits au train. Moi, je suis parti avec eux en me disant que je ne risquais rien pour autant. On peut bien suivre les autres ; de toute façon, je verrai comment on fait pour partir en Amérique. Après leur départ, voilà que je me retrouve seul avec l'agent qui s'étonne de ne pas me voir partir avec les autres. « Je n'ai pas un kopeck », lui ai-je dit. Il me demande alors si je sais lire et écrire. « Un peu, dis-je, mais je crois que ça peut suffire. » Bref, pour ne pas vous ennuyer trop longtemps avec cette histoire, vous saurez que finalement, le type me trouva un travail. Ce qu'il me demandait, c'était d'aller à la frontière chaque fois qu'il y avait une arrivée de déserteurs. Je devais les prendre en charge, acheter pour eux ce dont ils avaient besoin et bien leur mettre dans la tête qu'en Amérique, les alouettes vous tombent toutes rôties dans la bouche. *Well,* je me mets au travail, et il est entendu que je dois céder à l'agent cinquante pour cent de ce que je gagne, parce que moi, je ne suis qu'agent auxiliaire. Lui, il porte une casquette à galons dorés avec le nom de la société ; moi, j'ai seulement un brassard. Au bout de deux mois, je lui déclare que je veux toucher soixante pour cent ou bien que je renonce à continuer le travail. Va pour les soixante. Pour en finir avec cette histoire, je fais la connaissance, chez l'aubergiste qui me loge, d'une jolie blonde qui s'appelle Véga et qui est à présent votre belle-fille. Son père m'avait donné un peu d'argent pour me permettre de monter un petit commerce ; mais, pour moi, il n'y avait rien à faire ; j'avais toujours dans l'idée ces onze gars qui avaient pris le bateau pour l'Amérique tandis que j'étais resté tout seul sur le quai de la gare. Je dis au revoir à Véga, mais à elle toute seule. Pour ce qui est des bateaux, je commençais à m'y connaître, attendu que c'était devenu ma partie. Me voilà donc en route pour l'Amérique. J'y suis installé maintenant pour de bon ; il y a deux mois, Véga est venue me rejoindre ; nous nous sommes mariés et nous sommes très heureux. Mac vous montrera les photos qu'il a dans sa poche. Au début, j'ai cousu les boutons aux pantalons ; ensuite, j'ai fait le repassage des pantalons ; après ça, on m'a fait coudre la doublure des manches, et il s'en est fallu de peu : je me voyais déjà tailleur en confection, comme tous les Juifs qui émigrent en Amérique. Mais j'ai eu la chance de faire la connaissance de Mac pendant une excursion à Long Island, tout près du fort Lafayette. Je vous montrerai à quel endroit, quand vous serez ici. A partir de ce jour, je me suis mis à travailler à fonds communs avec lui. Nous avons réalisé toutes sortes d'affaires, et finalement, nous avons eu l'idée de nous lancer dans les assurances. Moi, j'assure les Juifs et lui, les Irlandais ; j'ai même réussi à assurer quelques chrétiens. Mac vous remettra de ma part dix dollars ; cela vous permettra de vous acheter quelque chose pour le voyage. Bientôt, si Dieu le veut, je vous enverrai les billets pour prendre le bateau.

Je vous embrasse tous et vous dis toute mon affection.

Votre fils Chémariah.
(Ici, on m'appelle Sam.)

Lorsque Mendel Singer eut terminé la lecture de la lettre, il se fit dans la pièce un silence, mais un silence tout vibrant de notes éparses, en harmonie avec la paix dans laquelle s'achevait la journée, en cette belle fin d'été. Au milieu de cette musique vague, tous les membres de la famille croyaient percevoir la voix du fils émigré au loin. Oui, c'était Chémariah lui-même qui parlait, là-bas, dans cette Amérique dont tout un monde les séparait et où peut-être, à cette heure, il faisait nuit, à moins que l'aube ne fût déjà en train d'y naître. Un bref instant, tous avaient oublié la présence de Mac. On aurait dit qu'il était devenu invisible pour faire place à l'image lointaine de Chémariah, à la manière d'un simple facteur qui, après avoir remis une lettre, s'en va chez le voisin et disparaît. De son côté, l'Américain sentait qu'il fallait se rappeler à leur souvenir. Il se leva et mit la main dans la poche de son pantalon, comme un magicien qui s'apprête à exécuter un tour de passe-passe. Il en sortit un portefeuille d'où il retira dix dollars et deux photographies ; l'une montrait Chémariah avec Véga, sa femme, sur un banc, dans un décor de verdure, et l'autre, Chémariah sans elle, en costume de bain sur une plage, torse nu et visage anonyme au milieu d'une bonne douzaine d'autres torses et d'autres visages inconnus ; celui-là, ce n'était plus leur Chémariah, c'était un Sam. L'étranger remit le billet de banque et les photos à Déborah, après avoir examiné rapidement tous les assistants comme pour vérifier lequel d'entre eux lui semblait le plus digne de confiance. D'une main, elle enferma vite entre ses doigts le précieux billet et, de l'autre, déposa les photos sur la table à côté de la lettre. Tous ces gestes s'étaient accomplis dans l'espace de quelques minutes pendant lesquelles personne encore n'avait ouvert la bouche. Finalement, ce fut Mendel Singer qui, en posant son index sur la photographie, déclara : « Voilà Chémariah ! — Chémariah ! » répétèrent en chœur tous les autres ; Ménouhim lui-même, dont la tête arrivait enfin à dépasser le niveau de la table, fit entendre un chevrotement sonore et jeta sur les photos un regard timide, avec un effort appliqué qui le faisait loucher.

Brusquement, Mendel Singer eut l'impression que l'étranger ne lui était plus étranger du tout et qu'il allait, pour sa part, comprendre cette langue bizarre qu'il parlait. « Racontez-moi quelque chose ! » demanda-t-il à Mac. Aussitôt, l'Américain, comme s'il avait saisi le sens des paroles de Mendel, se mit à remuer sa grande bouche et à exposer tout un récit incompréhensible, d'un air joyeux et plein d'entrain. Il donnait l'impression de mâcher une suite de plats bien à son goût avec un robuste appétit. Il expliquait aux Singer qu'il était venu en Russie pour mettre au point une affaire de houblon — il s'intéressait à la réalisation d'un projet de brasseries à Chicago. Mais les Singer n'en comprenaient pas un traître mot. Du moment qu'il était déjà là, il ne voulait pas manquer de visiter le Caucase, et surtout ce fameux mont Ararat dont il avait lu tant de détails dans la Bible. Au début, les auditeurs de Mac avaient suivi son discours le regard tendu, l'œil aux aguets, espérant saisir au passage, au milieu de ces flots confus qui se déversaient sur eux, une syllabe au moins qui leur fût familière. Et voici qu'au nom d' « Ararat » leurs cœurs se mirent à battre, car ils croyaient bien reconnaître un mot qui leur disait quelque chose, aussi affreusement défiguré fût-il. Au sortir de la bouche de Mac, il n'en restait qu'un grondement redoutable et rocailleux. Seul Mendel Singer ne cessait de sourire. Il prenait plaisir à écouter cette langue qui désormais était devenue celle de son fils, et, pendant que Mac parlait, Mendel essayait de s'imaginer quelle figure faisait Chémariah quand il prononçait des mots de ce genre. Peu à peu il finit par croire qu'il entendait la voix de son propre fils sortir de la bouche étrangère, de cette bouche qui, gaiement, mâchait et remâchait les syllabes. Ayant fini son discours, l'Américain fit le tour de la table et serra la main à chacun, avec autant de vigueur que de cordialité. Quant à Ménouhim, il le souleva d'un élan rapide jusqu'à lui ; il considéra sa tête penchée, son cou trop mince, ses menottes bleuâtres et inertes, ses jambes arquées et, d'un air pensif où se lisait une pitié un peu méprisante, il le reposa doucement sur le sol, d'un geste qui semblait dire qu'un être aussi insolite n'a rien de mieux à faire que de rester blotti dans son coin au lieu de chercher sa place autour d'une table. Puis, d'un pas large, redressant sa haute stature, en se dandinant quelque peu, les mains dans les poches, il franchit le seuil de la porte encore grande ouverte, et toute la famille s'y précipita à sa suite. Tous posèrent leurs mains en visière sur les yeux pour n'avoir pas à détourner leur regard de la rue en plein soleil, de cette rue où Mac venait de s'engager, marchant au milieu, d'un pas vif, avant de s'arrêter tout au bout une dernière fois, pour esquisser rapidement de la main un signe d'adieu.

Ils restèrent longtemps dehors, tous ensemble, alors que Mac était déjà loin. Ils gardaient les mains au-dessus de leurs yeux, fixant de leur regard l'horizon vide, la poussière aveuglante de la rue au soleil. Finalement, ce fut Déborah qui rompit le silence :

— Voilà, il est parti !

Et, comme si l'étranger venait seulement de disparaître au loin, ils firent demi-tour. Ils se groupèrent, enlacés, chacun passant son bras sur l'épaule de l'autre, devant les photographies exposées sur la table.

— Cela fait combien, dix dollars ? demanda Miriam, qui effectuait déjà, en pensée, une foule de calculs.

— Cela n'a pas d'importance, répliqua Déborah, de savoir combien ils valent, ces dix dollars ; nous n'avons tout de même pas l'intention de nous en servir pour acheter quelque chose.

— Et pourquoi pas ? reprit Miriam ; nous n'allons pas garder nos vieux oripeaux pour le voyage !

— Pour le voyage ? Quelqu'un va partir en voyage ? hurla sa mère. Où ça ?

— Mais voyons, en Amérique, déclara Miriam qu'un sourire illuminait. Puisque c'est Sam qui l'a écrit.

Pour la première fois, un membre de la famille venait de dire « Sam » en pensant à Chémariah. On avait l'impression que Miriam, en désignant son frère sous son nouveau prénom américain, comptait donner plus de poids au désir qu'exprimait Chémariah dans sa lettre et engager toute la famille à partir pour l'Amérique.

— Sam ? s'écria Mendel Singer, qui est-ce, Sam ?

— Oui, répéta en écho Déborah, qui est-ce, Sam ?

— Sam, répondit Miriam avec son sourire immuable, c'est mon frère qui est en Amérique, et c'est aussi votre fils.

Les parents gardèrent le silence.

Soudain, la voix de Ménouhim déchira ce silence d'un cri strident, au fond du recoin où il s'était réfugié.

— En tout cas, on ne pourra pas emmener Ménouhim, dit Déborah à mi-voix, comme si elle craignait que le petit infirme risquât de comprendre ses paroles.

— Non, on ne pourra pas l'emmener, répéta Mendel Singer, lui aussi, à voix basse.

Le soleil semblait descendre plus vite que d'ordinaire. Sur le mur blanc de la maison d'en face qui, par la fenêtre ouverte, attirait les regards de toute la famille, les ombres noires montaient à l'assaut, aussi vite et aussi haut que monte la mer lorsque le flux de la marée heurte la paroi des falaises. Un vent léger s'éleva et fit gémir la fenêtre sur ses gonds.

— Ferme la porte, je sens le courant d'air ! dit Déborah.

Miriam alla fermer la porte. Mais avant de prendre le loquet en main, elle resta un instant immobile, la tête dans l'embrasure, tournée dans la direction que Mac avait prise avant de disparaître. Puis Miriam referma brutalement la porte d'un seul coup en déclarant :

— C'est le vent !

Mendel était debout près de la fenêtre. Il regardait les ombres du soir envahir le mur d'en face. En levant la tête, il pouvait voir, tout en haut de la maison, l'or du couchant se répandre sur le toit. Il demeura longtemps dans cette attitude ; derrière son dos, il y avait la chambre, il y avait sa femme, et sa fille, et le pauvre Ménouhim. Il sentait leur présence, il devinait chacun de leurs mouvements. Il savait qu'à cet instant Déborah posait sa tête sur la table pour pleurer et que Miriam tournait son visage vers le foyer, les épaules secouées de frémissements passagers, bien qu'elle ne pleurât pas. Il savait aussi que sa femme attendait avec impatience le moment où il prendrait son livre de prière du soir ; et que Miriam jetterait alors sur ses épaules son châle jaune pour courir chez les voisins. Déborah se mettrait aussitôt en devoir d'enfouir sous la latte du parquet le billet de dix dollars qu'elle tenait toujours froissé dans sa main. Il la connaissait, cette latte, Mendel Singer. Chaque fois qu'il y posait le pied, elle lui révélait par un craquement le secret qu'elle recouvrait, et ce bruit lui rappelait le grognement des chiens de garde que Samechkine plaçait à la porte de son écurie, attachés par une forte chaîne. Il la connaissait, Mendel Singer, cette latte secrète. Et comme il n'avait pas envie de susciter dans son esprit l'idée des chiens noirs de Samechkine dont il avait horreur, car il voyait en eux une vivante incarnation du péché, il évitait de poser son pied sur la planche dangereuse (si ses pensées n'étaient pas trop absorbées par un autre sujet), tandis qu'en enseignant la Bible il arpentait la pièce en tous sens, poussé par l'ardeur d'un beau zèle. Il regardait donc la ligne d'or que dessinait le soleil déclinant ; il la voyait s'amenuiser, il la voyait monter du flanc à l'arête du toit, et s'immobiliser un instant sur la blancheur de la cheminée. Ce spectacle lui donnait l'impression d'assister pour la première fois de sa vie, avec une netteté intense, à la marche muette et perfide des jours qui avancent en rampant, au ras du sol, imperceptibles. Il croyait sentir la traîtrise, la méchanceté qui se cache dans cet éternel renouveau grâce auquel le jour succède à la nuit, l'été à l'hiver, tandis que la vie s'écoule, au contraire, uniforme, en dépit des mille terreurs prévues ou surprenantes qu'elle peut apporter dans son cours. Toutefois, ces éléments imprévisibles ne trouvaient un terrain propice où s'enraciner que sur certains rivages aux aspects divers auxquels Mendel Singer ne s'était jamais arrêté. Un homme était arrivé d'Amérique ; avec un bon rire, il avait remis une lettre, des dollars et des photos de Chémariah, avant de redevenir invisible dans les brumes du lointain. Les fils de Mendel avaient disparu de l'horizon de leur père. Jonas était au service du tsar à Pskov et n'avait plus rien en lui de son Jonas. Chémariah prenait des bains de mer au bord de l'Océan et ne s'appelait plus Chémariah. Miriam regardait s'éloigner l'Américain et voulait partir aussi pour l'Amérique. Seul Ménouhim restait ce qu'il avait toujours été depuis le jour de sa naissance, c'est-à-dire un infirme. Quant à Mendel Singer, il restait, lui aussi, ce qu'il avait toujours été, un simple maître d'école.

La petite rue sur laquelle donnait la fenêtre était entièrement plongée dans l'ombre ; dès lors, elle retrouvait toute son animation. La grosse Mme Chaim, la femme du vitrier, et la grand-mère nonagénaire du serrurier (de ce pauvre Jossel Kopp, mort depuis bien longtemps déjà) sortaient à présent leur chaise sur le pas de leur porte pour s'asseoir là, au frais, et profiter, un moment au moins, de la douceur du soir. Vêtus de noir, l'allure vive, échangeant à mi-voix de brèves paroles dès qu'ils se rencontraient, les Juifs se hâtaient vers la synagogue. Alors Mendel Singer se retourna et quitta l'embrasure de la fenêtre ; il était temps pour lui aussi de se mettre en route. Il passa derrière Déborah, dont la tête reposait encore sur le bois dur de la table. Le visage de sa femme, que, depuis des années, Mendel ne pouvait plus souffrir, se trouvait ainsi soustrait à sa vue. Il se confondait presque avec ce bois où elle avait trouvé refuge, pendant que l'obscurité, envahissant peu à peu la chambre, masquait heureusement l'expression insensible et l'attitude malhabile de Mendel. Il effleura d'une main furtive le dos large de sa femme ; il était bien passé, le temps où cette chair lui était familière ; qu'elle lui semblait donc étrangère, aujourd'hui ! Déborah se redressa et lui dit : « Ah ! tu t'en vas à la prière ! » Et comme elle pensait à autre chose, elle se contenta de répéter à peu près les mêmes mots, d'une voix lointaine : « Ah ! oui, c'est la prière ; tu t'en vas là-bas ! »

Miriam quitta la maison en même temps que son père, enveloppée de son châle jaune, et se rendit chez les voisins.

C'était la première semaine d'Ab, onzième mois du calendrier juif. Après la prière du soir, les fidèles se rassemblaient en l'honneur de la nouvelle lune ; comme la nuit s'annonçait douce et que la journée avait été chaude, ils se conformaient de bon gré, docilement, aux préceptes de leur foi imprimés dans leurs cœurs pieux. Le Seigneur leur commandait d'assister au retour de la lune sur un emplacement découvert, en un lieu où la voûte du ciel pût se déployer à leurs yeux, plus vaste et plus imposante qu'au-dessus des toits, dans les rues étroites de leur bourgade. Ils marchaient donc d'un pas pressé, sans mot dire ; vêtus de noir, par petits groupes inégaux, ils dépassèrent la limite des maisons et aperçurent bientôt à l'horizon la forêt, muette elle aussi, et sombre comme eux, mais figée dans son éternité ; ils voyaient la nuit descendre à perte de vue sur les champs et les recouvrir de ses voiles ; puis, finalement, les hommes s'arrêtèrent. Ils levèrent les yeux vers le ciel pour y chercher l'arc d'argent qu'y dessinait le nouvel astre dont on célébrait aujourd'hui, une fois de plus, la naissance, comme au jour de sa création. Tous se rassemblèrent pour former un groupe compact ; on ouvrit les livres de prières. De chaque feuillet blanc émanait une lueur discrète ; les caractères dessinaient sur les pages les angles noirs de leurs contours à la lumière bleutée de la première lune, perceptibles aux yeux des fidèles qui entonnèrent aussitôt à mi-voix l'invocation à la lune, balançant le buste de droite à gauche, de gauche à droite, pareils à des tiges ployées par un ouragan invisible. Leur rythme se fit plus rapide, leurs voix devinrent plus fortes ; ils mettaient une ardeur guerrière à lancer vers le ciel lointain les mots de leurs prières en langue insolite ; cette terre, sous leurs pieds, n'était pas leur terre ; la forêt qui dressait son mur devant eux était leur ennemie, et même on sentait de la haine dans les aboiements des chiens dont les oreilles méfiantes avaient perçu leur présence inaccoutumée. Seule la lune était leur amie, la lune qui renaissait cette nuit en ce monde comme au pays de leurs pères, et seul méritait leur confiance le Seigneur qui partout veillait sur eux, sur le sol des ancêtres comme sur la terre d'exil.

Ils terminèrent leur oraison par un *Amen* sonore, puis ils échangèrent des poignées de main en se souhaitant un mois prospère, la réussite dans leurs affaires et la guérison des malades. Ils se dispersèrent, rentrant chez eux isolément ; bientôt ils disparurent dans les ruelles, chacun retrouvant la porte basse et sombre de sa pauvre bicoque à moitié branlante. Un seul Juif resta en arrière ; ce Juif, c'était Mendel Singer.

Il y avait peut-être quelques minutes à peine que ses coreligionnaires s'étaient séparés, et pourtant il lui semblait qu'il se trouvait là depuis une heure au moins. Il s'imprégnait de cette paix absolue, de cette liberté sans bornes ; il fit quelque pas. Se sentant un peu las, il eut envie de s'étendre sur le sol. Cependant, il éprouvait une certaine appréhension ; il avait peur de cette terre qu'il ne connaissait pas et de l'horrible vermine qui probablement s'y cachait. A cet instant, il pensait à Jonas, à ce fils désormais perdu pour eux. Jonas couchait maintenant dans une caserne, dans le foin, à l'écurie, peut-être à côté des chevaux. Quant à son fils Chémariah, il vivait de l'autre côté de l'eau. Lequel des deux était le plus loin de son père, Jonas ou Chémariah ? A cette heure, Déborah avait sûrement enfermé les dollars dans sa cachette et Miriam devait raconter aux voisins l'histoire de l'Américain qui était venu en visite chez eux.

Le croissant de lune, tout récent, répandait une lumière argentée déjà assez puissante ; à sa suite, sa compagne fidèle, l'étoile la plus brillante du ciel, l'accompagnait dans sa course nocturne. Parfois, des chiens se mettaient à aboyer furieusement ; cela effrayait Mendel Singer. Ce bruit désagréable rompait la paix de la campagne et augmentait l'inquiétude qui rongeait le cœur de Mendel. Il n'était guère qu'à cinq minutes des dernières maisons de la ville, mais il se sentait infiniment loin du petit univers clos des Juifs, indiciblement seul, menacé de mille dangers et pourtant incapable de rentrer chez lui. Il se tourna vers le nord. Par là, c'était la masse sombre de la forêt qui fermait l'horizon. A droite, sur des verstes sans nombre, les marais s'étendaient à travers la plaine parsemée çà et là de saules au feuillage d'argent. A gauche, les champs disparaissaient sous la brume opaline. De temps en temps, Mendel croyait percevoir des bribes de paroles venant d'un point qu'il ne pouvait situer. Il entendait parler des gens qu'il connaissait bien et avait l'impression de comprendre ce qu'ils disaient ; mais bientôt il se souvint qu'il avait déjà entendu ces phrases longtemps auparavant. Il se rendit compte qu'à cette heure-ci il les percevait en fait une seconde fois, ou plutôt qu'il en percevait seulement l'écho demeuré jusqu'alors en attente au fond de sa mémoire. Soudain, un frémissement fit bruire à gauche les tiges de blé ; on n'avait pourtant pas senti le moindre souffle de vent. Le bruit s'enflait, se rapprochait. A présent, Mendel voyait nettement les épis s'agiter sur leurs tiges de taille humaine ; c'était bien évident, quelqu'un avait dû s'y glisser, à moins que ce ne fût un énorme animal, une sorte de monstre. Le mieux eût été sans doute de s'enfuir au plus vite, mais Mendel préféra attendre et se préparer à la mort. Un paysan, sûrement, ou bien un soldat allait sortir du champ de blé ; il accuserait Mendel d'être un voleur et l'assommerait sans autre forme de procès — peut-être avec une grosse pierre. Ou bien ce serait un vagabond, un assassin, un criminel qui serait furieux de se voir dépisté et observé. « Dieu du ciel ! » murmura Mendel dans un souffle. Il entendit alors des voix. Ils étaient à deux et marchaient à travers les blés. Cette double présence, au lieu de l'être isolé qu'il supposait, rendit au pauvre Juif un peu de calme, quoiqu'il ne tardât pas à se dire qu'après tout il pouvait avoir affaire à deux assassins à la fois. Mais non, ce n'étaient pas des malfaiteurs ; c'était un couple d'amoureux. Une voix féminine prononçait des mots, l'homme riait. Somme toute, les amoureux peuvent aussi, quelquefois, se montrer dangereux ; on en a vu des exemples où l'homme se mettait dans une colère folle en constatant qu'il avait eu un témoin pendant qu'il contait fleurette à sa bonne amie ! Ils approchaient déjà ; bientôt ils allaient sortir du champ. Mendel Singer surmonta le dégoût sans bornes que lui inspirait la vermine du sol et s'étendit sans bruit par terre, les yeux fixés sur les blés. Alors les épis s'écartèrent, l'homme sortit le premier ; il était en uniforme, c'était un soldat à casquette bleu foncé. Ses pieds étaient bottés, il portait des éperons dont le métal lança une lueur en même temps qu'un cliquetis sourd. Derrière l'homme apparut une tache de couleur claire. C'était un châle jaune... jaune... jaune ! On entendait une voix, une voix juvénile. Le soldat se retourna, étendit son bras autour des épaules de la jeune fille ; à cet instant, le châle s'entrouvrit, le soldat marchait derrière la fille, tenant entre ses mains les deux seins qu'elle lui abandonnait, et elle avançait ainsi, comme enchâssée dans l'uniforme du soldat.

Mendel ferma les yeux et laissa la catastrophe passer à côté de lui dans l'obscurité. S'il n'avait pas craint de trahir sa présence, il aurait préféré se boucher les oreilles pour n'être pas forcé d'entendre. Mais, étendu où il était, il ne pouvait pas ne pas entendre : paroles impies, soulignées par un cliquetis d'éperons, bruit métallique, petits rires étouffés proches de la folie, et là-dessus, le gros rire d'un homme. Mendel attendait comme une délivrance l'instant où les chiens reprendraient leurs aboiements féroces. Ah ! s'ils pouvaient seulement hurler, et de toutes leurs forces ! Mais qu'ils hurlent donc, qu'ils se déchaînent ! Maintenant, c'était le tour des assassins ; c'était à eux de sortir des blés pour assommer Mendel. Les voix s'éloignèrent. Le silence revint. Tout était fini. Rien ne s'était passé. Brusquement, Mendel Singer fut sur ses pieds, inspecta les alentours, prit dans ses deux mains les pans de sa lévite et se mit à courir en direction de la ville. Partout les volets étaient fermés, mais on voyait encore des femmes assises sur le pas de la porte, poursuivant d'une voix éraillée leurs bavardages interminables. Il ralentit sa course afin de ne pas trop attirer l'attention, se contentant d'aller à grands pas pressés sans lâcher les pans de sa lévite. Devant sa maison, il s'arrêta net et frappa à la fenêtre. Déborah ouvrit.

— Où est Miriam ? demanda Mendel.

— Elle se promène encore, répondit Déborah ; il n'y a pas moyen de la retenir. Elle se promène tout le temps, la nuit comme le jour. C'est tout juste si elle reste une demi-heure à la maison. Quelle punition du ciel, des enfants comme ceux-là ! A-t-on jamais vu...

— Tais-toi, dit Mendel, l'interrompant ; quand Miriam rentrera, tu lui diras que je voulais la voir. Ce soir, je ne rentrerai pas à la maison, seulement demain matin. C'est l'anniversaire de la mort de mon grand-père Zallel, je vais prier.

Et il s'éloigna sans attendre ce qu'allait répondre sa femme.

Trois heures à peine s'étaient écoulées depuis qu'il avait quitté la synagogue. Mais en y retournant à cet instant, il lui semblait y revenir après de longues, longues semaines d'absence. Il caressa d'une main aimante la partie supérieure du vieux pupitre où il était toujours venu prier. Il lui semblait retrouver une connaissance de longue date qu'il avait plaisir à revoir. Il en rabattit le couvercle et sa main ne tarda pas à rencontrer son vieux livre, noir et pesant, auquel ses doigts s'étaient accoutumés une fois pour toutes et qu'il aurait sans hésitation reconnu entre mille volumes semblables. Qu'elle lui était donc familière, cette reliure de cuir lisse où se dessinaient en relief des îlots ronds de stéarine, vestiges solidifiés des cierges de jadis, consumés par centaines ! Et de même, le bas des pages, aux coins jaunâtres et ramollis, graisseux, triplement ondulés par les doigts mouillés qui avaient tourné ces feuillets dix ans, vingt ans, trente ans de suite ! Avait-il besoin de telle ou telle prière, il savait aussitôt à quelle page ouvrir son livre. Chaque ligne était demeurée gravée dans sa mémoire avec toutes ses lettres, avec les plus petits de ses signes, quasi imperceptibles, inhérents à la physionomie propre que cette édition donnait aux textes sacrés. Pour chaque prière, Mendel savait d'avance le style de l'impression, la grosseur des caractères et la coloration du feuillet, aussi subtile fût-elle.

La synagogue était plongée dans la pénombre. Quelques cierges donnaient une lumière jaunâtre ; ils brûlaient contre la paroi est, à côté du meuble où l'on enfermait les rouleaux de la Thora. Mais au lieu de dissiper l'obscurité, cette lueur semblait plutôt s'y intégrer, comme dans un refuge. Par les fenêtres, on avait vue sur le ciel et sur quelques étoiles ; à l'intérieur, on pouvait reconnaître les divers objets ainsi que les meubles qui s'y trouvaient : la table, les bancs, les pupitres — jusqu'aux bouts de papiers épars sur le sol, puis, aux murs, les chandeliers ; ailleurs, quelques tissus ornés de franges d'or. Mendel Singer alluma deux cierges qu'il fixa de son mieux dans la cire molle, sur le bois nu de son pupitre. Il ferma les yeux et se mit à prier. Sans avoir besoin de rouvrir les paupières, il devinait avec un instinct infaillible l'instant où il arrivait au bas d'une page et, d'un geste automatique, tournait le feuillet pour entamer le texte du suivant. Peu à peu, son buste retrouvait le rythme de balancier traditionnel, ce rythme immuable qui associe le corps entier à la prière ; ses pieds raclaient le plancher, il avait serré ses deux poings qui étaient devenus deux massues pour frapper son pupitre, sa poitrine, son livre de prières et même l'air environnant. Sur le banc voisin du poêle, un Juif sans abri s'était endormi. Sa respiration accompagnait, renforçait en sourdine la psalmodie monotone de Mendel Singer, ardente comme un hymne au cœur du désert fauve où l'on se sait perdu et où la mort vous devient familière. Son propre chant et le souffle régulier du dormeur finirent par plonger Mendel dans une sorte de torpeur chassant de son cœur les moindres pensées importunes ; Mendel n'était plus qu'un homme en prière, les mots qu'il prononçait ne faisaient que le traverser avant de s'envoler vers le ciel ; Mendel n'était plus qu'un réceptacle vide, un instrument de jonction. Il demeura plongé dans ses prières jusqu'aux approches du matin.

Le jour commençait à poindre derrière les fenêtres. La lueur des cierges pâlit, s'affaiblit encore. Derrière les maisons les plus basses, on voyait déjà le soleil s'élever à l'horizon ; des flammes de pourpre, du côté de l'orient, teintèrent de leur éclat deux fenêtres de la synagogue. Mendel écrasa les restes de ses cierges, enferma son livre au fond du pupitre, ouvrit enfin les yeux et s'apprêta à sortir. Il fit quelques pas dehors ; l'air avait l'odeur de l'été. Cet air sentait le marais qui sèche et l'herbe qui pousse. Tous les volets étaient encore fermés. Les gens dormaient.

Mendel frappa trois fois à la porte de sa maison. Il se sentait frais et dispos comme au sortir d'un long sommeil que n'aurait troublé aucun mauvais rêve. Il savait désormais, et sans plus hésiter, quelle conduite il adopterait. Déborah lui ouvrit.

— Fais-moi du thé, lui demanda Mendel ; ensuite, je te dirai quelque chose. Est-ce que Miriam est rentrée ?

— Bien sûr, répondit Déborah, où voudrais-tu donc qu'elle soit ? Tu crois peut-être qu'elle est déjà en Amérique ?

L'eau frémit et chanta dans le samovar. Déborah souffla dans un verre et l'astiqua d'une main vigoureuse. Puis Mendel et Déborah avalèrent le thé à coups réguliers, de leurs lèvres prudentes, tendues en avant. Soudain Mendel, son verre en main, s'arrêta de boire pour déclarer :

— Nous partirons pour l'Amérique. Il faudra laisser Ménouhim ici. Celle qu'il faut emmener là-bas, c'est Miriam. Une catastrophe se prépare, elle s'abattra sur nous si nous restons plus longtemps ici.

Il fit un temps d'arrêt, puis reprit à mi-voix :

— Elle va avec un Cosaque.

Le verre s'échappa des mains de Déborah et se brisa en éclats innombrables sur le sol. A ce bruit, Miriam s'éveilla dans son coin et Ménouhim s'agita au milieu de son pesant sommeil. Ensuite, tout retomba dans le silence. Des alouettes, par milliers, lancèrent leurs trilles au-dessus du toit, vers les hauteurs du ciel.

Le soleil vint frapper d'un violent éclair les vitres de la fenêtre ; en rencontrant le cuivre bien poli du samovar, il en fit un miroir qui jetait des feux alentour.

Ainsi commença la journée.

7

POUR se rendre à Doubno, il faut prendre la voiture de Samechkine ; pour Moscou, il faut prendre le train ; et pour l'Amérique, il faut prendre le bateau, bien sûr. Mais ce n'est pas tout. Il faut aussi, pour y aller, se procurer des papiers. Ces papiers, on ne vous les donne pas n'importe où ; il faut aller à Doubno.

Dans ces conditions, Déborah s'en va trouver Samechkine. Le voiturier, cette fois-ci, n'est pas assis près du poêle sur son banc. Il n'est pas à la maison. C'est jeudi, jour du marché aux porcs. Samechkine ne rentrera pas chez lui avant une heure d'ici.

Déborah marche de long en large ; elle fait les cent pas devant la masure de Samechkine et toutes ses pensées sont tournées vers l'Amérique.

Un dollar vaut plus de deux roubles, un rouble fait cent kopecks, deux roubles équivalent à deux cents kopecks, et combien donc, grand Dieu ! un dollar peut-il bien faire de kopecks ? D'autre part, si on pouvait deviner combien de dollars Chémariah va encore envoyer ? L'Amérique est une terre bénie.

Miriam va avec un Cosaque. En Russie, c'est une chose qui peut arriver, tandis qu'en Amérique, il n'y a pas de Cosaques. La Russie est un pays triste, l'Amérique, un pays libre, un pays où la joie règne. Là-bas, Mendel ne sera plus maître d'école ; Mendel sera le père d'un homme riche.

Or, ce n'est pas une heure, ce ne sont pas deux heures, mais trois grandes heures qui passent jusqu'au moment où Déborah entend enfin résonner sur le sol les semelles cloutées des bottes de Samechkine.

Le soir est tombé, mais il fait encore très chaud. Le soleil sur son déclin a déjà pris des tons d'ocre ; pourtant il ne se décide pas à disparaître, il se couche aujourd'hui bien plus lentement que d'habitude. Déborah est baignée de sueur, en raison de la chaleur sans doute, mais aussi sous l'effet de l'excitation et de mille pensées extraordinaires qui l'assiègent.

A présent, à la vue de Samechkine qui s'approche, elle étouffe plus encore. Lui, il porte sur la tête un énorme bonnet à poil, tout bourru par endroits et râpé sur d'autres côtés ; il a enfilé un vieux paletot de fourrure sur son pantalon de toile crasseux qu'il a rentré dans ses grosses bottes. Et malgré cet accoutrement, il n'a pas l'air de transpirer.

Un peu avant l'instant où Déborah le voit venir, son odorat a deviné que le voiturier est de retour, car il sent l'eau-de-vie à plein nez. Elle prévoit qu'elle aura donc une rude lutte à livrer. Ce n'est déjà pas si facile de se concilier les bonnes grâces de Samechkine quand, par hasard, il n'a pas bu.

Le lundi est le jour du marché aux porcs à Doubno. C'est bien fâcheux que Samechkine ait déjà eu son marché aux porcs pour ainsi dire à domicile ; il n'a plus de raison, à présent, de se rendre à Doubno ; c'est hélas ! bien probable. Il fera payer le voyage, la chose est claire.

Déborah se place en face de Samechkine, au beau milieu de la route. Il titube à chaque pas et ses bottes pesantes l'aident à se tenir en équilibre. « Heureusement pour lui qu'il ne marche pas pieds nus », songe Déborah, non sans un certain mépris.

Samechkine ne reconnaît pas la femme qui lui barre le chemin.

— Les femmes, je n'en veux pas ! proteste-t-il, tandis que sa main cherche en même temps à saisir et à donner des coups.

— C'est moi, voyons, insiste Déborah qui ne se décourage pas. Lundi, nous irons à Doubno.

— Grand bien te fasse ! réplique Samechkine d'un ton affable.

Il reste droit sur ses jambes, mais appuie son coude sur l'épaule de Déborah. Elle a peur de bouger, car au moindre de ses mouvements, Samechkine risque de s'effondrer.

Samechkine pèse au moins soixante-dix kilos ; son poids tout entier se concentre en ce moment dans son coude, et ce coude repose sur l'épaule de Déborah.

C'est la première fois qu'un homme étranger s'approche aussi près d'elle. Elle a peur, mais elle pense en même temps qu'elle n'est plus jeune ; elle pense également au Cosaque de Miriam, et au temps qui s'est écoulé depuis que Mendel ne l'a plus touchée.

— Entendu, ma mignonne, reprend Samechkine, on ira lundi à Doubno, et en route on couchera ensemble tous les deux.

— Allons donc, vieux coureur, tu n'as pas honte !... dit Déborah ; attends un peu, je vais raconter ça à ta femme. Est-ce que tu n'aurais pas trop bu, par hasard ?

— Pour sûr que j'ai bu, répond Samechkine, mais j'ai bu ce qu'il faut, pas plus. Et tiens, dis-moi plutôt ce que tu veux faire à Doubno, si ce n'est pas pour coucher avec Samechkine ?

— Il faut que je me fasse faire des papiers, continue Déborah. Nous allons partir en Amérique.

— Jusqu'à Doubno, ça fera cinquante kopecks si tu ne veux pas coucher, et trente si tu couches avec moi. Ce que je te ferai, ça sera un gosse bien réussi, tu verras ; quand il naîtra, tu seras en Amérique et comme ça, tu auras un petit souvenir de Samechkine.

Déborah frissonne de tout son corps, malgré la chaleur étouffante.

Enfin, malgré tout, au bout d'une minute, elle se ressaisit et déclare :

— Je n'ai pas l'intention de coucher avec toi et je te paierai trente-cinq kopecks.

Soudain, voilà que Samechkine se tient tout seul sur ses pieds ; il a retiré son coude qui, jusqu'à cet instant, prenait appui sur l'épaule de Déborah et il a l'air totalement dégrisé.

— Va pour trente-cinq kopecks! répète-t-il d'une voix ferme.

— Donc lundi, à 5 heures du matin.

— Lundi, à 5 heures du matin.

Là-dessus, Samechkine va voir ce qui se passe dans la cour, tandis que Déborah s'en retourne chez elle à pas lents.

Le soleil a disparu. Le vent arrive de l'ouest ; on voit des nuages mauves s'amonceler à l'horizon ; il va pleuvoir demain, songe Déborah, qui sent déjà se réveiller son mauvais rhumatisme au genou. En voilà un qu'elle connaît bien et qui ne la trompe pas, fidèle comme seuls le sont les ennemis de longue date ! « On se fait vieux ! » se dit-elle. Les femmes vieillissent plus vite que les hommes. Ainsi Samechkine a au moins le même âge qu'elle, sinon davantage. Miriam, elle, est jeune et va avec un Cosaque.

A ce mot de « Cosaque » qu'elle vient de prononcer à haute voix, Déborah a sursauté. On dirait qu'elle avait attendu d'entendre retentir ces syllabes sonores pour avoir pleinement conscience de l'horrible réalité.

A la maison, elle trouva Miriam, sa fille, et Mendel, son mari. Ils étaient tous deux assis à la table, le père et la fille, gardant l'un et l'autre un silence obstiné. Dès son arrivée, Déborah comprit que ce silence n'était pas récent ; c'était un mal qui avait pris racine sous leur toit et s'y était solidement implanté.

— Je viens de voir Samechkine, je lui ai parlé, attaqua Déborah. Lundi, à 5 heures du matin, il m'emmènera à Doubno pour faire faire les papiers. Il demande pour ça trente-cinq kopecks. — Et, poussée par le démon de la vanité, elle crut bon d'ajouter : — Ça, c'est un prix réduit pour moi toute seule, un prix qu'il ne ferait pas à d'autres !

— Oui, mais de toute façon, il n'est pas question que tu y ailles sans moi, répondit Mendel Singer, d'une voix où l'on devinait toute sa lassitude et l'angoisse qui lui serrait le cœur. J'ai consulté beaucoup de Juifs qui s'y connaissaient en la matière. Ils disent que je dois me présenter en personne à l'*ouriadnik* (1).

— Tu te vois chez l'*ouriadnik,* non, sérieusement ?

Il était bel et bien difficile de s'imaginer Mendel Singer aux prises avec une administration quelconque. Jamais de sa vie, en effet, il n'avait eu l'occasion de s'adresser à un *ouriadnik.* Jamais encore, il ne s'était trouvé sans trembler en face d'un gendarme. Il évitait avec le plus grand soin de se mettre sur la route d'un personnage en uniforme et prenait les mêmes précautions vis-à-vis des chevaux et des chiens. Et ce même Mendel allait, d'un jour à l'autre, affronter un *ouriadnik ?* Inconcevable !

— Écoute, Mendel, reprit Déborah, ne va pas te mêler d'affaires où tu risques tout au plus de nous causer des ennuis. Je me chargerai d'arranger ça toute seule.

— Mais tous les Juifs, rétorqua Mendel, m'ont affirmé que je suis forcé de me présenter là-bas en personne.

— Alors, le mieux c'est d'y aller ensemble, lundi.

— Et où penses-tu laisser Ménouhim pendant ce temps ?

— C'est Miriam qui le gardera.

Mendel regarda sa femme. Il essayait de capter, de croiser ses yeux qu'elle cachait, craintive, sous ses paupières. Miriam, qui considérait d'un coin de la pièce ce qui se passait de l'autre côté de la table, pouvait, de là, voir le regard de son père ; son cœur se mit à battre plus vite. Lundi, elle avait rendez-vous. Oui, pour ce lundi, elle avait rendez-vous, et elle aurait rendez-vous tant que durerait la bonne chaleur qui donnait tant de charme à ce déclin d'été. Son amour avait fleuri en fin de saison, au milieu des épis mûrs ; Miriam avait peur de voir venir la moisson. Elle entendait déjà, parfois, les préparatifs auxquels songeaient les paysans et le crissement des faucilles au contact de la pierre, de la pierre bleue à aiguiser qui passe et repasse sur le tranchant des lames. Où donc irait-elle quand les champs seraient à nu, dépouillés de leur parure ? Elle serait bien forcée

(1) Officier de police.

d'aller en Amérique. Elle se faisait une idée assez vague, comme un mirage, de la liberté dont l'amour jouissait en Amérique ; entre les gratte-ciel, on était en somme mieux cachés que dans le champ de blé, malgré la hauteur des épis. Cette perspective la consolait un peu de l'approche de la moisson. Ce n'était plus qu'une affaire de jours ou d'heures. Miriam n'avait pas un instant à perdre. Elle aimait Stépane. Lui, il resterait dans son pays. Elle aimait tous les hommes ; porteurs d'orages prêts à se déchaîner, ils savaient pourtant, de leurs mains puissantes, allumer au fond du cœur des flammes d'une douceur exquise. Ces hommes merveilleux, ils s'appelaient Stépane, sans doute, mais aussi Ivan et Vsévolod. En Amérique, il y avait encore bien plus d'hommes.

— Je ne veux pas rester seule à la maison, osa prétendre Miriam, j'aurais trop peur !

— Dans ce cas — c'était la voix de Mendel qui s'élevait à présent — il faudra faire appel à un Cosaque pour qu'il vienne la garder à domicile.

Miriam rougit. Elle croyait que son père voyait sa rougeur, bien qu'elle fût debout dans son coin, complètement perdue dans la pénombre. Sans doute sa rougeur perçait-elle l'obscurité ; comme la lumière d'une lampe, le visage de Miriam était, lui aussi, une source de feu. Elle le couvrit de ses mains et fondit en larmes.

— Tu ferais mieux de sortir ! ordonna Déborah. Il est tard, ferme donc les volets !

Elle sortit d'un pas mal assuré, avec précaution, les mains toujours devant les yeux. Dehors, elle demeura un instant immobile. Toutes les étoiles du ciel étaient présentes à l'appel, extrêmement proches et vivantes ; on aurait pu croire qu'elles avaient attendu Miriam, sachant qu'elle allait sortir sur le seuil. Leur clarté, leur éclat d'or pur annonçait celui de l'immense continent où régnait la liberté ; c'étaient, en quelque sorte, de petits miroirs où se reflétait le rayonnement de l'Amérique.

Miriam s'approcha de la fenêtre, regardant à l'intérieur de la maison. Elle essayait de déceler, d'après la physionomie de ses parents, de quoi ils pouvaient bien parler. Elle ne put rien en découvrir. Elle détacha les crochets de fer qui retenaient ouverts les volets de bois et rabattit les deux battants, comme on referme une armoire. Elle pensa à un cercueil. Elle enterrait ses deux parents au fond de la petite maison familiale. Cette pensée ne lui inspirait aucune mélancolie. Mendel et Déborah Singer étaient désormais enterrés. Le monde était vaste et plein de vie. Stépane, Ivan et Vsévolod, bien vivants eux aussi. Et l'Amérique, là-bas, au-delà de l'Océan, l'Amérique débordait de vie, avec ses maisons gigantesques et ses hommes par millions.

Lorsqu'elle rentra dans la pièce, son père Mendel Singer se contenta de remarquer :

— Elle n'est même pas capable de fermer les volets ; il lui faut une demi-heure pour y arriver !

Il se leva en gémissant et s'approcha du mur où était suspendue la petite lampe à pétrole faite d'un réceptacle bleu foncé et d'un manchon de verre noirci par la suie. Un fil de fer rouillé reliait ces éléments à un miroir circulaire, fendu en son milieu ; ce dispositif avait pour but de renforcer sans frais supplémentaires une lumière parcimonieuse. L'ouverture supérieure du verre se trouvait plus haut que la tête de Mendel Singer. Il avait beau souffler, il n'arrivait pas à éteindre la lampe. Il se haussa sur la pointe des pieds, souffla de toutes ses forces, mais le seul résultat qu'il obtint fut de ranimer sur la mèche la flamme près de s'éteindre.

Pendant ce temps, Déborah allumait un petit bout de chandelle jaunâtre et le posait sur le rebord de son fourneau, un pauvre fourneau fait de briques. Mendel Singer, en poussant un soupir, monta sur une chaise et réussit enfin à souffler sur la lampe qui voulut bien s'éteindre. Miriam alla se coucher dans son coin, à proximité de Ménouhim. Elle attendait, pour se déshabiller, que l'obscurité régnât dans la pièce. Les paupières closes, retenant son souffle, elle guettait l'instant où son père, qui priait à voix basse, aurait terminé son oraison. Le volet gardait dans son bois, à la place d'un nœud d'autrefois, un trou rond qui laissait passer un faisceau scintillant. Miriam voyait entrer par là tout le bleu et l'or dont se parait la nuit. Elle se dévêtit et tâta ses seins. Ils lui faisaient mal. Sa peau avait une mémoire particulière et gardait à chaque place le souvenir des mains qui l'avaient palpée, larges mains d'homme au contact rugueux et brûlant. Son odorat, lui aussi, avait sa mémoire propre et conservait une senteur composite, faite de sueur masculine, d'eau-de-vie et de cuir, qu'il lui restituait, avec une netteté terrible, la netteté de l'obsession. Elle entendait ses parents qui ronflaient et Ménouhim qui respirait avec peine. Soudain Miriam se leva, en chemise de nuit, pieds nus ; ses lourdes tresses, qu'elle ramenait en avant, pendaient jusqu'à ses cuisses. Elle poussa le verrou, ouvrit la porte et sortit pour sentir la nuit, autre univers que sa maison. Elle respira longuement ; elle avait l'impression de faire pénétrer dans ses poumons la nuit tout entière. Elle happait dans son souffle toutes les étoiles d'or qu'elle voyait briller, et pourtant il en restait toujours davantage sur la voûte du ciel. Les grenouilles, au loin, coassaient ; les grillons chantaient. Au nord-est, l'horizon se bordait d'argent, d'une large bande claire où se cachait encore l'aube déjà proche. Miriam pensa au champ de blé, sa couche nuptiale. Elle fit le tour de la maison. Là-bas, cette blancheur indécise, c'était le grand mur de la caserne. Quelques points lumineux s'en détachaient faiblement, comme pour se rappeler au souvenir de Miriam. Ils dormaient là-bas, tous ensemble, dans une grande salle, Stépane, Ivan et Vsévolod, et beaucoup d'autres hommes encore.

Demain, c'était vendredi. Il allait falloir tout préparer pour le samedi, les boulettes de viande, le brochet et le bouillon de poule. On allumait le four dès 6 heures du matin. Lorsque le ruban d'argent prit, au ciel, une couleur rose, Miriam rentra sans bruit dans la chambre. Elle ne parvint plus à se rendormir. Le trou du volet lui permettait de voir le premier flamboiement du soleil. Puis, chez son père et chez sa mère, le sommeil se changea bientôt en une vague agitation. C'était le matin. Le jour du sabbat s'écoula. Quant au dimanche, Miriam le passa dans le champ de blé avec Stépane. Pour finir, ils s'en allèrent très loin, jusqu'au village voisin. Miriam but de l'eau-de-vie. Toute la journée elle demeura introuvable. Tant pis, ils avaient bien le temps de la chercher ! Chaque heure de sa vie, à elle, avait son prix, l'été durait si peu ! Bientôt on allait commencer la moisson. Elle passa une fois encore la nuit avec Stépane dans la forêt. Demain c'était lundi, et son père se rendrait à Doubno pour se procurer leurs papiers.

Lundi donc, à 5 heures du matin, Mendel Singer se leva, but son thé, fit sa prière, rangea en hâte ses phylactères et se rendit chez Samechkine.

— J'ai bien l'honneur... commença de loin Mendel Singer, comme si le début de ses démarches auprès des administrations se situait à l'instant où il allait monter dans la voiture de Samechkine et comme si le voiturier avait eu droit aux mêmes salamalecs qu'un *ouriadnik.*

— Dis donc, j'aurais mieux aimé emmener ta femme ! répliqua Samechkine. Elle est bien conservée pour son âge, tu sais, et elle vous a une de ces poitrines qui en valent la peine...

— On s'en va, n'est-ce pas ? continua simplement Mendel.

Les chevaux se mirent à hennir, frappant de leur queue leur croupe vigoureuse.

— Huc ! Huc donc ! cria Samechkine en faisant claquer son fouet.

En fin de matinée, à 11 heures, ils atteignirent Doubno. Mendel fit l'expérience de la longue attente. Il retira sa calotte, qu'il garda à la main, et passa sous l'imposant portail d'entrée. Il remarqua que le portier avait un sabre au côté.

— Hé là ! où vas-tu comme ça ? demanda l'homme.

— Pour partir en Amérique, où faut-il s'adresser ?

— Dis-moi comment tu t'appelles.

— Mendel Méchélovitch Singer.

— Tu veux partir en Amérique ? Et pourquoi ?

— Je veux gagner de l'argent, je n'ai plus le sou.

— Eh bien, tu vas aller au numéro 84, concéda le portier. Tu trouveras là-bas un tas de gens qui attendent déjà.

Ils étaient là, en effet, assis tout le long d'un grand corridor, aux murs badigeonnés d'ocre jaune. Des hommes, revêtus d'un uniforme bleu, montaient la garde devant les portes. Des banquettes brunes étaient alignées contre les murs — toutes ces banquettes étaient occupées. Néanmoins, dès que se montrait un nouveau venu, les hommes en bleu faisaient un geste et les occupants des banquettes, docilement, se serraient, si bien que le nouveau, en fin de compte, y trouvait place comme les autres. On fumait, on crachait, on mâchonnait des graines de courge, on ronflait. Jamais ici, à n'importe quelle heure du jour que ce fût, non, jamais il ne faisait jour. Très loin, très haut, un vasistas de verre à peine translucide ne laissait guère passer qu'un pâle reflet de ce jour inaccessible. Quelque part, il y avait bien une pendule qui sonnait une heure, mais, dans cet univers clos, les horloges marchaient en marge du temps, car le temps, lui, s'était arrêté au seuil des corridors sans fin.

Quelquefois on entendait la voix d'un homme en uniforme bleu qui appelait très fort un nom. Tous les dormeurs se réveillaient. Celui qu'on avait nommé se levait, s'en allait vers une porte, mal assuré sur ses jambes, remettant un peu d'ordre dans sa tenue, pour disparaître dans l'entrebâillement d'une des hautes portes à deux battants qui s'ouvraient non pas au moyen d'un loquet, mais d'une grosse poignée ronde et blanche. Mendel se demandait comment il se servirait de cette poignée pour ouvrir la porte. Il se leva ; il était resté si longtemps assis, compressé entre deux autres solliciteurs, qu'il se sentait des douleurs dans tous les membres. Mais à peine fut-il sur ses pieds qu'un homme en bleu s'avança vers lui pour lui crier : « *Sidia!* — Assieds-toi ! » Mendel Singer ne retrouva plus sa place sur la banquette ; il resta donc debout à côté d'elle, le dos contre le mur, aussi plat que possible. Il aurait voulu se coller au mur, sans épaisseur, sans consistance.

— Tu attends pour aller au 84 ? demanda l'homme en bleu.

— Oui, répondit Mendel.

Il en était bien convaincu : on venait de décider en haut lieu de le flanquer à la porte une fois pour toutes. Il allait falloir que Déborah revînt encore une fois. Cinquante kopecks et cinquante kopecks, cela faisait un rouble.

L'intention de l'homme en bleu n'était pas de renvoyer Mendel. Ce qui importait avant tout à l'homme en bleu, c'était d'obliger tous les solliciteurs à bien garder leurs places respectives ; il lui était ainsi plus facile de les avoir tous à l'œil. Vous comprenez, un individu qui se lève, on ne sait jamais si ce n'est pas pour lancer une bombe.

« Ils ont toutes sortes de moyens pour se déguiser, les anarchistes », se disait l'agent chargé de la surveillance. Il fit donc signe à Mendel de s'approcher, tâta sa lévite de Juif du haut en bas, lui demanda ses papiers. Comme rien n'y manquait et que Mendel avait perdu sa place, l'homme en bleu lui expliqua :

— Écoute-moi bien. Tu vois cette porte vitrée ? Bon ; tu n'as qu'à l'ouvrir. C'est la porte du 84.

— Qu'est-ce qui te prend d'entrer comme ça ? hurla, derrière un bureau, un homme d'une carrure formidable.

Au-dessus de son fauteuil, oui, juste au-dessus de son fauteuil, on voyait au mur le portrait du tsar. L'homme se composait d'une moustache, d'un crâne bien poli, de deux épaulettes et de plusieurs boutons. Il avait l'air d'un buste assez réussi qu'on aurait posé sur la table, derrière un encrier monumental taillé dans un bloc de marbre.

— Qui diable a bien pu t'autoriser à entrer ici sans attendre ton tour ? Non mais, qu'est-ce que tu te crois permis !

La voix tonitruante semblait sortir du buste.

Pendant ce temps, Mendel Singer se courbait jusqu'à terre. Il n'avait pas prévu un accueil de ce genre. Il bombait l'échine et laissait la foudre se déchaîner au-dessus de lui. Il aurait voulu se faire minuscule, s'anéantir au niveau du sol et il prenait l'attitude qu'il aurait adoptée s'il avait été surpris par l'orage en plein champ. Les pans de sa longue lévite finissaient par s'écarter ; l'officier, de son siège, avait une vue plongeante sur le haut du pantalon élimé que portait Mendel Singer et même sur les tiges de ses bottes au cuir râpé. Ce spectacle attendrit légèrement l'âme du fonctionnaire.

— Approche un peu ! ordonna-t-il. Et Mendel s'approcha, la tête en avant, comme si son intention eût été de venir heurter du front le bureau d'où partait la voix.

A l'instant où il vit qu'il atteignait déjà le bord du tapis, Mendel releva légèrement la tête. L'officier eut un sourire.

— Sors-moi tes papiers ! commanda-t-il.

Puis ce fut le silence — silence que le tic-tac d'une pendule troublait à peine. Une lumière dorée s'insinuait à travers les jalousies et indiquait que l'après-midi touchait à son déclin. On percevait parfois un bruissement de papier. De temps en temps, l'officier de police restait pensif, regardait dans le vague et soudain, d'un coup brusque, refermait sa main sur une mouche. Il gardait la petite bête dans son énorme poing, écartait ses doigts avec précaution, arrachait une aile, puis l'autre, et passait encore un instant à observer les pénibles efforts auxquels se livrait l'insecte meurtri pour avancer lentement, sur le bord de la table.

— Et ta demande ? demanda-t-il brusquement. Où est-elle, ta demande ?

— Je ne sais pas écrire, Votre Excellence, dit Mendel pour s'excuser.

— Je m'en doute un peu, espèce d'imbécile ; ça se devine tout seul. Je ne t'ai pas demandé ton carnet de notes comme si tu rentrais de l'école ; ce qu'il me faut, c'est ta demande écrite. Est-ce que nous avons, oui ou non, ici un écrivain public ? Hein ! au rez-de-chaussée ? Au numéro 3 ? Hein ! Pourquoi est-ce que tu t'imagines que l'État entretient un écrivain public ? Pour un abruti de ton espèce, qui n'est pas fichu d'écrire. Alors, tu as compris ? Va-t'en au numéro 3. Tu te feras écrire ta demande. Dis bien que tu viens de ma part, pour que tu n'aies pas besoin d'attendre et pour qu'on s'occupe de toi tout de suite. Ensuite, tu viendras me trouver. Mais demain ! Et demain après-midi, si le cœur t'en dit, tu pourras t'en aller où tu voudras !

Mendel recommença ses courbettes. Il marchait à reculons, n'osant pas tourner le dos à son interlocuteur. L'espace entre le bureau et la porte lui parût interminable. Il avait l'impression de marcher ainsi depuis une heure au moins. Enfin il sentit que la porte n'était plus loin. Vite il fit demi-tour, saisit la poignée, la tourna d'abord à gauche, puis à droite, et s'inclina une dernière fois. Après quoi, soulagé, il se retrouva dans le corridor.

Au numéro 3, celui qui siégeait était un fonctionnaire ordinaire, qui ne portait pas d'épaulettes. La pièce où il se trouvait avait un plafond bas ; l'air y était étouffant et l'on voyait se presser toute une foule de gens autour de la table. L'écrivain public écrivait, écrivait à tour de bras, plongeant sans cesse sa plume, d'un geste impatient, jusqu'au fond de son encrier. Il écrivait d'une main alerte, mais n'en finissait jamais. Le flot des arrivants se renouvelait sans arrêt. Il trouva néanmoins le temps de remarquer la présence de Mendel.

— Je viens de la part de Son Excellence, vous savez bien, le monsieur du numéro 84 ? dit Mendel.

— Viens voir ici ! répliqua le fonctionnaire.

On s'écarta pour faire place à Mendel Singer.

— Un rouble pour le timbre ! réclama l'écrivain public.

Mendel extirpa un rouble de son mouchoir bleu. C'était un beau rouble, bien solide et bien brillant. Le gratte-papier n'empocha pas la pièce ; il attendait encore au moins cinquante kopecks. Mendel ne devinait aucunement ce que désirait le personnage dont l'attitude était pourtant facile à interpréter.

Aussi le fonctionnaire ne tarda-t-il point à se fâcher.

— Tu appelles ça des papiers, toi ? cria-t-il. Mais ce sont des chiffons ! Ça se défait entre les doigts.

Et, comme par inadvertance, il déchira l'une des pièces d'identité, qui se divisa en deux parties égales. L'homme tendit la main vers la gomme arabique pour recoller la feuille. Mendel Singer tremblait de tout son corps.

La gomme arabique était desséchée. L'employé cracha dans le flacon, puis le réchauffa de son haleine. Mais rien à faire, la gomme durcie ne voulait pas fondre. Soudain, l'homme eut une inspiration. Oui, de toute évidence, on lisait sur son visage qu'une inspiration subite venait de le traverser. Il ouvrit un tiroir, y déposa les papiers de Mendel Singer, le referma à clé, arracha à un bloc une petite fiche verte, y apposa un tampon et remit celle-ci à Mendel en lui disant :

— J'ai une idée. Demain matin, à 9 heures, tu vas revenir. Nous serons seuls. Nous pourrons parler tranquillement de ton affaire tous les deux. Tes pièces d'identité sont chez moi ; elles sont bien gardées. Tu viendras les reprendre. Et n'oublie pas de présenter cette fiche !

Mendel sortit. Samechkine attendait dehors, assis par terre, sur les pierres, à côté des chevaux ; le soleil se couchait, le soir tombait.

— Nous n'allons pas pouvoir rentrer avant demain, expliqua Mendel ; il faut que je revienne pour 9 heures du matin.

Il partit à la recherche d'une synagogue où passer la nuit. Il s'acheta un morceau de pain et deux oignons, fourra le tout dans sa poche, arrêta un Juif qui passait et lui demanda où se trouvait la synagogue.

— Nous pouvons y aller ensemble, proposa le Juif.

Chemin faisant, Mendel lui raconta ses aventures.

— Chez nous, à la synagogue, lui dit le Juif, tu vas pouvoir t'entendre avec quelqu'un qui se chargera pour toi de toute ton affaire. Il a déjà réussi à faire partir beaucoup de familles en Amérique. Est-ce que tu connais Kapturak ?

— Kapturak ? Bien sûr. C'est lui qui s'est occupé du passage de mon fils.

— Ah ! voilà un client fidèle ! s'écria Kapturak.

Vers la fin de l'été, il établissait ses batteries à Doubno et donnait ses consultations dans les synagogues. « Cette fois-là, c'est ta femme qui était venue me trouver. Oui, oui, ton fils, je m'en souviens bien. Il a trouvé le bon filon, hein ? Ah ! c'est que Kapturak s'y connaît, tu peux m'en croire ! »

Il apparut bientôt dans la conversation que Kapturak, en effet, était prêt à régler tout le problème du voyage, avec ses mille complications. Il en coûtait pour l'instant dix roubles par tête. L'ennui, c'était que Mendel ne pouvait pas avancer le premier versement de dix roubles qui lui était demandé. Kapturak, heureusement, trouva une solution. Il se fit donner l'adresse du jeune Singer. Dans quatre semaines, il aurait en main la réponse et l'argent nécessaire, si le fils de Mendel avait vraiment l'intention de faire venir ses parents auprès de lui.

— Donne-moi ta fiche verte, ta lettre d'Amérique et crois en ma parole, expliqua Kapturak.

Tous les assistants firent de la tête un signe d'approbation.

— Tu peux rentrer tranquillement chez toi dès ce soir. Dans quelques jours je repasserai te voir là-bas. Tu peux compter sur Kapturak !

Quelques hommes de l'assistance répétèrent en écho :

— Ah ! ça oui, tu peux compter sur Kapturak !

— C'est une vraie chance, avoua Mendel, que je vous aie rencontrés, ce soir !

Tous lui serrèrent la main en lui souhaitant bon voyage. Il retourna à la place du marché où Samechkine l'attendait. Celui-ci était justement en train de s'installer dans sa voiture pour y dormir en toute tranquillité.

— Crénom de nom ! on ne sait jamais à quoi s'en tenir quand on a le malheur de se fier à un Juif ! grogna-t-il. Alors, il va falloir quand même se remettre en route ?

Et ils prirent le chemin du retour.

Samechkine enroula les rênes autour de son poignet, car il avait l'intention de somnoler pendant le trajet. Et de fait, il ne tarda pas à se laisser gagner par le sommeil. Les chevaux prirent peur à la vue d'une ombre que projetait un épouvantail sur leur trajet. Un farceur avait arraché, au milieu d'un champ, cet objet insolite et l'avait planté au bord de la route. Les chevaux, aussitôt, prirent le mors aux dents ; la voiture semblait enlevée dans les airs et Mendel eut bientôt l'impression de planer au-dessus de la terre. Son cœur était emporté par le même rythme de galop que les bêtes. Mendel aurait presque juré que son cœur allait, dans un instant, quitter sa poitrine pour gambader sur les grands chemins à la suite de l'attelage.

Soudain, Samechkine lança un juron sonore. La voiture, sans direction, avait glissé tout droit dans un fossé. Seuls les chevaux maintenaient encore juste au niveau de la route leurs pattes de devant. Samechkine était tombé sur Mendel Singer.

Les deux hommes se dégagèrent et se mirent sur leurs pieds. Le timon avait volé en éclats, une roue était branlante, une autre avait perdu deux de ses rayons. Les deux hommes en étaient réduits à passer la nuit là. Le lendemain, on verrait comment arranger les dégâts.

— Dis donc, il commence bien, ton voyage en Amérique ! déclara Samechkine. Mais aussi, quelle rage avez-vous donc, vous autres, à toujours vous promener de par le monde ! C'est à croire que vous avez le diable à vos trousses. Nous, on reste tranquillement au pays, on ne cherche pas midi à quatorze heures, et il faut qu'il y ait au moins la guerre pour qu'on soit forcés de se trimbaler jusqu'au Japon !

Mendel Singer gardait le silence, assis au bord de la route à côté de Samechkine. C'était bien la première fois de sa vie que Mendel Singer se trouvait ainsi, en pleine nuit, loin de chez lui, à même le sol en compagnie d'un paysan russe. Il levait les yeux vers le ciel et vers les étoiles en pensant : « Dieu nous cache son visage là-derrière. Tout ce qui nous entoure, le Seigneur l'a créé dans l'espace de sept jours, et lorsqu'un Juif essaie de se rendre en Amérique, il lui faut des années ! »

— Dis donc, elle est belle, la campagne, par ici ! opina Samechkine. On va bientôt faire la moisson. On peut dire que c'est une bonne année. Si ça va aussi bien que je l'imagine, je pourrai m'acheter un nouveau cheval en automne. Au fait, est-ce que tu as des nouvelles de ton fils Jonas ? En voilà un qui s'y connaît en chevaux ! On peut dire qu'il ne te ressemble pas. Ah ! non, pas le moins du monde ! Est-ce que par hasard ta femme t'aurait trompé, ce jour-là ?

— Tout est possible, ici-bas, répondit Mendel.

Il avait soudain l'impression que les problèmes s'évaporaient ; il se sentait capable d'admettre n'importe quoi ; la nuit enveloppante le libérait de tout préjugé. Il allait même jusqu'à se rapprocher de

Samechkine et s'appuyait contre lui comme s'il eût été son frère.

— Tout est possible, répétait-il ; les femmes, ça ne vaut pas cher.

Et tout à coup Mendel se mit à sangloter. Mendel pleurait en pleine nuit, loin de chez lui, à côté de Samechkine.

Le voiturier pressait ses poings contre ses yeux, car il se sentait également menacé par les larmes.

Finalement, il se résolut à entourer de son bras les maigres épaules de Mendel en lui disant à mi-voix :

— Il faut dormir, mon pauvre Juif, dormir une bonne fois... !

Samechkine demeura longtemps éveillé. Mendel Singer, lui, s'endormit et ne tarda pas à ronfler. Les grenouilles ne cessèrent pas de coasser jusqu'au matin.

8

QUINZE jours plus tard, un grand nuage de poussière apparaissait à l'horizon. Il venait droit chez Mendel Singer. On y distingua bientôt une carriole légère d'où descendit un visiteur : c'était Kapturak.

Il venait raconter à Mendel que les papiers, à présent, étaient prêts. Si, au cours des quatre prochaines semaines, on recevait vraiment d'Amérique la réponse de Chémariah, dit Sam, on pouvait considérer le départ de la famille Singer comme une chose sûre et certaine. C'était là l'essentiel de ce que Kapturak était venu dire ; mais, par la même occasion, il tenait à préciser qu'au fond, il aimerait mieux une petite avance immédiate de vingt roubles qu'une somme prélevée par la suite sur l'envoi d'argent étranger qu'on attendait de Chémariah.

Déborah disparut dans la cabine de bois pourri qui, au fond de la cour, servait de débarras. Elle remonta son corsage par-dessus sa tête, sortit de sa poitrine un mouchoir noué aux deux bouts et compta sur sa main huit beaux roubles, sonnants et trébuchants. Puis elle remit son corsage en place, rentra à la maison et dit à Kapturak :

— Tenez, voilà tout ce que j'ai pu obtenir des voisins ; il faudra vous en contenter.

— Avec de bons vieux clients, qu'est-ce qu'on ne ferait pas ?... concéda Kapturak, et d'un bond, il grimpa sur le siège de sa petite carriole jaune qui disparut peu après dans un nuage de poussière.

« Il y a eu une visite de Kapturak chez Mendel Singer

— formule sensationnelle qui fit, de bouche en bouche, tout le tour de la ville —. Donc, c'est sûr, il va partir en Amérique. »

Et c'était bien vrai ; on commençait déjà, chez Mendel Singer, à partir pour l'Amérique. Tout le monde lui prodiguait des conseils contre le mal de mer. Quelques acheteurs se présentèrent pour examiner la maison des Singer. Certains même n'hésitaient pas à en offrir mille roubles, somme fantastique pour laquelle Déborah aurait donné cinq ans de son existence.

Mais Mendel Singer lui expliqua :

— Tu n'oublies pas, Déborah, que Ménouhim va forcément rester ici ? Chez qui va-t-il rester ? Billes compte marier sa fille le mois prochain à Fogl, tu sais bien, le musicien. D'ici qu'ils aient un enfant à eux, ils pourraient bien, une fois mariés, s'occuper de Ménouhim. En échange, nous leur donnons une maison où habiter et nous ne leur demandons pas de payer quoi que ce soit.

— Alors, pour toi, c'est déjà bien décidé que Ménouhim doit rester ici ? Regarde, il va se passer encore quelques semaines jusqu'à notre départ ; d'ici là, je suis sûre que Dieu voudra faire un miracle.

— Si Dieu a l'intention d'accomplir un miracle, répliqua Mendel, il ne t'en avertira pas à l'avance. Rien ne nous empêche de garder de l'espoir. Mais si nous ne partons pas au plus vite en Amérique, c'est du côté de Miriam qu'il y aura un malheur. Et si nous partons, nous sommes obligés de laisser Ménouhim ici. Crois-tu qu'il vaudrait mieux envoyer Miriam toute seule en Amérique ? Qui sait ce dont elle serait capable, toute seule en voyage et toute seule en Amérique ! Ménouhim, lui, infirme comme il est, ne peut attendre son salut que d'un miracle. Si ce miracle se produit, il pourra bien nous rejoindre, un jour ou l'autre. Tu me diras que l'Amérique, c'est loin ; mais tout de même, on peut toujours finir par y arriver.

Déborah garda le silence. Elle se remémorait les paroles du rabbi de Kluczysk : « Ne l'abandonne pas, reste auprès de lui comme si c'était un enfant bien portant ! » Elle ne resterait donc pas auprès de lui ! Des années durant, jour et nuit, à chaque heure qui passait, elle avait attendu le miracle promis. Du fond de l'au-delà, les morts invoqués avaient refusé leur secours. Le rabbi ne pouvait rien non plus, et Dieu ne voulait pas lui venir en aide. Elle avait répandu un océan de larmes, la nuit avait envahi son cœur, toutes ses joies s'étaient teintées d'amertume depuis la naissance de Ménouhim. Toutes les fêtes s'étaient transformées en tortures, les jours de joie en jours de deuil. Il n'y avait plus pour elle de printemps ni d'été ; à chaque saison, c'était l'hiver pour elle. Le soleil se levait, mais ne la réchauffait pas. Seul l'espoir persistait, indéracinable. « Pour sûr, il restera infirme », assuraient tous les voisins. Car, eux, le malheur ne les avait pas atteints dans leur chair, et qui n'a pas fait l'expérience du malheur n'a pas non plus besoin de croire aux miracles.

Mais il ne suffit pas non plus d'être malheureux pour avoir gardé sa foi dans les miracles. Les miracles, on en voyait au temps jadis, il y a bien longtemps de ça, quand les Juifs vivaient encore en Palestine. Depuis cette époque, il ne s'en est plus produit. Et pourtant ? Ce qu'on racontait du rabbi de Kluczysk, ces faits extraordinaires, n'était-ce pas vrai, tout de même ? Il avait, disait-on, rendu la vue à des aveugles et guéri des paralytiques. Et la fille de Nathan Piczenik ? Elle, elle était réellement folle. On l'avait amenée à Kluczysk. Le rabbi l'avait regardée. D'abord, il avait prononcé une certaine formule, et, ensuite, il avait craché trois fois par terre. Eh bien, après cela, on avait vu la fille de Piczenik rentrer chez elle tout naturellement, d'un pied léger, et avec toute sa raison. « Il y a d'autres gens qui ont de la chance ! » songeait Déborah. Pour les miracles, comme pour le reste, il faut avoir de la chance. Mais voilà, les enfants de Mendel Singer, eux, n'avaient pas de chance. Il est vrai que lorsqu'on a pour père un maître d'école…

— Tiens, si tu étais un peu raisonnable, dit-elle à Mendel, tu t'en irais demain à Kluczysk pour demander conseil au rabbi.

— Comment ? Moi ? répliqua Mendel. Qu'est-ce que je pourrais bien faire chez le rabbi ? Toi, tu y es déjà allée, tu n'as qu'à y retourner. Toi, tu as confiance en lui. Il te donnera un conseil. Pour ma part, tu le sais, je n'en fais pas grand cas. Jamais un Juif n'a besoin d'intermédiaire pour s'adresser au Seigneur. Si nous ne faisons rien de mal, il veut bien exaucer nos prières. Mais si nous nous rendons coupables, il peut nous punir.

— Pour quelle faute nous punit-il à présent ? Avons-nous fait quelque chose de mal ? Pourquoi se montre-t-il si cruel ?

— Tu blasphèmes, Déborah. Laisse-moi en paix, je ne veux pas te répondre.

Et Mendel se plongea dans la lecture d'un livre de piété.

Déborah, d'un geste brusque, prit son châle et sortit. Dehors, elle vit que Miriam était là, debout, dans la lumière rougeoyante du soleil couchant qui prêtait des reflets orangés à sa robe blanche. Ses cheveux étaient lisses et brillants et, de ses grands yeux noirs, largement ouverts, elle regardait, sans broncher, le soleil couchant, malgré l'éclat aveuglant de l'astre. « Elle est belle, songea Déborah ; moi aussi, j'ai été belle comme elle ; oui, j'étais aussi belle que ma fille, et à quoi cela m'a-t-il menée ? J'ai tout simplement épousé Mendel Singer. Miriam s'est trouvé un Cosaque ; elle est belle, elle a peut-être raison. »

Miriam semblait ne pas voir sa mère. Elle considérait, avec un intérêt passionné, ce soleil de feu qui s'apprêtait à sombrer derrière un rempart de nuages, rempart massif aux tons violacés. Depuis quelques jours, on voyait chaque soir cette masse sombre surgir à l'ouest, comme pour annoncer l'orage et la pluie ; le lendemain, il n'en restait plus trace. Miriam avait constaté qu'à l'instant où le soleil disparaissait, les soldats se mettaient à chanter, là-bas, dans la caserne de cavalerie. Une compagnie entière, toute une « sotnia », recommençait sa chanson quotidienne : « *Poloubyl ia tibia za twoiou krasatou.* » La journée était finie, pour les Cosaques. Ils disaient leur joie de voir arriver le soir. Miriam répétait tout bas le texte de la chanson dont elle ne connaissait que les deux premiers vers : « Je me suis mis à t'aimer, parce que tu es si belle. » C'était à elle que s'adressait la chanson d'une sotnia tout entière ! Cent hommes à la fois lui dédiaient une sérénade. Dans une demi-heure elle allait retrouver l'un d'eux, ou peut-être deux d'entre eux. Quelquefois ils venaient à trois.

Elle aperçut sa mère et resta immobile, car elle savait que Déborah s'approcherait d'elle. Depuis des semaines, sa mère n'osait plus appeler Miriam. Elle avait l'impression qu'en Miriam s'était incarné désormais un élément de cette peur qu'inspiraient les Cosaques ; sa fille se trouvait déjà, à ses yeux, sous la protection de la terrible caserne peuplée d'étrangers à la mine farouche.

Eh oui, Déborah avait renoncé à appeler Miriam. Déborah allait vers elle. Enveloppée dans son vieux châle, elle semblait vieille, elle aussi, enlaidie par l'inquiétude ; elle s'arrêta en face de Miriam que le couchant inondait d'or, au bord du trottoir de bois, comme pour obéir à une loi ancestrale ordonnant aux mères trop laides de demeurer à une distance d'une demi-verste au-dessous de leurs filles à la beauté triomphante.

— Ton père est fâché contre toi, Miriam, dit Déborah.

— Tant pis ! qu'il se fâche ! répliqua Miriam ; qu'il se fâche, ce cher Mendel Singer !

C'était la première fois que Déborah entendait le nom de leur père dans la bouche d'un de ses enfants. Tout d'abord, elle crut entendre parler une inconnue, et non un enfant de Mendel. Si c'était une inconnue, pourquoi aurait-elle dit « mon père » ? Déborah fut sur le point de s'en retourner ; elle avait dû se tromper, elle avait adressé la parole à quelqu'un qui ne savait rien d'elle. Elle était prête à faire demi-tour quand Miriam lui ordonna :

— Reste là !

Alors Déborah remarqua pour la première fois avec quelle intonation dure sa fille était capable de parler. « Voilà ce qu'on appelle une voix d'airain », songea Déborah. Ce timbre lui rappelait celui des cloches qu'on sonnait dans les églises et qui lui inspiraient tant de haine et tant d'effroi.

— Reste là, mère ! répéta Miriam ; laisse-le ici, ton

mari, et partons toutes les deux, toi et moi, pour l'Amérique. Qu'il reste ici, Mendel Singer, avec Ménouhim qui sera toujours anormal.

— Je lui ai demandé d'aller consulter le rabbi. Mais il ne veut pas. Moi, je n'ose pas retourner seule à Kluczysk, j'ai trop peur. Il m'a déjà interdit, une fois, d'abandonner Ménouhim, même si sa maladie devait durer des années. Qu'est-ce que je lui dirais, au rabbi, Miriam ? Je ne peux tout de même pas lui dire que nous sommes forcés de partir à cause de toi, parce que, parce que tu...

— Parce que je m'affiche avec des Cosaques ? continua Miriam, imperturbable. — Et elle ajouta : — Dis-lui ce que tu voudras, moi, ça ne me regarde pas. En Amérique, c'est là que je vais pouvoir agir comme je l'entends. Ce n'est pas parce que tu as épousé un Mendel Singer que je suis forcée d'en faire autant. Est-ce que tu as par hasard un meilleur parti à me proposer ? J'en doute. Et une dot pour ta fille ? Tu en as une en réserve ?

Miriam n'élevait pas la voix. Ses questions n'avaient pas le ton de vraies questions. On aurait pu croire qu'elle traitait là un sujet des plus indifférents et qu'elle indiquait, sans commentaire, le prix actuel des légumes pour le pot-au-feu ou celui de la douzaine d'œufs. « Elle a raison, se dit Déborah. Seigneur, ne m'abandonnez pas. Elle a terriblement raison. »

Déborah invoquait à son secours toutes les puissances du paradis, car elle se sentait logiquement forcée de donner raison à Miriam. N'était-ce pas sa propre voix qui parlait par sa fille ? Et Déborah éprouva à cet instant, envers elle-même, cette horrible angoisse qu'un moment auparavant Miriam lui avait inspirée. De partout jaillissaient des menaces. Les soldats, là-bas, ne s'étaient pas arrêtés de chanter ; on les entendait sans cesse. A l'horizon, le soleil couchant traçait encore un liséré de pourpre au-dessus de la nuée violette.

— Il faut que je m'en aille, déclara Miriam.

Elle quitta le mur auquel elle était adossée ; légère comme un papillon blanc, elle descendit le trottoir, immatérielle, marchant au milieu de la rue, de ses pieds alertes et coquets. Elle s'en allait dans la direction de la caserne d'où lui arrivait le chant des Cosaques comme pour l'accueillir.

A cinquante pas de la caserne, au milieu du petit sentier qui séparait de la forêt le champ de blé de Samechkine, Ivan attendait Miriam.

— Nous allons partir pour l'Amérique, dit-elle.

— Faudra pas m'oublier, lui recommanda Ivan. A cette heure-ci, quand le soleil se couche, faudra toujours penser à moi, et pas aux autres. Et puis, qui sait ? Si Dieu le veut, j'irai te rejoindre là-bas. Faudra m'écrire. Pavel me lira tes lettres, mais faudra pas trop raconter nos petites histoires à nous deux, sans quoi j'aurais l'air bête.

Il embrassa Miriam, vigoureusement et à plusieurs reprises. Ses baisers claquaient comme des coups de feu dans l'air du soir. « Ça, c'était une fille du tonnerre ! songeait-il. Ce n'est pas de veine qu'elle parte en Amérique. Va falloir en chercher une autre. Quant à en trouver une aussi jolie, il ne faut pas l'espérer. Et dire que j'ai encore quatre ans à tirer ici ! » C'était un énorme gaillard, fort comme un bœuf, et timide à l'extrême. Ses pattes de géant se mettaient à trembler quand il se risquait à toucher une fille. Il n'était guère expert dans les pratiques amoureuses ; c'était Miriam qui lui avait tout appris, parce qu'elle, des idées, elle n'en manquait pas, et de tous les genres !

Ils s'enlacèrent comme la veille et l'avant-veille, en plein champ, trouvant leur couche au milieu des fruits de la terre, encadrés et dominés par les blés déjà trop lourds. Les épis s'inclinaient de bon gré lorsque Miriam et Ivan s'enfonçaient au milieu d'eux, et avant même de sentir leur poids, les tiges avaient l'air de ployer d'un mouvement spontané. Aujourd'hui leur amour fut plus violent et plus bref que de coutume, comme sous l'empire de la crainte. On aurait dit que Miriam devait partir dès le lendemain pour l'Amérique. Le frémissement du départ se devinait déjà dans leur étreinte. Alors que leurs corps s'unissaient étroitement, leurs pensées déjà s'éloignaient ; déjà l'Océan les séparait. « Heureusement, songeait Miriam, que ce n'est pas lui qui s'en va, que ce n'est pas moi qui reste ! » Longtemps ils restèrent là, étendus, sans force, sans courage, sans voix, comme des blessés, inertes. Des pensées se démenaient en foule à travers leur cerveau. Ils ne faisaient pas attention à la pluie qui, cette fois, se décidait à tomber. Elle avait commencé avec perfidie, imperceptible, et il avait fallu longtemps pour que ses gouttes fussent assez lourdes pour percer le réseau d'or serré des épis entrelacés. Et soudain, voilà qu'ils étaient tous deux livrés sans défense à la pluie battante. Ils se réveillèrent, se mirent à courir. L'averse les désorientait et modifiait pour eux l'aspect du monde, abolissant en eux toute idée de temps. Ils comprirent enfin qu'il était déjà tard ; ils tendirent l'oreille dans l'espoir d'entendre les cloches de l'église, mais la pluie était seule à faire du bruit, un bruit obsédant, toujours redoublé, tandis que les autres voix de la nuit, sans exception, s'étaient tues — mutisme oppressant. Ils échangèrent des baisers sur leurs visages ruisselants, se serrèrent les mains ; l'eau se plaçait entre eux deux, empêchant chacun de sentir le corps de l'autre. Ils se dirent adieu en toute hâte, leurs chemins se séparèrent, et bientôt Ivan disparaissait dans la pluie, invisible. « Je ne le reverrai plus jamais, pensait Miriam qui rentrait chez elle en courant. La moisson approche ; demain les paysans vont se faire du souci, car un jour de pluie ne vient jamais seul. »

Quand elle eut rejoint sa maison, elle attendit un instant sous l'auvent, comme s'il eût été possible de se retrouver toute sèche dans l'espace d'une seule minute. Elle se résolut à entrer dans la chambre. Il y faisait sombre ; tous dormaient déjà. Elle se coucha sans bruit, mouillée comme elle était ; elle garda ses vêtements pour leur permettre de sécher sur son corps, et ne bougea plus. Dehors, la pluie continuait à ruisseler.

Tout le monde savait déjà que Mendel allait partir pour l'Amérique. L'un après l'autre les élèves cessaient de venir à ses cours. Il ne restait plus que cinq gamins ; encore ne se montraient-ils pas à des heures régulières. Kapturak n'avait pas encore apporté les papiers promis, Sam n'avait pas encore envoyé les billets attendus pour la traversée. Mais déjà la maison de Mendel Singer commençait à se désagréger. « Comme tout cela était pourri, au fond ! songeait Mendel. La pourriture s'était bien installée là-dedans, et personne ne s'en doutait. Quiconque se montre incapable de prévoir le danger est pareil à un sourd et son sort sera même pire que celui d'un sourd — oui, c'est écrit quelque part, plus ou moins en ces termes. Mon grand-père a déjà fait ici la classe aux enfants ; mon père l'a faite après lui, et moi je fais de même. Et voici qu'à présent je vais m'embarquer pour l'Amérique. Mon fils à moi, mon Jonas ? Les Cosaques me l'ont pris. Miriam ? Ils veulent me la prendre aussi. Et Ménouhim ? Qu'allons-nous en faire, de Ménouhim ? »

Dès ce soir-là, il se rendit chez la famille Billes. C'était une famille où régnait la joie. Mendel Singer eut l'impression que ces gens avaient, sans mérite spécial pour la justifier, une chance extraordinaire. Toutes les filles s'étaient mariées, et bien mariées, à l'exception de la plus jeune à laquelle Mendel allait justement offrir sa maison. Les trois fils avaient tous échappé au service militaire et s'en étaient allés de par le monde ; l'un s'était établi à Hambourg, l'autre en Californie, le troisième à Paris. Oui, c'était une famille où régnait la joie. La main du Seigneur répandait Sa protection sur elle. Elle pouvait se fier sans crainte à la plénitude des bénédictions que cette main divine déversait sur elle. Le vieux Billes avait toujours l'air content. Tous ses fils avaient été les élèves de Mendel Singer. Le vieux Billes, lui, avait été élève du vieux Singer. Et comme ils se connaissaient depuis si longtemps, Mendel estimait avoir le droit, au moins dans une certaine mesure, de s'adjuger une petite part de cette chance dont jouissait si pleinement une famille qui n'était pas la sienne.

La famille Billes, dont les ressources n'étaient pas considérables, trouva la proposition de Mendel Singer tout à fait intéressante. Entendu ! Le jeune ménage prendrait en charge la maison, y compris Ménouhim.

— Il ne donne pas du tout de travail, vous savez, expliqua Mendel Singer. Chaque année, d'ailleurs, son état s'améliore, et si Dieu le veut il ne tardera pas, vous verrez, à aller tout à fait bien. A ce moment-là,

Chémariah, mon grand fils, viendra le chercher, ou bien il enverra quelqu'un qui s'occupera d'amener Ménouhim en Amérique.

— Au fait, vous avez des nouvelles de Jonas ? demanda le vieux Billes.

En réalité, cela faisait bien longtemps déjà que Mendel ignorait ce que devenait son « Cosaque », ainsi qu'il appelait son fils au plus profond de son cœur, non sans mépris, bien sûr, mais pourtant aussi avec une certaine nuance de fierté. Malgré tout, il répondit :

— Mais oui, d'excellentes nouvelles. Il a appris à lire et à écrire et il a eu de l'avancement. S'il n'était pas juif, je vous parie que, déjà, il serait peut-être officier.

Car Mendel, en face de cette famille comblée, n'avait pas le courage de laisser voir dans toute son horreur le fardeau écrasant de détresse sous lequel il ployait. Il préférait faire subir une petite entorse à la vérité et se composer un masque de satisfaction.

Il fut décidé, d'un commun accord, que Mendel Singer céderait sa maison à la famille Billes pour l'usage personnel de celle ci ; l'acte aurait lieu devant de simples témoins et non en présence d'une autorité quelconque, parce que ces gens-là veulent toujours qu'on leur donne de l'argent. Trois ou quatre Juifs honorablement connus suffiraient bien comme témoins. En attendant, Mendel se voyait consentir une avance de trente roubles, car ses élèves ne venaient plus travailler et l'argent commençait à manquer à la maison.

Quelques semaines plus tard, la carriole jaune de Kapturak fit à nouveau son entrée dans la ville — rapide et légère comme la première fois. Tout était là : l'argent, les billets pour le bateau, les passeports, le visa, la capitation versée pour chacun, et même les honoraires de Kapturak.

— Voilà ce que j'appelle quelqu'un qui sait payer, déclara Kapturak. Il n'y a pas de doute, votre fils Chémariah, dit Sam, c'est un garçon qui ne vous fait pas attendre son argent. Bref, c'est un *gentleman*, pour parler comme les gens de là-bas…

Il était entendu que Kapturak accompagnerait la famille Singer jusqu'à la frontière. Dans quatre semaines, le vapeur *Neptune* partirait de Brême pour New York.

La famille Billes vint dresser l'inventaire. On en excepta la literie, six oreillers, six draps, six enveloppes d'édredon à carreaux rouges et bleus que Déborah emportait. On laissait les paillasses à la maison et, pour Ménouhim, le peu de literie qui lui suffisait.

Bien que Déborah n'eût pas grand-chose à emballer pour le voyage et qu'elle connût par cœur chacun des objets en sa possession, elle ne cessait pas de s'activer. Elle faisait les bagages, puis les défaisait. Elle comptait sa vaisselle, recommençait à la compter pour plus de sûreté. Ménouhim en profita pour casser deux assiettes. Il semblait en effet sortir peu à peu de sa torpeur et de son inertie. Il appelait sa mère plus souvent qu'autrefois, répétant toujours le seul mot qu'il sût prononcer depuis des années, et qu'il redisait, même si sa mère était absente, dix ou vingt fois de suite. C'était un pauvre idiot, ce Ménouhim ; un pauvre idiot — c'est vite dit. Mais comment deviner quelles angoisses et quels soucis envahirent l'âme de Ménouhim pendant ces jours-là ? Quels remous, quelles tempêtes secouèrent cette âme de Ménouhim, que Dieu s'était plu à dissimuler sous le voile impénétrable de la stupidité ? Bien sûr il devait éprouver un sentiment de peur, Ménouhim, le pauvre infirme ! Il prenait parfois l'initiative de sortir de son coin ; toujours à quatre pattes, il allait jusqu'à la porte, restait accroupi sur le seuil dans le soleil comme un chien malade, regardant les passants de ses yeux clignotants, ces passants dont il semblait ne voir que les bottes et les pantalons, les bas et les jupes. Parfois, sans qu'on ait pu s'y attendre, il attrapait un pan du tablier de sa mère et faisait entendre un grognement. Déborah le prenait sur le bras malgré son poids déjà considérable. En dépit de son âge, elle le berçait au creux de son bras en lui chantant deux ou trois strophes, sans suite, d'une chanson enfantine qu'elle croyait avoir oubliée, mais qui se réveillait peu à peu dans sa mémoire dès qu'elle sentait son malheureux enfant dans ses bras. Puis elle le reposait à terre où il retrouvait son attitude repliée sur lui-même et elle retournait alors à son travail qui, depuis des jours, consistait uniquement à emballer et à compter des objets. Puis, soudain, elle cessa ce genre d'activités. Elle demeura un instant debout, immobile, avec des yeux songeurs qui n'étaient pas sans analogie avec ceux de Ménouhim, tant ils étaient dépourvus de vie, tant ils semblaient chercher désespérément des pensées évanouies dans un lointain inconnu, des pensées que son cerveau se refusait à lui livrer. Son regard irréfléchi tomba sur la housse de toile dans laquelle elle comptait empaqueter et coudre les oreillers. « Peut-être, se dit-elle soudain, peut-être pourrait-on coudre Ménouhim dans un sac comme celui-là ? » Mais presque en même temps, elle se mit à trembler à l'idée que les douaniers risquaient de transpercer les balluchons des passagers avec leur baïonnette affreusement pointue. Elle recommença donc à défaire ses bagages, et soudain elle eut envie de se résoudre à rester là pour obéir aux paroles que lui avait dites le rabbi de Kluczysk : « Ne l'abandonne pas, traite-le comme un enfant bien portant ! » La force nécessaire pour soutenir sa foi avait fini par l'abandonner, et de même, elle sentait s'évanouir toutes les autres forces dont les hommes ont besoin pour résister au désespoir.

Finalement, on aurait pu croire que Déborah et Mendel n'avaient pas pris librement la décision de partir pour l'Amérique ; on aurait plutôt dit que l'Amérique était venue les surprendre, les assaillir, avec la complicité de Chémariah, de Mac et de Kapturak. Et maintenant qu'ils s'en étaient aperçus, il était trop tard. Ils ne pouvaient plus échapper à l'emprise de l'Amérique. Les papiers arrivaient à eux, bien en règle, et les billets pour la traversée, et tous les droits rigoureusement acquittés.

— Je me demande, dit un jour Déborah, ce que nous aurions de mieux à faire si, tout d'un coup, Ménouhim guérissait, aujourd'hui peut-être, ou demain ?

Mendel hocha un certain temps la tête. Puis il déclara :

— Si Ménouhim guérit, nous l'emmènerons là-bas.

Et tous deux, sans rien dire, s'abandonnèrent à l'espoir de voir Ménouhim se lever de sa couche, le lendemain ou le surlendemain, avec des membres droits et forts, et se mettre à parler un langage compréhensible.

Leur départ, désormais, est fixé au dimanche. C'est aujourd'hui jeudi. Pour la dernière fois, Déborah est à son fourneau, occupée à préparer le repas du sabbat, le gâteau de farine blanche au pavot et les petits pains ronds tressés. Le feu brûle à découvert, il siffle dans l'âtre, le bois craque et pétille, et la fumée remplit la pièce, comme tous les jeudis depuis trente ans. Dehors, il pleut. La pluie refoule la fumée de la cheminée dans la maison. On voit réapparaître, dans toute sa fraîcheur que ravive l'humidité, la vieille tache familière aux contours dentelés que recèle l'enduit à la chaux du plafond. Voilà bien dix ans qu'il aurait fallu réparer le trou qui s'est creusé entre les bardeaux du toit ! Eh bien, la famille Billes s'en chargera. On a rempli complètement la grande malle brune aux ferrures impressionnantes ; une grosse barre de fer en défend l'ouverture avec deux cadenas, de fer eux aussi, tout neuf, étincelants. Parfois, Ménouhim s'en approche en rampant et s'amuse à les faire remuer sur la tige. Son geste déclenche alors un terrible cliquetis ; les cadenas rencontrent les cercles de fer, ce qui les fait trembloter très longtemps, à croire qu'ils ne retrouveront jamais leur immobilité première. Pendant ce temps, le feu crépite et la fumée continue à remplir la pièce.

Le soir du sabbat, Mendel Singer fit ses adieux à ses voisins. On but à cette occasion une liqueur aux tons verts et jaunes qu'un des assistants avait confectionnée lui-même en y faisant macérer des champignons séchés au soleil. Son breuvage avait donc non seulement un goût très fort, mais aussi une saveur passablement amère. Les adieux se prolongèrent au-delà d'une heure d'horloge. Tous souhaitèrent bonne chance à Mendel. Certains le regardaient d'un œil sceptique, d'autres l'enviaient. Mais tous, sans exception, lui affirmaient que l'Amérique est un pays magnifique. Un Juif ne saurait rien désirer de mieux que de parvenir en Amérique.

Au milieu de la nuit, Déborah quitta son lit et, en protégeant soigneusement de sa main la flamme d'une bougie, elle se glissa vers la paillasse de Ménouhim. L'enfant était couché sur le dos, sa tête s'appuyait à la couverture grise roulée en traversin, ses paupières demeuraient à demi ouvertes ; on voyait le blanc de ses yeux chaque fois qu'il respirait ; son corps tremblait, ses doigts endormis s'agitaient sans arrêt. Il tenait ses mains pressées contre sa poitrine. Dans son sommeil, son visage semblait encore plus pâle, plus flasque que pendant la journée. Ses lèvres bleuâtres étaient entrouvertes et l'on voyait perler une écume blanche à leurs commissures. Déborah éteignit sa lumière. Elle resta quelques secondes par terre à côté de son fils, puis se releva et gagna son lit. « Ce n'est pas la peine d'en attendre quelque chose, songea-t-elle, non, ce n'est vraiment pas la peine. » Elle ne parvint pas à se rendormir.

Le dimanche, à 8 heures du matin, voici qu'arrive un envoyé de Kapturak. C'est l'homme à la casquette bleue qui, naguère, a permis à Chémariah de passer la frontière. Aujourd'hui comme l'autre fois, l'homme à la casquette bleue reste debout sur le seuil, refuse de boire le thé qu'on lui propose ; sans mot dire, il aide à faire sortir la malle et à la hisser sur la voiture. C'est une voiture confortable où quatre personnes se trouvent à l'aise. On y enfonce les pieds dans du foin bien mou ; toute la voiture est imprégnée du parfum qu'exhale la campagne au déclin de l'été. Les chevaux ont l'échine brillante ; leur croupe bien étrillée reluit comme un miroir bombé de cuivre sombre. Un large collier en forme d'arceau, garni de clochettes d'argent très nombreuses, embrasse leur encolure au profil svelte et fier. Bien qu'il fasse grand jour, on voit jaillir des étincelles sous leurs sabots lorsqu'ils frappent les cailloux de la route.

Une fois encore Déborah tient Ménouhim dans ses bras. La famille Billes est déjà là, s'affaire autour de la voiture et répand des flots de paroles. Mendel Singer a pris place sur le siège du cocher et Miriam appuie son dos contre celui de son père. Seule, Déborah se tient encore devant la porte, gardant Ménouhim, l'infirme, dans ses bras.

Tout d'un coup elle se décide à la séparation. Elle dépose doucement l'enfant sur le seuil, comme on couche un mort dans un cercueil ; elle se relève, se redresse, laissant couler ses larmes — larmes sincères sur un visage sincère. Sa résolution est prise. Son fils restera. Elle partira pour l'Amérique. Le miracle ne s'est pas produit.

C'est en pleurant qu'elle monte en voiture. Elle ne voit pas le visage des gens à qui elle serre la main. Ses yeux ne sont plus que des océans de larmes. Elle perçoit le choc cadencé des sabots sur le sol. On s'est mis en route.

Elle pousse un hurlement sans savoir que c'est elle qui hurle. Il sort d'elle, tout seul ; son cœur a soudain une bouche pour hurler. Les chevaux s'arrêtent, Déborah saute de la voiture, preste comme une gamine. Ménouhim est encore assis sur le seuil. Elle s'effondre devant lui. « Ma-ma ! Ma-ma ! » balbutie Ménouhim. Elle reste couchée à terre.

La famille Billes relève Déborah. Elle crie, elle se débat, et finalement renonce à toute résistance. Elle se laisse porter et ramener à la voiture où on l'étend sur le foin. La voiture roule à toute allure vers Doubno.

Six heures plus tard, ils étaient installés dans le train, dans un omnibus très lent, au milieu d'une foule de gens qu'ils ne connaissaient pas. Le chemin de fer traversait doucement la campagne, les prairies et les champs où l'on faisait la moisson. Les paysans, les paysannes, les cabanes et les troupeaux, tous disaient bonjour au train. Le refrain discret des roues en marche berçait les voyageurs. Déborah n'avait pas encore prononcé un seul mot. Elle somnolait. Pour elle, le refrain du train en marche répétait sans relâche, sans relâche : « Ne l'abandonne pas ! Ne l'abandonne pas !... »

Mendel Singer priait. Il récitait par cœur ses prières, de façon machinale, sans réfléchir au sens des mots ; leur son suffisait à lui seul, puisque Dieu comprenait ce qu'ils voulaient dire. Par ce moyen, Mendel réprimait la grande peur que lui inspirait l'eau immense sur laquelle il allait se risquer dans quelques jours. Il jetait parfois un regard distrait sur Miriam. Elle était assise en face de lui, à côté de l'homme à la casquette bleue. Mendel ne remarquait pas qu'elle recherchait le contact de l'homme. Celui-ci ne disait rien à Miriam ; il se contentait d'attendre le petit quart d'heure qu'il escomptait entre la tombée de la nuit et l'instant où l'employé viendrait allumer la flamme de la veilleuse à gaz, toute menue et vacillante. Il y aurait ce quart d'heure, et ensuite toute la nuit, pendant que la veilleuse serait éteinte, perspectives qui, déjà, remplissaient d'une joie sans bornes l'homme à la casquette bleue.

Le lendemain matin, il fit au ménage Singer des adieux pleins d'indifférence ; seule Miriam eut droit, de sa part, à une poignée de main chaleureuse qui en disait long. Ils étaient arrivés à la frontière. Les contrôleurs ramassèrent les passeports. Lorsqu'on appela son nom, Mendel se mit à trembler. Sans raison d'ailleurs. Tout était parfaitement en règle. On les laissa passer.

Ils montèrent dans un autre train, connurent des gares d'un autre genre, entendirent sonner d'autres signaux et virent d'autres uniformes. Ils passèrent trois jours en train et en changèrent deux fois. Dans l'après-midi du troisième jour, ils arrivèrent à Brême. Un employé de la société de navigation hurla le nom de Mendel Singer. La famille Singer répondit à l'appel. Il n'y avait pas moins de neuf familles à figurer sur la liste. L'employé les aligna sur un seul rang, en fit et refit trois fois le compte, lut leurs noms à haute voix et donna à chacun un numéro d'ordre. Après quoi, ils se retrouvèrent là, ayant en main un jeton de fer-blanc dont ils ne savaient que faire. L'employé s'en alla. Il avait promis de revenir dans un instant. Les neuf familles, vingt-cinq personnes en tout, ne bougeaient pas d'un pouce. Tous restaient bien alignés sur un seul rang au milieu du quai de la gare, leur jeton à la main et leurs balluchons à leurs pieds. Au bout, tout au bout, à gauche, car il avait répondu trop tard à l'appel, il y avait Mendel Singer.

Durant tout le voyage, il n'avait presque pas parlé avec sa femme et sa fille. Elles avaient, toutes deux aussi, gardé le silence. Mais à cet instant, Déborah sembla ne pouvoir supporter un tel mutisme.

— Pourquoi ne bouges-tu pas ? demanda Déborah.

— Personne ne bouge, répliqua Mendel.
— Et si tu demandais des renseignements aux autres gens ?
— Personne ne demande quelque chose.
— Qu'est-ce que nous attendons, au juste ?
— Je ne sais pas ce que nous attendons.
— Dis, tu crois que je peux m'asseoir sur la malle ?
— Assieds-toi sur la malle.

Mais à l'instant où Déborah, ayant retroussé ses multiples jupons, s'apprêtait à s'asseoir, on vit justement réapparaître l'employé de la société de navigation. Il fit une proclamation en russe, en polonais, en allemand et en yiddish pour annoncer qu'il allait accompagner jusqu'au port les familles présentes, toutes les neuf ; il les installerait pour la nuit dans des baraquements prévus à cet effet. Le lendemain, le *Neptune* devait lever l'ancre à 7 heures du matin.

Ils couchèrent donc à Bremerhaven dans une baraque, tant bien que mal, sans jamais lâcher leur jeton de fer-blanc qu'ils tenaient dans leur poing crispé, même en dormant. Vingt-cinq personnes ronflaient, vingt-cinq personnes s'agitaient sur leurs paillasses, chacune à sa manière, et cela suffisait pour ébranler les poutres de la charpente, tandis que les petites lampes électriques se balançaient doucement en cadence, en donnant une lumière jaunâtre. On avait interdit aux voyageurs de faire du thé. Ils avaient dû se mettre au lit la gorge sèche. Miriam, seule, avait reçu des bonbons rouges que lui avait offerts un coiffeur polonais. Elle s'endormit avec une grosse boule collante dans la bouche.

A 5 heures du matin, Mendel se réveilla. Il sortit avec peine du tiroir géant qui lui avait servi de lit ; il se mit à la recherche d'un robinet et sortit pour voir où se trouvait la direction de l'est. Ensuite il rentra, se plaça dans un coin et commença ses prières. Il les récitait à voix basse, mais tandis qu'il les prononçait ainsi, sans bruit, une violente douleur l'assaillit soudain ; elle saisit furieusement son cœur et le secoua de façon si cruelle que Mendel laissa échapper quelques gémissements sonores au milieu de ses oraisons. Quelques-uns de ceux qui dormaient s'éveillèrent, regardèrent de son côté, du haut de leurs couches, et sourirent en voyant ce Juif sautiller et osciller dans un coin, balançant son buste en avant et en arrière, exécutant ainsi de risibles figures de danse à la gloire du Tout-Puissant.

Avant même que Mendel eût terminé sa prière, l'employé ouvrit brusquement la porte. Le vent du large s'engouffra à sa suite dans la baraque.

— Debout ! cria-t-il d'une voix forte, à plusieurs reprises, et dans toutes les langues du globe.

Il était encore très tôt lorsqu'ils atteignirent le bateau. On leur permit de jeter un coup d'œil dans les salles à manger de première et de deuxième classe avant d'être dirigés en troupeau vers l'entrepont. Mendel Singer ne bougea pas ; il resta debout sur le barreau supérieur d'une étroite échelle de fer. Derrière son dos, c'était le port, la terre ferme, le continent, la patrie, le passé. Le soleil resplendissait, le ciel était d'un bleu parfait. Le bateau, blanc de toutes parts. Quant à l'eau, elle était verte. Un marin vint ordonner à Mendel Singer de quitter l'escalier. Il gratifia le matelot d'un geste à peine esquissé. Il se sentait parfaitement calme et n'avait plus peur de rien. Il jeta sur la mer un regard furtif et trouva sa consolation dans cet infini que lui présentaient les flots sans cesse en mouvement. Éternel, c'était là un élément éternel. Mendel comprenait que Dieu en personne avait créé les eaux. Il les avait répandues sur la terre en les acheminant depuis une source intarissable que Lui seul connaissait. A présent, l'Océan berçait ses flots instables entre les rives des terres fermes. Tout au fond des mers, un monstre déroulait ses anneaux : Léviathan, le poisson sacré dont se nourriront les hommes pieux et justes au jour du Jugement. Il s'appelait *Neptune,* ce bateau sur lequel se trouvait Mendel. C'était un grand bateau, mais, comparé à Léviathan, et à la mer, et au ciel, et à la sagesse de l'Éternel, c'était un tout petit bateau. Non, Mendel n'avait pas la moindre crainte. Voici qu'il demandait au matelot de le laisser en paix, lui, pauvre Juif vêtu de noir, perdu sur un navire immense, face à l'Océan éternel. Une fois encore il reprit ses mouvements en demi-cercle, lançant comme un semeur dans les sillons verts des vagues, une à une, les paroles de sa bénédiction :

— Béni sois-tu, ô Éternel ! Seigneur Dieu ! Toi qui as créé les mers pour séparer les continents !

A cet instant, les sirènes mugirent, les machines entamèrent leur vacarme, un grand frémissement s'empara de l'atmosphère, du bateau et de tous ceux qui s'y trouvaient. Seul le ciel demeurait immobile, d'un bleu inaltérable, d'un bleu et d'un calme sans ride.

9

Le quatorzième soir de la traversée, on vit luire à l'horizon les grosses boules lumineuses qui partaient des bateaux-feux.

— A présent, c'est le moment où l'on peut voir la statue de la Liberté, dit à Mendel Singer un Juif qui avait déjà fait deux fois cette même traversée. Pensez qu'elle mesure cent cinquante et un pieds ; à l'intérieur, elle est creuse, on peut y monter jusqu'en haut. Elle porte sur sa tête une couronne de rayons. Dans la main droite, elle tient un flambeau. Le plus beau, c'est que ce flambeau brûle toute la nuit et que, malgré tout, il ne risque jamais de s'éteindre. Figurez-vous qu'elle est éclairée à l'électricité, rien qu'à l'électricité ! Voilà de ces choses formidables qu'on fait en Amérique.

Au matin du quinzième jour, on procéda au débarquement des passagers. Déborah, Miriam et Mendel se tenaient étroitement serrés les uns contre les autres, craignant de se perdre.

On vit arriver des hommes en uniforme qui semblèrent à Mendel quelque peu dangereux. Pourtant ils n'avaient pas de sabre au côté. Quelques-uns d'entre eux portaient des vêtements d'un blanc immaculé qui les faisaient ressembler à la fois à des gendarmes et à des archanges. « Ce sont les Cosaques d'Amérique », se dit Mendel Singer en observant l'attitude qu'adoptait sa fille Miriam à leur égard.

On fit à haute voix l'appel des noms, par ordre alphabétique ; chacun se retrouva en face de ses bagages que, d'ailleurs, personne ne transperça à coups de lance. « On aurait peut-être pu quand même emporter Ménouhim », songea Déborah.

Soudain, Chémariah se trouva devant eux.

Tous trois eurent un même sursaut.

Ils avaient à la fois sous les yeux leur vieille maison lointaine, l'ancien Chémariah et le nouveau Chémariah, dit Sam.

Ils voyaient à la fois Chémariah et Sam, comme si l'on avait coulé un Sam sur le moule d'un Chémariah, un Sam parfaitement transparent.

Bien sûr, c'était toujours Chémariah, mais c'était quand même Sam.

Ils étaient deux. Le premier portait un bonnet noir, des vêtements noirs et des bottes à haute tige. Et ses joues s'ornaient d'un duvet noir, de petits poils follets jaillissant de tous les pores.

Le second portait un veston gris-perle, une casquette d'un blanc immaculé, pareille à celle du capitaine, un large pantalon jaune, une chemise flamboyante de soie verte, et son visage était lisse comme une dalle funéraire de luxe.

Le second, c'était presque Mac.

Le premier parlait avec sa voix d'autrefois ; ils n'écoutaient que sa voix, et non ses paroles.

Le second assena de sa main vigoureuse un grand coup sur l'épaule de son père en s'écriant :

— *Hello, old chap !*

A cet instant, ils prêtèrent enfin attention aux mots qu'il prononçait et n'en comprirent pas un seul.

Le premier, c'était Chémariah. Quant au second, celui-là c'était Sam.

Sam commença par embrasser son père, puis ce fut le tour de sa mère, et enfin de Miriam. Tous trois sentirent l'odeur du savon à barbe de Sam où dominait le parfum du muguet et où perçait aussi un relent de phénol. Cette odeur les faisait penser à un jardin en même temps qu'à un hôpital.

Au fond d'eux-mêmes ils se répétaient à plusieurs reprises que Sam était bien Chémariah. Après quoi ils purent enfin éprouver une joie réelle.

— Tous les autres, expliqua Sam, iront en quarantaine. Mais vous, vous pourrez y échapper. Et c'est grâce à Mac. Vous savez, il a deux cousins qui travaillent ici.

Une demi-heure plus tard on vit arriver Mac.

Il avait encore exactement le même air que ce jour où il avait fait sa première apparition dans leur petite ville. Volumineux, bruyant, faisant retentir tous les alentours de ses paroles incompréhensibles, et les poches déjà gonflées de friandises et de biscuits qu'il se mit aussitôt en devoir de distribuer et de grignoter lui-même. Une cravate rouge carmin flottait sur sa poitrine à la manière d'une oriflamme.

— Il va falloir que vous alliez quand même en quarantaine ! leur cria Mac. — En effet, il avait exagéré. Ses cousins n'étaient pas employés dans ce secteur, mais seulement dans le contrôle douanier. — Mais je vous accompagnerai. N'ayez pas peur, croyez-moi !

Ils n'avaient, il est vrai, pas besoin d'avoir peur. Mac ne cessait de claironner aux oreilles de tous les employés que Miriam était sa fiancée et que, par conséquent, Mendel et Déborah étaient ses beaux-parents.

Tous les après-midi, vers 3 heures, Mac s'approchait des grilles du camp ; il passait sa main à travers les fils de fer, bien que ce fût interdit, et disait bonjour à tous. Au bout de quatre jours, il réussit à libérer la famille Singer. De quelle manière s'y prit-il? Il n'en trahit rien à personne. C'était un des traits de caractère de Mac que de raconter avec force détails volubiles des choses qu'il avait inventées de toutes pièces et de taire, au contraire, les faits qui s'étaient réellement passés.

Il tint absolument à leur présenter l'Amérique et toutes ses merveilles, du haut d'un drôle de char à bancs emprunté à son entreprise commerciale, avant de les mener chez eux.

On entassa donc Mendel Singer, Déborah et Miriam sur les bancs du char et l'on partit visiter la ville.

C'était une belle journée très chaude. Mendel et Déborah étaient assis dans le sens du trajet ; Miriam, Mac et Sam leur faisaient vis-à-vis. Le pesant véhicule remplissait de fracas les rues qu'il traversait ; on aurait dit une bête qui charge. Mendel Singer avait l'impression que ce monstre voulait coûte que coûte réduire à néant, pour l'éternité, et les pavés et l'asphalte. N'allait-il pas ébranler les fondations de toutes les maisons d'alentour ? Le cuir du siège où Mendel était assis lui brûlait le corps comme un poêle allumé. Bien qu'on veillât à ne pas sortir de l'ombre épaisse que donnaient les murs gigantesques, la chaleur torride, grise et lourde comme du plomb fondu, traversait la vieille calotte de reps noir et tombait sur le crâne de Mendel, pénétrait son cerveau, l'entourait d'une soudure hermétique, brûlante autant qu'humide, visqueuse, intolérable. C'est à peine s'il avait pu dormir depuis son arrivée en Amérique ; il avait très peu mangé et n'avait presque rien eu à boire. Il portait par-dessus ses bottes déjà pesantes des caoutchoucs protecteurs, selon la coutume de son pays ; ses pieds étaient cuisants, à croire qu'il les tenait exposés à la flamme d'un feu. Il serrait nerveusement son parapluie entre ses genoux ; le manche, quoiqu'il fût en bois, en était si brûlant qu'on ne pouvait pas y poser la main ; on aurait dit du fer rouge. Un voile flottait devant les yeux de Mendel ; la trame en était faite de suie, de poussière et de chaleur intense. Il songeait au désert où avaient erré ses ancêtres, quarante années durant. Mais eux, au moins, ils allaient à pied, se disait-il. La vitesse folle à laquelle fonçait à présent le véhicule à travers les rues créait bien une sorte de vent, mais c'était un vent chaud, le souffle de feu qui monte de l'enfer. Au lieu de vous rafraîchir, il vous brûlait. Non, ce vent n'était pas du vent ; c'était un mélange de bruits et de cris, c'était un vacarme porté par un souffle. On y devinait mille cloches invisibles au timbre aigu, strident, et aussi le fracas menaçant, métallique des trains en marche, les appels déchirants de trompettes innombrables, le grincement plaintif des rails placés au tournant des *streets,* les cris sonores de Mac expliquant l'Amérique, par l'intermédiaire d'un porte-voix tonitruant, aux touristes qui lui étaient confiés. On y percevait aussi les voix confuses d'une foule de gens, le rire aux éclats d'un voyageur inconnu assis derrière le dos de Mendel, et puis toutes ces paroles que, sans arrêt, Sam débitait, infatigable, à l'adresse de son père, paroles que Mendel ne comprenait pas, mais qu'il approuvait chaque fois avec un hochement de tête en gardant sur ses lèvres un sourire craintif et bienveillant à la fois, inamovible comme un instrument de torture. Même s'il avait eu le courage de rester grave et solennel ainsi que l'exigeait sa condition, il n'aurait pas pu faire disparaître ce sourire. Il n'avait pas la force de changer d'expression. Les muscles de son visage s'étaient paralysés. Il aurait préféré pouvoir pleurer comme un enfant. Il sentait l'odeur âcre de goudron qui montait de l'asphalte en fusion, la poussière sèche et irritante qui flottait dans l'air, la puanteur rance et fade qui émanait des égouts et des boutiques de fromages, la senteur agressive des oignons, la fumée douceâtre des autos, tout imprégnée d'essence, les relents fétides des poissonneries, le muguet et le phénol qu'exhalaient les joues de son fils. Toutes ces odeurs s'interpénétraient pour donner une vapeur brûlante qui venait le frapper au visage et se mêler au bruit qui emplissait ses oreilles, menaçant de faire éclater sa pauvre tête. Bientôt il ne distingua plus rien de ce qu'on lui proposait d'entendre, de voir et de sentir. Il continuait à sourire et à hocher aimablement la tête. L'Amérique le prenait d'assaut, l'Amérique le réduisait en miettes, l'Amérique le fracassait. Au bout de quelques minutes, il s'évanouit.

Lorsqu'il reprit connaissance, il se trouvait dans un lunch-room où on l'avait transporté en toute hâte pour le ranimer. Dans une glace ronde encadrée d'un cercle serré de petites ampoules électriques, il aperçut sa barbe blanche et son nez osseux. Au premier moment, il crut que cette barbe et ce nez appartenaient à quelqu'un d'autre. Il fallut qu'il vît le visage des siens qui l'entouraient pour se reconnaître lui-même. Il eut un peu honte. Non sans peine il entrouvrit les lèvres pour demander à son fils de l'excuser. Mac lui prit vigoureusement la main et la serra à plusieurs reprises, comme pour féliciter Mendel Singer d'avoir réussi un numéro difficile ou d'avoir gagné un pari. La bouche du malheureux retrouva son sourire forcé, son sourire de torture, et en même temps une puissance inconnue reprenait possession de sa tête ; à le voir, on aurait pu croire que Mendel acquiesçait à tout instant. Il distingua Miriam. Ses cheveux noirs sortaient en désordre de son fichu jaune, ses joues pâles portaient des taches de suie ; elle tenait entre ses dents un long chalumeau. Quant à Déborah, elle s'était assise bien à l'aise, sans mot dire, les narines gonflées, sur un siège rond sans dossier, et ses seins s'agitaient violemment, tout frémissants, au rythme de son souffle précipité. Elle semblait sur le point de tomber par terre.

« En quoi est-ce que ça me regarde, tous ces gens-là ? se demanda Mendel. Et l'Amérique, ça me regarde, moi ? Mon fils, ma femme, ma fille, et ce Mac ? Mendel Singer, c'est encore moi ? Cette famille, c'est encore la mienne ? C'est moi, Mendel Singer ? Où donc est Ménouhim, mon fils ? » Il avait l'impression qu'on l'avait arraché à son vrai moi. Il lui faudrait donc vivre désormais séparé de ce qui était réellement lui-même. Il lui semblait qu'il avait laissé à Zuchnow sa propre personne aux côtés de Ménouhim. Tout en continuant à sourire de ses lèvres sans vie et à branler machinalement la tête, il sentait son cœur se transformer peu à peu en un bloc de glace. A chacun de ses coups, c'était un marteau d'acier qui heurtait une paroi de glace. Seul ! Il était déjà seul, Mendel Singer : désormais, il était en Amérique...

DEUXIÈME PARTIE

10

QUELQUES siècles auparavant, un ancêtre de Mendel Singer était venu (probablement d'Espagne) s'établir en Volhynie. Sa destinée avait été plus heureuse, plus commune aussi et, en tout cas, moins spectaculaire que celle de son descendant. De ce fait, nous ignorons s'il mit beaucoup ou peu d'années à s'accoutumer à sa nouvelle patrie. Pour ce qui est de Mendel Singer, nous savons parfaitement, au contraire, qu'au bout de quelques mois il se sentait tout à fait chez lui à New York.

Mais oui, l'Amérique était presque pour lui une seconde patrie. Il en avait appris, des choses ! *Old chap,* en américain, cela voulait dire : père, et *old fool,* mère, à moins que ce ne fût le contraire. Il connaissait aussi quelques commerçants du Bowery que fréquentait son fils ; il connaissait l'*Essex Street* où il habitait, et la *Houston Street* où se trouvait le magasin de son fils, de celui de ses fils qui s'appelait Sam. Il savait encore que Sam était déjà un *American boy,* et que si l'on est un homme bien élevé, on doit dire *good bye, how do you do* et *please,* qu'un commerçant de la *Grand Street* a droit au respect de ses confrères, surtout s'il a l'avantage de pouvoir se loger au bord de la *River,* de cette *River* dont Chémariah rêvait comme tant d'autres. Mendel avait entendu dire qu'on appelait l'Amérique *God's own country,* donc que c'était la terre du Seigneur, comme l'était jadis la Palestine ; de même, New York s'appelait *the wonder city,* la ville des merveilles, comme autrefois Jérusalem. Pour la prière, d'autre part, on employait le mot « service », le même que pour la bienfaisance. Quant au petit garçon de Sam, qui est venu au monde juste une semaine après l'arrivée de ses grands-parents, il a reçu le prénom de Mac Lincoln, tout simplement ; dans quelques années, car le temps passe très vite en Amérique, ce sera un *college boy*. *My dear boy,* lui dit pour l'instant sa mère, la belle-fille de Mendel Singer. Tiens, au fait, elle continue à s'appeler Véga, chose extraordinaire ! Elle est blonde, elle est douce, elle a de grands yeux bleus dans lesquels Mendel Singer devine plus de bonté que d'intelligence. D'ailleurs, qu'est-ce que cela peut bien faire, qu'elle soit bête ou non ? Les femmes n'ont pas besoin d'être intelligentes. Avec l'aide de Dieu elles s'en tirent toujours, *Amen*. Ici on doit prendre un *lunch* entre midi et 2 heures, et un *dinner* entre 6 et 8. Mais Mendel ne tient pas compte de ces coutumes. Il mange vers 3 heures de l'après-midi et à 10 heures du soir, comme il le faisait quand il était chez lui — bien qu'en somme, il fasse jour chez lui, là-bas, quand il se met à table pour dîner, à moins que ce ne soit l'aurore. On ne sait trop... *All right* veut dire « d'accord », et au lieu de « oui » il faut dire : *yes*. Pour exprimer à quelqu'un d'aimables intentions, il ne faut pas lui souhaiter « bonne chance » ou « bonne santé », mais *prosperity*. Le grand projet de Sam, actuellement, c'est de louer un nouvel appartement au bord de la *River*, un appartement avec un *parlour*. D'ailleurs il a déjà fait l'acquisition d'un phonographe. Miriam va quelquefois l'emprunter à sa belle-sœur et le transporte religieusement sur ses bras à travers les rues, comme on porte un enfant malade. Le phonographe peut jouer toutes sortes de valses, et même aussi le *kol-nidré* (1). Sam se lave deux fois par jour ; le soir, il enfile quelquefois un complet qu'il appelle un *dress*. Déborah est allée déjà dix fois au cinématographe et trois fois au théâtre. Elle porte une robe de soie gris foncé ; c'est Sam qui la lui a offerte. Elle met autour de son cou un long sautoir d'or ; ainsi parée, elle fait penser à telle ou telle de ces courtisanes dont il est fait parfois mention

(1) Chant liturgique juif.

dans les Saintes Écritures. Miriam est vendeuse au magasin de Sam. Elle rentre après minuit à la maison et part le matin à 7 heures. Elle dit sagement : « Bonsoir, papa ! Bonjour, papa ! » mais rien de plus. Par-ci, par-là, Mendel Singer saisit des bribes de conversations qui déroulent près de ses oreilles leurs flots incessants ; tous ces mots s'écoulent comme les eaux d'une rivière aux pieds d'un vieillard assis, immobile, sur la berge. De ses phrases éparses, il ressort que Mac va se promener avec Miriam, qu'ils vont danser, qu'ils se baignent ensemble et qu'ils font de la gymnastique. Il sait bien, Mendel Singer, que Mac n'est malheureusement pas juif, pas plus que les Cosaques ne l'étaient. Mais enfin, le moment n'est pas encore venu d'en parler. Mieux vaut avoir confiance dans le Seigneur et attendre les événements. Déborah et Miriam s'entendent à merveille. La paix règne au foyer. On les entend chuchoter, la mère et la fille, bien souvent longtemps après minuit, pendant que Mendel fait semblant de dormir. Ce n'est pas difficile ; il couche à la cuisine, tandis que sa femme et sa fille ont leur lit dans l'unique chambre de leur demeure. Car, en Amérique pas plus qu'ailleurs, les gens n'habitent guère dans des palais. On a trouvé à se loger au premier étage. Ça, c'est une chance. Quand on pense qu'il aurait peut-être fallu s'installer au deuxième, au troisième, voire au quatrième ! L'escalier va tout de travers ; il est sale, il y fait toujours sombre. Même dans la journée il faut s'éclairer en frottant des allumettes si l'on veut distinguer les marches. Il règne là une odeur moite, une atmosphère tiède et visqueuse où domine un relent de chat. Malgré tout ce qui a déjà été fait, il faut absolument continuer à mettre chaque soir, dans les coins de la maison, de la mort-aux-rats et des éclats de verre broyés et amalgamés à du levain. Déborah chaque semaine frotte le plancher, mais elle n'en obtient jamais cette belle couleur jaune safran qu'elle lui donnait là-bas, au pays. A quoi cela tient-il ? Déborah a-t-elle perdu ses forces ? Est-elle trop paresseuse ? Serait-elle trop vieille ? Quand Mendel traverse la chambre, toutes les lattes du plancher sans exception font entendre un gémissement sous ses pieds. Pas moyen de deviner sous laquelle Déborah cache à présent son argent. Dix dollars ! Sam leur donne dix dollars par semaine. Déborah trouve encore moyen de se plaindre. Que voulez-vous, ce n'est qu'une femme, elle ne sait pas toujours résister aux embûches du démon ! Sa belle-fille est pourtant la bonté même, elle a un caractère facile ; mais Déborah prétend que Véga a des goûts de luxe. Quand Mendel entend de telles insinuations, il réplique : « Tais-toi, Déborah ! Tu devrais être contente de nos enfants. A ton âge, tu as eu le temps d'apprendre à te taire. A présent tu ne peux plus me reprocher de gagner trop peu, et, au fond, tu regrettes de ne plus pouvoir te disputer avec moi. Chémariah nous a fait venir ici pour y passer le temps de notre vieillesse et pour mourir près de lui. Sa femme nous traite tous les deux avec le respect qui nous est dû. Qu'est-ce qu'il te faudrait donc de plus, Déborah ? »

En somme, elle ne savait pas au juste ce qui lui manquait. Peut-être avait-elle espéré trouver en Amérique un monde vraiment différent, où il lui aurait été possible d'oublier aussitôt sa vie antérieure et surtout d'oublier Ménouhim. Mais, en fait, cette Amérique-là ne constituait pas un nouveau monde. On y rencontrait plus de Juifs qu'à Kluczysk ; ce n'était, à tout prendre, qu'une sorte de Kluczysk sur une plus grande échelle. Cela valait bien la peine d'avoir fait tout ce voyage et d'avoir traversé la mer pour se retrouver à Kluczysk, alors qu'il aurait suffi de prendre la carriole de Samechkine ! En quelques heures on y était. Les fenêtres donnaient ici sur une courette obscure où grouillaient les chats, les rats et les marmots ; dès 3 heures de l'après-midi, même au printemps, il fallait allumer la lampe à pétrole. On n'avait même pas l'éclairage électrique. Et le phonographe ? On n'en possédait pas encore un vraiment à soi ! Au moins, là-bas, au pays, Déborah avait de la lumière et du soleil. Évidemment, ici elle allait de temps en temps au cinématographe avec sa fille, et deux fois déjà elle avait pris le métropolitain. Miriam avait à présent l'air d'une vraie demoiselle ; elle portait un chapeau et des bas de soie. Elle était devenue sérieuse, et même elle gagnait de l'argent. Elle sortait souvent avec Mac. Mieux valait Mac que les Cosaques, puisque c'était le meilleur ami de Chémariah. Bien sûr, personne ne comprenait un mot de ses discours interminables, mais on finirait bien par s'y habituer. Il était plus malin que dix Juifs tous ensemble et il présentait en outre l'avantage considérable de ne pas demander de dot. Il fallait quand même bien se dire qu'on vivait dans un autre monde. Un Mac d'Amérique, ça ne pouvait pas se comparer avec un Mac de Russie. Néanmoins, pas plus ici que là-bas Déborah ne parvenait à joindre les deux bouts avec l'argent dont elle disposait. La vie renchérissait à vue d'œil, mais elle ne pouvait pas s'empêcher, malgré tout, de faire des économies. Ici, comme là-bas, elle les cachait sous une latte du plancher, et elle avait déjà mis de côté dix-huit dollars et demi ; la taille des carottes diminuait sans cesse, les œufs finissaient par être vides et les pommes de terre gelaient ; les soupes n'étaient guère que de l'eau, les carpes devenaient d'une maigreur incroyable, les brochets, toujours plus chétifs, les canards n'avaient plus que la peau et les os, les oies n'avaient jamais été si coriaces, et quant aux poulets, ce n'était vraiment pas la peine d'en parler.

Non, elle ne savait pas au juste ce qui lui manquait. Or, c'était Ménouhim qui lui manquait. Souvent, tandis qu'elle était en train de dormir, de veiller, de faire ses emplettes, de regarder le cinéma, de mettre sa maison en ordre ou de surveiller ce qui cuisait au four, elle entendait Ménouhim l'appeler « Ma-ma ». Ce mot, le seul qu'il eût jamais appris à dire, il devait à présent l'avoir déjà oublié. Elle entendait ici d'autres enfants appeler leurs mamans, et aussitôt les mamans accouraient. Jamais une mère n'abandonne volontairement son enfant. Non, on n'aurait pas dû venir en Amérique ; mais en somme, il n'était pas impossible de retourner à la maison.

— Mendel, disait-elle parfois, si nous rentrions là-bas ? Pour voir ce que fait Ménouhim ?

— Et l'argent pour ça ? et le voyage ? et de quoi pourrions-nous vivre ? Tu t'imagines que Chémariah pourrait nous donner une telle somme ? C'est un bon fils, pour sûr, mais ce n'est pas Vanderbilt. La destinée a peut-être voulu qu'il en fût ainsi. Restons là, jusqu'à nouvel ordre. Ménouhim, nous le reverrons ici, en Amérique, si jamais il guérit vraiment.

Envers et contre tout, l'idée d'un départ éventuel finit par s'ancrer dans l'esprit de Mendel Singer et ne le lâcha plus. Un jour, comme il rendait visite à son fils, au magasin (assis au bureau, dans l'arrière-boutique, il voyait par la porte vitrée les clients entrer et sortir et il bénissait au fond de son cœur chacun des nouveaux arrivants), il se décida donc à dire à Chémariah :

— A propos, nous n'avons toujours pas de nouvelles de Ménouhim. La dernière fois qu'il nous a écrit, Billes n'a pas fait la moindre allusion à lui. Qu'est-ce que tu en dirais si j'allais un peu là-bas voir ce qu'il devient ?

Chémariah, dit Sam, était un *American boy.*

C'est pourquoi il répondit :

— Voyons, papa, ta combinaison ne m'a pas l'air bien pratique. Écoute-moi. S'il était permis d'amener Ménouhim ici, on le guérirait tout de suite. La médecine américaine est la meilleure du monde entier. Tiens, justement, je viens de le lire dans le journal : on arrive à guérir des maladies de ce genre par des piqûres. Tu te rends compte, rien que par des piqûres ! Mais puisqu'on ne peut pas l'amener, ce pauvre Ménouhim, à quoi cela servirait-il de faire telle dépense ? Je ne prétends pas que ce soit absolument impossible, seulement voilà, nous voulons justement monter tous les deux une grosse affaire, Mac et moi, tu comprends ? Une très grosse affaire ; et nous sommes plutôt à court d'argent. Alors, si tu veux, il vaut mieux ne pas en parler. Attends encore quelques semaines, je t'assure. Et je peux bien te le dire entre nous, Mac et moi, nous nous sommes lancés dans des spéculations sur les terrains. Nous venons de faire démolir une vieille bicoque sur la *Delancy Street.* Tu n'imagines peut-être pas ce que ça peut coûter, une démolition ? Presque autant que de faire construire. Mais enfin il ne faut pas se plaindre. L'avenir s'annonce bien. Quand je pense à la façon dont nous avons commencé, avec nos assurances ! En avons-nous monté des escaliers ! Sans parler de ceux que nous avons descendus ! Regarde maintenant le magasin que nous avons ! Ce n'est plus un bazar, c'est vraiment ce qu'on appelle un grand magasin. A présent, les rôles ont changé ; ils viennent me voir, moi, les agents d'assurance ! Je m'offre le plaisir de les regarder bien en face en me disant : « Je connais la chanson ! » Et je te les flanque à la porte avec les honneurs qu'ils méritent. Je les flanque tous à la porte, tous, sans exception.

Mendel Singer ne comprenait pas très bien pourquoi Sam mettait tous les agents d'assurance à la porte, ni surtout pourquoi il en éprouvait tant de plaisir. Sam en eut bientôt l'intuition et pour couper court, demanda :

— Dis donc, papa, veux-tu prendre le *breakfast* avec moi ?

Il faisait semblant d'oublier que son père ne mangeait jamais ailleurs qu'à la maison. Il aimait se donner l'occasion de lui faire sentir toute la distance qui le séparait désormais des mœurs pratiquées jadis au pays natal. Il se frappa donc le front comme l'eût fait Mac en personne et il s'écria :

— Ah ! je suis bête, j'avais oublié... Tout de même, tu mangeras bien au moins une banane, papa ?

Et il fit apporter une banane à son père.

— A propos... Miriam ? Je voulais justement t'en parler, reprit-il tout en mangeant. Elle commence à bien s'adapter. C'est actuellement la *girl* la plus jolie de tout notre magasin. Si elle était employée dans une autre maison, il y a longtemps, j'en suis sûr, qu'on lui aurait proposé une place de mannequin. Mais je n'aimerais pas penser que ma sœur laisse utiliser sa plastique pour mettre en valeur des robes qui ne sont pas à elle. Et Mac ne serait pas non plus d'accord.

Il attendait que son père fît une remarque au sujet de Mac, mais Mendel Singer gardait le silence. Son cœur était sans méfiance. C'est à peine s'il avait entendu la dernière phrase ; il se complaisait dans une admiration absolue de ses enfants et surtout de Chémariah. Ah ! qu'il était intelligent ! Comme il savait penser vite ! Et l'anglais, comme il le parlait couramment ! Il fallait le voir presser sur le bouton des sonneries électriques, et tancer vertement les garçons de course. Ça oui, c'était un patron, un vrai *boss* !

Il passa ensuite au rayon des chemisiers et cravates pour voir sa fille.

— Bonjour, papa ! lui dit-elle sans cesser de servir sa clientèle.

Elle lui témoignait donc du respect ; à la maison, il en allait jadis tout autrement. Elle ne l'aimait probablement pas, mais il est vrai que, dans la Loi, il n'est pas dit : « Tu aimeras ton père et ta mère » ; non, uniquement : « Tu honoreras ton père et ta mère. » Il lui fit un petit signe de tête et s'éloigna. Il rentra chez lui. Il avait repris confiance, marchait d'un pas lent au milieu de la rue, disait bonjour aux voisins et pensait avec joie à ses enfants. Il continuait à porter sa calotte de reps noir et son cafetan jusqu'aux mollets ainsi que ses bottes à haute tige. Mais les pans de sa lévite ne venaient plus donner au cuir de ses bottes les coups d'aile précipités dont ils le frappaient naguère. Car Mendel Singer, en Amérique où tout va vite, avait fini par apprendre à marcher lentement.

Et sa marche à travers le temps le menait tout doucement vers la vieillesse. Il s'acheminait vers elle, de la prière du matin jusqu'à la prière du soir, du petit déjeuner jusqu'au dîner, de l'heure du réveil à celle du sommeil. L'après-midi, au moment où, là-bas, ses élèves revenaient travailler, il s'étendait à présent sur un canapé capitonné de crin. Il y somnolait une petite heure et rêvait de Ménouhim. Après quoi il jetait un coup d'œil sur le journal. Enfin il se rendait au magasin que tenait la famille Skowronnek ; on y vendait, on y jouait, on y chantait au milieu des phonographes, des disques, des partitions et des textes de chansons. Cette boutique servait de lieu de réunion à tout le quartier, et surtout aux gens d'un certain âge. Ils pouvaient y parler politique et se raconter des anecdotes qui s'étaient passées là-bas, au pays. Parfois, s'il était plus tard que de coutume, toute la troupe montait chez les Skowronnek pour y dire en hâte la prière du soir.

En rentrant chez lui, non sans faire durer le trajet un peu plus que nécessaire, Mendel aimait à s'imaginer qu'une lettre l'attendait à la maison. Dans cette lettre on lui exposait deux points, de façon claire et distincte : premièrement, Ménouhim était devenu un enfant vigoureux et intelligent ; deuxièmement, Jonas avait quitté le service en raison d'une infirmité des plus légères et avait l'intention de se rendre en Amérique. Mendel Singer savait fort bien que cette lettre n'était pas encore arrivée, mais il cherchait, en quelque sorte, à offrir une occasion favorable à cette lettre virtuelle afin qu'elle finît par avoir envie d'arriver. C'est donc avec un certain battement de cœur qu'il tirait la sonnette. A l'instant où Déborah se montrait, le rêve s'évanouissait. La lettre n'était pas encore là. Cette soirée serait donc pareille à toutes les autres.

Un jour, comme il faisait un détour pour rentrer chez lui, il aperçut au coin de la rue un garçon d'une douzaine d'années qui, de loin, ne lui semblait pas inconnu. Le gamin était appuyé au battant d'une porte et pleurait. Mendel entendait gémir une voix grêle, et quoique très faible, ce bruit continu parvenait avec insistance jusqu'à lui, de l'autre côté de la rue. Ces sons plaintifs, Mendel ne les connaissait que trop bien. Il s'arrêta net et résolut de s'approcher du garçon, de lui parler et de le consoler. Il se mit en marche vers lui. Soudain on l'entendit gémir plus fort. Mendel s'arrêta encore, au beau milieu de la rue. Dans l'ombre où le plongeaient la tombée de la nuit autant que la porte cochère contre laquelle il était blotti, voilà que l'enfant prenait peu à peu la silhouette et l'attitude de Ménouhim. Mais oui, c'était ainsi qu'il était blotti et qu'il gémissait, le pauvre Ménouhim, sur le seuil de la maison familiale, à Zuchnow ! Mendel fit encore quelques pas. Alors, brusquement, l'enfant se glissa dans la maison. Mendel s'avança jusqu'à la porte. Malheureusement l'obscurité qui régnait derrière la porte avait déjà englouti la silhouette du garçonnet.

Mendel reprit le chemin de sa demeure d'un pas plus lent encore qu'auparavant.

Ce ne fut pas Déborah qui vint lui ouvrir lorsqu'il sonna, mais son fils Sam. Mendel hésita un instant sur le pas de la porte. Bien qu'il s'attendît uniquement à une heureuse surprise (s'il devait y avoir ce jour-là quelque imprévu), il sentit pourtant une brusque angoisse l'envahir à l'idée qu'un malheur aurait pu tout de même arriver. Car son cœur était trop parfaitement accoutumé au malheur ; il continuait à éprouver une réelle frayeur, même après s'être longtemps attendu à voir survenir un bonheur éventuel. « Se pourrait-il qu'un événement joyeux et imprévu, pensait-il, survienne dans l'existence d'un pauvre homme comme moi ? Tout ce qui est soudain ne peut être que mauvais ; les bonnes surprises ne s'acheminent qu'à pas lents. »

Mais la voix de Chémariah ne tarda pas à le rassurer.

— Viens, viens vite ! lui dit Sam.

Il prit son père par la main pour l'attirer dans la chambre. Déborah avait allumé deux lampes. Véga, sa belle-fille, Miriam et Mac étaient assis autour de la table. La maison tout entière donnait à Mendel l'impression de s'être métamorphosée. Les deux lampes, double édition d'un même modèle, avaient l'air de sœurs jumelles et donnaient moins de lumière à la pièce qu'elles ne s'en dispensaient réciproquement l'une à l'autre. On aurait dit qu'elles se regardaient en riant, les deux lampes jumelles, et cette idée amusait Mendel au plus haut point.

— Assieds-toi, papa, dit Sam.

Il n'éprouvait, Mendel, pour sa part, aucune curiosité, car il craignait déjà qu'on ne se mît à raconter l'une de ces histoires américaines qui incitent tout le monde à rire aux éclats pendant un bon moment et où, personnellement, malgré toute sa bonne volonté il ne trouvait aucun sel. « Pour quelle raison peuvent-ils bien faire cette réunion ? se demandait-il. Ils ont peut-être eu l'idée de m'offrir un phonographe — à moins qu'ils n'aient décidé de célébrer quelque anniversaire de mariage ?... » Il mit à s'asseoir le plus de temps possible. Tous gardaient le silence. Enfin, Sam se décida à prendre la parole. On aurait cru, à le voir, qu'il allumait, d'un geste solennel, une troisième lampe invisible :

— Écoute-moi bien, papa : nous avons gagné quinze mille dollars d'un seul coup !

Mendel se leva et tendit la main à toutes les personnes

présentes. Le dernier vers lequel il alla était Mac. Mendel lui adressa cette petite phrase :

— Je vous remercie.

Sam traduisit aussitôt les trois mots en anglais. Mac, alors, se leva à son tour pour embrasser Mendel. Puis il se lança dans un discours à sa manière. Il ne s'arrêta pas, et ce soir-là, personne ne parla plus, à part Mac. Déborah entreprit de calculer l'équivalent de la somme en roubles, mais n'arriva pas à un résultat définitif. Véga songeait aux nouveaux meubles qui prendraient place dans son nouvel appartement et, en première ligne, elle rêvait d'un piano. Son fils prendrait des leçons de piano. Mendel, lui, se proposait de réaliser son projet de voyage éclair au pays natal. Miriam se contentait d'écouter Mac et s'efforçait de comprendre le plus possible de ce qu'il disait. Comme elle ne saisissait pas entièrement ses paroles, elle s'imaginait que Mac prononçait un exposé très sensé et qu'il importait de ne rien en perdre. Sam se demandait s'il était raisonnable de mettre intégralement toute cette somme dans son entreprise commerciale. Seul Mac ne faisait guère travailler son esprit. Nul souci ne l'inquiétait, il ne formait pas de projets, il débitait tranquillement tout ce qui lui passait par la tête.

Le lendemain, ils firent un petit voyage pour voir *Atlantic City*.

— Quel beau paysage ! s'exclama Déborah.

Mendel ne voyait que de l'eau. Et soudain, il se rappelait cette nuit mouvementée où, là-bas, au pays, il avait dû coucher dans le fossé de la route à côté de Samechkine. Il entendait encore le chant strident des grillons et le coassement des grenouillles.

— Chez nous, là-bas, remarqua-t-il soudain, la terre va aussi loin que l'eau en Amérique.

Il ne pensait pas formuler de façon aussi nette cette impression bizarre.

— Tu entends ce que dit ton père ? demanda Déborah.

— Eh oui, il se fait vieux !

« Il a raison, je me fais vieux », songea Mendel.

Lorsqu'ils rentrèrent, ils trouvèrent, coincée sous la

porte, une grosse lettre très lourde, si grosse que le facteur n'avait pas pu la glisser par l'ouverture prévue pour le courrier.

— Tu vois, expliqua Mendel en se baissant, cette lettre, c'est sûrement une bonne lettre. La chance a commencé à nous sourire. Un bonheur ne vient jamais seul. Dieu soit loué ! Espérons qu'il continuera à nous protéger.

C'était une lettre de la famille Billes. Et vraiment, on pouvait le dire, c'était une bonne lettre. Elle contenait une nouvelle d'importance : Ménouhim s'était soudain mis à parler.

Le docteur Soltysiouk l'a examiné, écrivait la famille Billes. Il n'en croyait pas ses yeux. On parle d'envoyer Ménouhim à Saint-Pétersbourg ; les grands docteurs de là-bas voudraient voir son cas de près ; il paraît qu'ils n'en reviennent pas. Un jour, un jeudi après-midi, il était seul à la maison et nous avions fait du feu dans le fourneau, comme tous les jeudis. Voilà qu'une bûche enflammée est tombée par terre. A présent, tout le plancher est brûlé, et il va falloir repeindre tous les murs. Cela va coûter une belle somme. Ménouhim s'est enfui dans la rue, car il peut déjà courir comme il faut, et il a crié : « Il y a le feu ! » Depuis ce jour-là, il dit quelques mots très convenablement.

C'est bien dommage que cette chose soit arrivée une semaine après le départ de Jonas. Figurez-vous qu'en effet, Jonas est venu au pays en permission ; il a belle mine en soldat et il ne savait pas du tout que vous étiez en Amérique. Comme vous le verrez au dos de cette lettre, il vous a écrit de l'autre côté.

Mendel tourna le feuillet et lut :

Cher papa, chère maman, cher frère et chère sœur,

Il paraît donc que vous êtes en Amérique. Cette nouvelle m'a renversé comme un coup de tonnerre. Au fond, c'est bien ma faute, car je ne vous ai jamais écrit, ou plutôt, je m'en souviens, une seule fois, il y a longtemps. N'empêche que, je vous l'ai dit plus haut, j'en ai été vraiment renversé. Mais ne vous faites pas de souci pour moi. Moi, je vais très bien. Tout le monde s'entend bien avec moi, et moi, je m'entends bien avec tout le monde. C'est avec les chevaux que je m'entends le mieux. Je suis aussi bon cavalier que les meilleurs Cosaques et je suis déjà capable de ramasser avec les dents un mouchoir tombé par terre sans quitter mon cheval au galop. Voilà des choses que j'aime à la folie, et l'armée aussi, c'est une chose qui me convient. J'ai décidé d'y rester quand j'aurai fini mon temps de service. On est logé, habillé et nourri ; tous les ordres vous viennent d'en haut dès que quelque chose est nécessaire ; on n'a pas besoin de réfléchir par soi-même. Je me demande si je m'explique bien et si vous pourrez comprendre tout à fait ce que je veux dire. Peut-être bien que vous ne comprendrez pas. Dans l'écurie, il fait très chaud, et puis j'aime beaucoup les chevaux. Si un jour l'un de vous revient par ici, vous pourriez me rencontrer. Mon capitaine a dit que si je continue à être un bon soldat, je pourrai adresser une demande au tsar, enfin, je veux dire à Sa Très Gracieuse Majesté, et qu'alors il acceptera probablement de pardonner à mon frère et d'oublier qu'il a été déserteur. Voyez-vous, je serais le plus heureux des hommes si j'arrivais à revoir Chémariah en ce bas monde ; je n'oublie pas que nous avons grandi ensemble.

Samechkine vous envoie bien le bonjour, il va très bien. On dit quelquefois, ici, au pays, qu'il va y avoir la guerre. Si vraiment cela devait arriver, il faudrait vous préparer à l'idée que je peux mourir, tout comme moi, je suis prêt à mourir à la guerre, du moment que je suis soldat.

Quoi qu'il en soit, je vous embrasse une fois pour toutes dans le cas où ça serait la dernière. Mais il ne faut pas que vous soyez tristes pour le moment, peut-être que je resterai en vie.

Votre fils Jonas.

Mendel Singer posa ses lunettes à côté de lui et vit que Déborah pleurait ; alors, pour la première fois depuis bien des années, il lui prit les deux mains. Il écarta du visage en larmes les deux paumes et dit à sa femme d'un ton presque solennel :

— Allons, allons, Déborah, le Seigneur nous est venu en aide. Mets ton grand châle et descends chercher une bouteille d'hydromel.

Ils s'assirent à la table pour boire leur breuvage

traditionnel dans des verres à thé. Ils se regardaient et pensaient la même chose.

— Le rabbi avait raison, dit Déborah.

Sa mémoire retrouvait fidèlement, à quelques mots près, les formules de la prédiction : « La douleur lui donnera la sagesse, la laideur, un cœur pur ; de l'amertume lui viendra une âme tendre, et de la maladie il tirera sa force. »

— Voilà une chose que tu ne m'avais jamais dite, remarqua Mendel.

— J'avais dû l'oublier.

— Au fond, il aurait peut-être fallu emmener aussi Jonas à Kluczysk. Les chevaux, tu vois, il les aime plus que nous.

— Que veux-tu, il est encore jeune, répondit Déborah en guise de consolation. C'est peut-être une bonne chose pour lui d'aimer les chevaux plus que tout.

Et comme elle ne pouvait pas laisser échapper une occasion de faire une remarque acerbe, elle ajouta : « Dans tous les cas, ce n'est pas de toi qu'il tient cet amour pour les chevaux.

— Non, bien sûr », répondit Mendel avec un sourire conciliant.

Il commençait à penser sérieusement à son projet de voyage au pays. A présent, qui sait si l'on ne pourrait pas bientôt emmener Ménouhim en Amérique ? Il alluma une chandelle, éteignit la lampe et dit à Déborah :

— Va donc te coucher. Quand Miriam rentrera, je lui montrerai la lettre. Je veillerai, cette nuit.

Il alla prendre dans sa valise son vieux livre de prières. Que ce contact était familier à sa main ! Du premier coup, il ouvrit le volume à la page des psaumes et il se mit en devoir de les réciter, de les chanter l'un après l'autre. Tout chantait en lui. La grâce l'avait visité, et la joie avec elle.

La main de Dieu, immense, infinie, généreuse, l'avait pris à son tour sous sa protection. Sous cet abri divin, il chantait en l'honneur de la Toute-Puissance, l'un après l'autre, tous les psaumes. La chandelle brûlait avec une flamme mouvante, agitée doucement, mais sans relâche, par le souffle de vent régulier que déplaçait le buste de Mendel à chaque oscillation rituelle. Ses pieds scandaient la cadence de chaque vers, pour chaque psaume. Son cœur exultait et son corps se sentait irrésistiblement emporté par un rythme de danse.

11

ALORS, pour la première fois, les soucis quittèrent la maison de Mendel Singer. Leur présence y était pourtant bien familière, comme celle d'un frère ou d'une sœur que l'on ne peut pas souffrir. Mendel approchait maintenant de sa cinquante-neuvième année. Il s'était habitué à leur présence depuis cinquante-huit ans. Les soucis le quittaient et la mort approchait. Sa barbe blanchissait, sa vue baissait. Son dos se courbait, ses mains tremblaient. Son sommeil était léger et ses nuits interminables. Il s'adaptait mal à sa satisfaction, comme à un habit d'emprunt fait pour quelqu'un d'autre. Son fils était en train de déménager pour s'installer dans le quartier riche ; Mendel, lui, restait dans sa vieille rue, dans son petit appartement, dans son éclairage au pétrole, dans le voisinage des pauvres, des chats et des souris. Il était pieux, il craignait Dieu et n'avait rien d'extraordinaire. C'était toujours un de ces Juifs tels que l'on en voit fréquemment. Rares étaient les passants qui prenaient garde à lui. Beaucoup d'entre eux ne s'apercevaient pas de son existence. Il avait quelques vieux amis à qui il rendait visite pendant la journée : Menkès, le fruitier, Skowronnek et son magasin de musique, Rottenberg, copiste de textes bibliques, et Groschel, le cordonnier. Une fois par semaine, ses trois enfants venaient le voir avec son petit-fils et Mac. Il n'avait absolument rien à leur dire. Eux, au contraire, lui racontaient des histoires qui avaient trait au théâtre, à la haute société et à la politique. Il les écoutait parler et s'endormait. Quand Déborah le réveillait, il ouvrait les yeux en affirmant : « Vous savez, je ne dormais pas ! » Mac riait tout haut. Sam souriait. Miriam chuchotait avec Déborah. Mendel restait éveillé un certain temps puis recommençait à s'assoupir. Aussitôt, il rêvait. Il voyait en esprit des événements de jadis, de son pays natal, et aussi des choses qu'il ne connaissait que par ouï-dire en Amérique : le théâtre, les acrobates et les danseuses vêtues d'or et de pourpre, le président des États-Unis, la Maison Blanche, le milliardaire Vanderbilt, et toujours, toujours, chaque fois, Ménouhim. Le petit infirme venait se glisser entre la pourpre et l'or des danseuses ; il formait une pauvre tache grise dans la pâleur resplendissante de la Maison Blanche. Mendel verrait-il jamais tel ou tel de ces objets pour de bon, de ses propres yeux ? Non, il était trop vieux pour l'espérer. Il croyait dur comme fer, puisque ses enfants l'affirmaient, que l'Amérique était la Terre du Seigneur, New York la ville des merveilles, et l'anglais la plus belle langue du monde. Les Américains étaient des modèles de santé, les Américaines, des modèles de beauté, le sport, de première importance, et le temps, plus précieux que tout. La pauvreté était un vice, et la richesse, un mérite ; la vertu menait à mi-chemin sur la route du succès, tandis que la confiance en soi vous y conduisait tout droit. Pratiquer la danse était une mesure d'hygiène, et le patin à roulettes, un devoir absolu ; les œuvres de bienfaisance constituaient un placement sûr, et l'anarchisme, un crime. Les grévistes étaient les ennemis de l'humanité, les émeutiers, des suppôts de Satan ; tandis que les machines modernes étaient une bénédiction du ciel et Edison, le plus grand génie de tous les temps. Bientôt les hommes seraient capables de voler comme les oiseaux, de nager comme les poissons, de prévoir l'avenir comme les prophètes, de vivre dans une paix éternelle et, unis par une parfaite entente, ils construiraient un jour des gratte-ciel qui monteraient jusqu'aux étoiles. « Ah ! oui, le monde sera bien beau, se disait Mendel. Il en a de la chance, mon petit-fils !Il connaîtra tout cela. » Et pourtant, au milieu de son admiration pour les temps futurs, toujours venait se glisser une nuance de regret à l'adresse de sa Russie natale ; et c'était pour lui un sentiment bienfaisant que la certitude de compter déjà au nombre des morts lorsque les vivants célébreraient alors de tels triomphes. Il ne savait pas au juste pourquoi, mais cette certitude lui faisait du bien. Il était trop vieux pour un cadre de vie nouveau et trop faible pour célébrer des triomphes. Il n'avait plus qu'une espérance, celle de revoir Ménouhim. Soit Sam, soit Mac ferait le voyage pour aller le chercher. Et après tout, pourquoi pas Déborah ? Elle n'aurait pas peur d'une seconde traversée.

On était en été. La vermine se multipliait dans la demeure de Mendel Singer à une vitesse vertigineuse. Cependant, Déborah prenait bien soin de maintenir nuit et jour, au pied des lits, les roulettes de cuivre dans des godets pleins de pétrole et d'enduire de térébenthine toutes les fentes des meubles, à l'aide d'une fine plume de coq qu'elle trempait sans relâche dans le liquide. Les punaises descendaient les murs, bien en ordre, en longues théories ; elles traversaient le plafond en rangs serrés. Soutenues par leur perfidie sanguinaire, elles savaient attendre l'arrivée de la nuit qui ramenait pour elles l'heure où elles se laisseraient tomber sur le lit des malheureux, déjà plongés dans le sommeil. Les puces, logées entre les lattes, dans les rainures du plancher, sautaient sur les habits, sur les oreillers, sur les couvertures. Les nuits étaient brûlantes, étouffantes. Par les fenêtres ouvertes on entendait, de temps en temps, le fracas lointain de quelque train difficile à repérer ou des sons brefs, réguliers, dont chacun était pareil à un coup de tonnerre, trahissant, bien loin de là, la présence de tout un univers de travail. A proximité, les maisons voisines envoyaient leurs relents fétides, avec les émanations des ordures et des égouts découverts. Les chats miaulaient à qui mieux mieux, les chiens errants poussaient des hurlements, les bébés pleuraient à toute heure de la nuit, et au-dessus de la tête de Mendel Singer, des gens qui souffraient d'insomnie traînaient sans arrêt leurs savates, éternuaient à en ébranler la maison ou cherchaient à se libérer de leurs tortures par des bâillements sonores. Mendel Singer allumait alors la bougie qu'il avait plantée près de son lit dans une bouteille verte, et il allait à la fenêtre. De là, il voyait les reflets rougeâtres de la nuit d'Amérique, de cette nuit qui continuait à vivre quelque part, là-bas, et il voyait aussi l'ombre argentée d'un projecteur qui revenait à des espaces réguliers, comme s'il cherchait désespérément la présence de Dieu dans le ciel nocturne. Et puis enfin, il y avait même quelques étoiles que Mendel arrivait à découvrir, quelques pauvres étoiles, des fragments d'étoiles, coupées de leurs constellations. Mendel se rappelait les nuits étoilées, les nuits lumineuses de son pays natal, le bleu intense d'un firmament sans limites, la courbe délicate du croissant de lune, les murmures de la forêt où dominait la voix des pins au timbre grave, et le chant des grillons mêlé à celui des grenouilles. Il avait l'impression qu'il lui serait facile, à cette heure nocturne, dans la tenue où il était, de quitter la maison et de marcher à pied, toute la nuit. Il finirait bien par s'y retrouver, sous la grande voûte étoilée, au milieu du chant des grillons ; bientôt, il entendrait coasser les grenouilles et Ménouhim gémir doucement. Ici, en Amérique, la voix de Ménouhim se perdait au milieu de toutes les autres qui, chantant ou parlant, formaient un écho multiple de la patrie. Elle se distinguait mal des sons stridents que lançaient les grillons, ou bien encore elle se noyait dans le coassement des grenouilles. C'est qu'il y avait entre elle et lui tout un immense Océan, songeait Mendel. A cela, il n'existait qu'un seul remède : prendre un bateau. Encore une fois le même grand bateau, et passer encore une fois vingt jours et vingt nuits en voyage. Au bout de ce temps, Mendel serait chez lui, auprès de Ménouhim.

Ses enfants voulaient le décider à quitter enfin ce quartier misérable. Mais il avait peur. Il ne voulait pas risquer de pécher par orgueil. Maintenant que tout commençait à mieux aller, ce n'était pas le moment de provoquer la colère divine. S'était-il jamais trouvé dans de meilleures conditions ? Quel avantage en aurait-on ? Il ne lui restait pas, estimait-il, tellement d'années encore à vivre ; ces années-là, il pouvait bien les passer dans une paisible coexistence avec la vermine.

Il se retourna. Déborah continuait de dormir. Tout d'abord, elle couchait ici avec Miriam. A présent Miriam habitait chez son frère. « Ou bien chez Mac », ajouta mentalement Mendel, très vite, sans vouloir s'attarder à cette pensée. Déborah dormait d'un sommeil calme, à moitié découverte ; un large sourire éclairait son visage — large, lui aussi. « Est-ce que je tiens encore à elle ? se demanda Mendel. Pourquoi donc continuer à vivre encore ensemble ? Notre désir est mort ; nos enfants sont grands et ils gagnent leur vie. Qu'est-ce que je fais donc là, avec elle ? Je mange les plats qu'elle me prépare, c'est tout. Il est dit — c'est vrai — dans les Écritures, qu'il n'est pas bon que l'homme reste seul. Alors, puisque l'Écriture le veut, restons ensemble. Cela fait bien longtemps déjà que nous vivons côte à côte. Désormais, il ne s'agit plus que de voir lequel des deux mourra avant l'autre. Ce sera moi, probablement, calculait Mendel. Elle, elle se porte bien, elle n'a pas trop de soucis. Elle continue à cacher de l'argent sous une latte du plancher, je ne sais pas laquelle. Elle ignore, évidemment, que c'est un péché. Tant pis ! Qu'elle le garde caché, son argent ! »

Pendant ce temps, la bougie plantée dans le col de la bouteille a fini par s'éteindre. La nuit a passé. Déjà, les premiers bruits de l'aube se font entendre, avant même que le soleil se montre. On commence à ouvrir quelque part des portes qui grincent ; on perçoit dans l'escalier une dégringolade de pas pressés. Le ciel se teinte d'un gris blafard. Une vapeur fauve s'élève du sol, tandis que du fond des égouts, se dégagent des nuées de poussière et des émanations sulfureuses. Déborah se réveille ; elle pousse un soupir et constate :

— Il va pleuvoir. Voilà encore l'égout qui sent mauvais. Ferme vite la fenêtre ! •

C'est ainsi que commence leur journée d'été. L'après-midi, comme Mendel ne parvient pas à dormir à la maison, il préfère se rendre au square où jouent les enfants. Il aime bien écouter chanter les quelques merles qui s'y trouvent. Il s'assied sur un banc et y reste longtemps ; il s'amuse à dessiner, dans le sable, avec la pointe de son parapluie, des lignes qui s'entremêlent. Le bruit de l'eau qu'un long tuyau d'arrosage répand en fines gouttelettes sur de maigres pelouses suffit à rafraîchir le visage de Mendel Singer ; il croit sentir sur sa peau le contact de cette eau et il s'endort. Il rêve du théâtre, des acrobates, des danseuses vêtues de pourpre et d'or, de la Maison Blanche, du président des États-Unis, de Vanderbilt, le milliardaire, et aussi, bien sûr, de Ménouhim.

Un jour, Mac vient le trouver. Il explique (car Miriam, qui l'accompagne, traduit ses paroles à son père) qu'il a décidé de partir pour la Russie vers la fin juillet ou peut-être en août, et qu'il ramènera Ménouhim.

Mendel devine pourquoi Mac veut faire ce voyage. Il a sans doute l'intention d'épouser Miriam et cherche à rendre tous les services possibles à la famille Singer.

« Si je mourais, songe Mendel, Mac épouserait Miriam. Ils attendent tous les deux ma mort. Mais rien ne presse. Moi, j'attends Ménouhim. »

On est à présent en juin ; c'est un mois particulièrement chaud, particulièrement long.

Quand va-t-il se décider à venir, le mois de juillet ?

A la fin de juillet, Mac prend son billet pour le bateau. On écrit à la famille Billes. Mendel va faire un tour au magasin de ses amis Skowronnek pour leur raconter que, bientôt, son benjamin viendra à son tour les rejoindre en Amérique.

Au magasin, chez Skowronnek, il y a beaucoup plus de gens rassemblés que les autres jours. Chacun tient en main une feuille de journal. C'est la guerre en Europe.

Ainsi Mac ne pourra plus se rendre en Russie. Ménouhim ne viendra plus en Amérique. C'est la guerre, là-bas.

Oui, les soucis avaient déserté le foyer de Mendel Singer. Oh ! il n'y avait pas longtemps qu'ils s'étaient décidés à disparaître ! Mais à peine étaient-ils partis que la guerre s'était empressée de les remplacer.

Jonas faisait la guerre, et Ménouhim demeurait en Russie.

Deux fois par semaine, le soir, Sam et Miriam, Véga et Mac venaient rendre visite à Mendel Singer. Ils se donnaient beaucoup de mal pour cacher au vieux père à quel point Jonas était exposé aux périls et combien la vie de Ménouhim était en danger. Ils se croyaient capables de détourner l'attention de Mendel, tout orientée vers l'Europe, pour la ramener vers leur propre succès et vers leur sécurité immuable. Ils formaient en quelque sorte un écran entre Mendel Singer et la guerre. A le voir, il semblait écouter réellement leurs propos et faire écho à leurs suppositions optimistes : évidemment, Jonas devait avoir été affecté à un bureau, à l'arrière ; et quant à Ménouhim, en raison de l'intérêt qu'inspirait sa maladie, on l'avait certainement transporté dans un hôpital de Saint-Pétersbourg où il se trouvait bien à l'abri. Mais pendant ce temps, Mendel voyait son fils Jonas tomber de cheval et rester pris dans ces fils barbelés que les correspondants de guerre décrivaient dans la presse avec tant de réalisme. Et sa maison de Zuchnow ? On y avait sûrement mis le feu. Ménouhim, couché dans son coin, avait dû être brûlé vif. Une fois ou l'autre, Mendel se risquait à glisser une discrète allusion de ce genre :

— Il y a un an, quand nous avons reçu la lettre, disait-il, j'aurais dû y aller moi-même, là-bas, chercher Ménouhim.

Personne ne savait que répondre à sa remarque. Plusieurs fois déjà, Mendel avait prononcé cette phrase et toujours, régulièrement, elle provoquait le même silence. On avait l'impression que ces mots, en sortant de la bouche du pauvre père, suffisaient à éteindre la lumière de la pièce et à la plonger dans les ténèbres. Personne alors ne découvrait dans cette ombre la moindre issue vers laquelle s'orienter pour trouver le salut. On gardait longtemps le silence ; puis, au bout d'un certain temps, tous se levaient et s'en allaient.

Après leur départ, Mendel Singer refermait bien la porte ; il envoyait Déborah se coucher, allumait une bougie et entonnait ses psaumes. Il les récitait selon la coutume, à la suite les uns des autres. Il les redisait aux heures de joie et les redisait aux heures de tristesse.

C'est à eux qu'il avait recours quand il voulait remercier le ciel et, de même, lorsqu'il craignait la colère divine. C'était toujours sur le même rythme que Mendel accompagnait ses prières du balancement rituel. Seule, une oreille très exercée, très attentive, aurait peut-être décelé au timbre de sa voix si Mendel, l'homme juste et probe, était rempli de gratitude ou d'une angoisse infinie. Au cours de telles nuits, la peur l'ébranlait comme l'ouragan agite et secoue un arbre sans résistance. Le souci lui prêtait sa voix et c'était avec cette voix étrangère qu'il récitait ses psaumes. Quand il avait terminé, il refermait son livre, le portait à ses lèvres, y déposait un baiser et éteignait la flamme de la bougie entre ses deux doigts. Mais il ne trouvait pas la paix. « C'est trop peu, trop peu, se disait-il, ce que je fais là. » Parfois, une grande frayeur l'envahissait à l'idée que le seul moyen dont il disposait, cette récitation des psaumes, risquait d'être sans effet devant l'immensité de la tourmente où Jonas et Ménouhim allaient trouver le trépas. « Ah ! ces canons ! songeait-il, quel bruit de tonnerre ils font ! Et ces flammes, qu'elles sont puissantes ! Voilà mes enfants qui brûlent tout vifs ! C'est ma faute, c'est ma faute ! Et moi, je ne sais que chanter des psaumes. Ce n'est pas assez ; non, ce n'est pas assez ! »

12

PARMI les habitués des après-midi politiques du magasin Skowronnek, beaucoup avaient parié que l'Amérique resterait neutre ; ceux-là furent bien forcés de constater, un beau jour, qu'ils avaient perdu leur pari.

C'était l'automne. Mendel Singer se réveillait à 7 heures. Dès 8 heures il était sur pied, en bas dans la rue, devant la maison. La neige était encore blanche, encore ferme, comme là-bas au pays, à Zuchnow. Mais ici elle ne tardait pas à fondre. En Amérique, elle ne tenait guère plus longtemps que l'espace d'une nuit. Bientôt, les petits vendeurs de journaux la foulaient et l'écrasaient sous leurs semelles, toujours actifs, toujours pressés. Mendel Singer attendait patiemment que l'un d'eux vînt à passer devant lui. Il achetait alors son journal et rentrait chez lui. Dans la lampe bleue, le pétrole brûlait encore, prêtant sa lueur à la pénombre de ces matins ternes, aussi sombres que l'était la nuit. Mendel Singer déployait son journal ; les feuillets gras, poisseux et humides avaient la même odeur que la lampe. Il lisait les communiqués qui relataient les opérations militaires. Il les relisait deux, trois et quatre fois. Il apprenait, par exemple, qu'on avait fait d'un seul coup quinze mille prisonniers allemands et que les Russes avaient repris leur offensive en Bucovine.

Mais ces nouvelles ne lui suffisaient pas. Il enlevait ses lunettes, les nettoyait avec soin, les reposait sur son nez et reprenait d'un bout à l'autre les communiqués militaires. Ses yeux passaient au crible les lignes de chaque colonne : n'avait-il pas laissé échapper à la première lecture un nom d'importance primordiale, celui de Sam Singer, de Ménouhim ou de Jonas ?

— Qu'est-ce qu'il y a de nouveau dans le journal ? demandait Déborah tous les matins, sur le même ton.

— Rien du tout, répliquait Mendel ; les Russes remportent des victoires et les Allemands ont été faits prisonniers.

Ils retombaient dans le silence. L'eau du thé se mettait à chanter sur le réchaud à alcool, presque avec la même mélodie qu'autrefois, à la maison, dans le samovar familial. Seulement, c'était le thé qui avait un autre goût ; on y démêlait quelque chose de rance. Bien sûr, c'était du thé américain, malgré le papier chinois sous lequel il se présentait dans le commerce.

— On ne peut même pas boire de thé convenable ici, grognait Mendel, non sans s'étonner lui-même de s'attacher à de telles bagatelles et d'en faire mention.

Était-ce vraiment de cela qu'il avait voulu parler ? Ne pensait-il pas, en fait, plutôt à un autre sujet ? Dire qu'il se passait, dans le monde entier, des choses terribles, des choses inouïes, et tout ce que Mendel trouvait à déplorer, c'était la qualité du thé ! Les Russes remportaient des victoires et les Allemands avaient été faits prisonniers. Pas de nouvelles de Sam ; pas de nouvelles de Ménouhim non plus. Cela faisait quinze jours déjà que Mendel avait envoyé une lettre. D'ailleurs, la Croix-Rouge avait répondu que Jonas était porté disparu. « Il est mort, probablement », se disait Déborah sans rien en trahir. Mendel pensait de même. Mais ils épiloguaient longuement sur le sens du mot « disparu », et, comme si ce terme suffisait à lui seul à exclure l'éventualité de la mort, ils tombaient toujours d'accord pour décider que « disparu » ne pouvait signifier que « prisonnier », « déserteur » ou « blessé en captivité ».

« Oui, mais pourquoi Sam tarde-t-il tant à donner de ses nouvelles ? » Eh bien, parce que son régiment s'était déplacé pour un certain temps ; peut-être, aussi, qu'il se trouvait affecté par l'une de ces « réorganisations » dont le but et l'importance donnaient lieu à tant de commentaires, l'après-midi, chez les Skowronnek ?

« Il ne faudrait pas le dire ouvertement, songeait Mendel, mais Sam aurait mieux fait de ne pas y aller. »

Malgré lui, il avait prononcé à haute voix la seconde partie de sa phrase et Déborah l'entendit.

— Tu ne peux pas comprendre ça, répliquait-elle.

Elle connaissait par cœur tous les arguments qui justifiaient le départ de Sam pour la guerre dans l'armée américaine, d'autant mieux qu'elle les avait appris, mot à mot, de sa fille Miriam.

— L'Amérique, ce n'est pas la Russie. L'Amérique, c'est une patrie. Si l'on est un homme de bien, c'est un devoir que de se battre pour la patrie. Et puisque Mac s'en allait, Sam ne pouvait pas rester. D'ailleurs, il a pu, heureusement, se faire attacher à un état-major. Là, on n'est jamais tué. La preuve, c'est que si les officiers supérieurs risquaient de se faire tuer, il n'y aurait pas moyen de remporter la victoire. Oui, grâce à Dieu ! Sam est justement à proximité de ces officiers-là.

— Il a déjà fallu que je sacrifie un de mes fils au tsar ; je trouve que cela aurait pu suffire.

— Le tsar, c'est une chose, et l'Amérique, c'en est une autre.

Mendel préférait ne pas continuer la discussion. Il savait à l'avance tout ce que sa femme pourrait lui dire. Il se rappelait encore le jour où les deux amis étaient partis. Mac et Sam avaient chanté ensemble une chanson américaine, au beau milieu de la rue. Le soir, chez Skowronnek, tout le monde avait dit que Sam avait belle allure en soldat ; ça, c'était bien évident, mais pour le reste...

Ils avaient peut-être raison ; on pouvait admettre avec eux que l'Amérique était une vraie patrie, que la guerre était un devoir sacré, qu'il fallait avoir honte de rester dans le civil et qu'il n'y avait pas moyen d'être tué tant qu'on se trouvait près de l'état-major. « Au fond, pensait Mendel, je suis tout de même le père de famille, j'aurais dû dire un mot au bon moment : « Reste ici, Sam ! » Voilà ce que j'aurais dû dire. « Tu sais combien d'années il m'a fallu attendre pour saisir au vol une petite bribe de bonheur. Tu vois, Jonas, de son côté, est à l'armée. Qui sait ce qu'il adviendra de Ménouhim ?

Toi, tu as une femme, un enfant et un magasin à tenir. Reste donc ici, Sam ! » Et peut-être bien qu'il ne serait pas parti. ».

Selon son habitude, Mendel s'installait à la fenêtre et tournait le dos à la chambre. Il regardait droit devant lui et son regard tombait sur le carreau cassé que la famille Lemmel, en face, au premier étage, avait bouché à l'aide d'un morceau de carton brun. Au-dessous, il y avait la boutique du boucher israélite dont l'enseigne était écrite en hébreu ; les caractères, déjà très sales, ressortaient mal sur un fond bleu clair. Le fils des Lemmel était parti à la guerre, lui aussi. Toute la famille Lemmel suivait les cours du soir pour apprendre l'anglais. A la tombée de la nuit, on les voyait sortir de chez eux, leurs cahiers à la main, et se rendre en classe comme des écoliers. C'étaient eux, probablement, qui avaient raison. Peut-être que Mendel et Déborah auraient bien fait d'aller, eux aussi, en classe, comme leurs voisins. Oui, oui, l'Amérique, c'était une vraie patrie.

Il neigeait encore légèrement. Quelques flocons paresseux tombaient avec lenteur, déjà humides. Brandissant de larges parapluies noirs au dessus de leurs têtes, les Juifs commençaient à faire les cent pas dans la rue. Leur nombre augmentait sans cesse ; ils occupaient tout le milieu de la chaussée, et les derniers vestiges de neige encore blanche fondaient sous leurs pieds. On aurait dit qu'ils avaient été chargés par les autorités de marcher là, en long et en large, jusqu'au moment où la neige aurait totalement disparu. Derrière ses vitres, Mendel ne pouvait rien apercevoir du ciel. Mais il savait que le ciel, à cette heure, était absolument obscur. Toutes les fenêtres qui lui faisaient vis-à-vis lui montraient un même reflet cuivré, teinté de jaune, celui des lampes allumées. Donc, le ciel était noir. Dans toutes les chambres, il faisait noir.

Bientôt, voici que çà et là une croisée s'ouvrait. On y distinguait peu à peu le buste des voisines. Draps et couvertures, blancs et rouges, apparaissaient aux fenêtres, puis des oreillers écrus, dévêtus, dépouillés de leurs taies. Tout d'un coup, la rue entière prenait un air de gaieté ; mille couleurs lui donnaient une vie nouvelle. Les ménagères échangeaient à distance des bonjours lancés à pleine voix. On devinait, au fond des pièces, un bruit de vaisselle et des cris d'enfants. On aurait pu se croire encore en temps de paix si le phonographe du magasin Skowronnek n'avait pas fait tonitruer à travers toute la rue d'entraînantes marches militaires. « Quand donc reviendra le dimanche ? » se demandait Mendel. Autrefois, il vivait d'un samedi à l'autre ; maintenant, c'était le dimanche qu'il attendait, d'une semaine à l'autre. Le dimanche, en effet, ramenait les visites : Miriam et Véga, et avec elles, son petit-fils. Elles lui apportaient des lettres de Sam ou, au moins, des nouvelles de toute sorte. Elles savaient ce qui arrivait dans le monde, elles lisaient tous les journaux. Elles dirigeaient désormais en commun le magasin. Les affaires continuaient à bien marcher sous leur sage direction ; elles amassaient de l'argent en quantité, tout en attendant le retour de Sam.

Miriam, quelquefois, se faisait accompagner chez ses parents par Mr. Gluck, le fondé de pouvoir du magasin. Elle allait danser avec ce Mr. Gluck, et c'était aussi avec lui qu'à présent elle allait se baigner.

« C'est lui le Cosaque, maintenant ! » supposait Mendel. Mais il ne trahissait nullement sa pensée.

— Ah ! si vous saviez comme je regrette de ne pas pouvoir partir faire la guerre là-bas, comme les autres ! soupirait Mr. Gluck. C'est la faute de mon insuffisance aortique, la seule chose, d'ailleurs, que j'ai héritée de feu mon père.

Mendel observait les joues roses de Mr. Gluck, ses petits yeux bruns et sa moustache duveteuse qu'il entretenait avec soin malgré la mode nouvelle, et avec laquelle il aimait à jouer entre le pouce et l'index.

Il était généralement assis entre Miriam et Véga. Un jour, en se levant de table au beau milieu d'une conversation, Mendel crut remarquer que Mr. Gluck avait posé, d'une part, sa main droite juste au-dessus du genou de Véga et, d'autre part, sa main gauche sur la cuisse de Miriam. Mendel sortit pour faire les cent pas dans la rue et ne s'arrêta pas avant que les visites aient quitté sa maison.

— Tu t'es conduit comme un Juif de Russie, lui dit Déborah quand il rentra.

— Un Juif de Russie ? Mais c'est ce que je suis ! répliqua Mendel.

Un jour, en plein milieu de la semaine, au début de février, à l'heure où Mendel et Déborah prenaient leur repas, ils virent arriver Miriam. Elle leur dit : « Bonjour, maman », puis : « Bonjour, papa », et demeura debout sans bouger, sans rien ajouter d'autre.

Déborah reposa aussitôt sa cuillère sur la table et repoussa son assiette. Mendel regarda les deux femmes ; il eut la conviction qu'il était survenu quelque chose d'extraordinaire pour que Miriam vînt les voir un jour de semaine, à une heure où elle aurait dû se trouver au magasin. Son cœur battait à se rompre ; mais il gardait encore tout son sang-froid. Il avait l'impression de se souvenir de cette scène ; il sentait qu'elle était déjà enregistrée dans sa mémoire. Elle avait déjà eu lieu, il en était sûr. Il y avait Miriam en imperméable noir, qui restait muette. Il y avait Déborah, assise devant son assiette qu'elle avait repoussée loin d'elle, presque jusqu'au milieu de la table. Dehors, il neige ; les flocons tombent mollement, sur un rythme paresseux. La lampe répand sa lueur jaunâtre. L'odeur qu'elle dégage a, comme sa lumière, quelque chose de graisseux. Elle se pose en adversaire en face du jour, presque sombre, bien faible et bien pâle à cette heure, mais pourtant encore assez fort pour inonder de sa grisaille la chambre tout entière. Mendel Singer se souvient justement avec précision de cet éclairage étrange. Cette scène, il l'a déjà rêvée. Il sait donc également ce qui va venir, à présent. Oui, il sait tout, Mendel, comme si cette visite d'aujourd'hui remontait à longtemps, à très longtemps, et comme si sa douleur présente s'était déjà transformée depuis des années en un deuil constant. Mendel garde un calme parfait.

Le silence continue à régner pendant quelques secondes. Miriam ne prononce pas une syllabe ; sans doute espère-t-elle que son père ou sa mère prendront l'initiative de lui poser une question et la dispenseront ainsi d'annoncer elle-même la nouvelle. Elle reste donc debout, sans mot dire. Aucun des trois ne fait un geste. Finalement, Mendel se lève et s'écrie :

— Un malheur est arrivé !

Miriam explique alors :

— Mac est revenu ; il a rapporté la montre de Sam et son dernier adieu.

Déborah reste calme, assise sur sa chaise, comme si rien ne s'était passé. Ses yeux demeurent secs ; ils sont aussi vides que deux morceaux de verre noircis. Comme elle fait face à la fenêtre, on dirait que son regard ne s'occupe que de compter les flocons de neige.

Dans ce silence absolu, on perçoit le tic-tac saccadé de la pendule. Soudain, presque à la dérobée, très lentement, du bout de ses doigts, Déborah se met à tirer sur ses cheveux. Elle les ramène en mèches, successivement, sur son visage qui a la pâleur et l'immobilité d'un masque de plâtre encore imprégné d'eau. Et puis elle arrache lentement ses mèches, l'une après l'autre, en suivant presque le rythme régulier qui règle dehors la chute des flocons de neige. Bientôt on voit, au milieu de ses cheveux, deux ou trois plaques dégarnies ; le cuir chevelu apparaît à nu ; sur plusieurs points, ces plaques sont déjà presque aussi larges que la paume de la main. On y voit perler, minuscules, d'un rouge vif, quelques gouttes de sang. Personne n'ose faire un geste. La pendule continue son tic-tac, la neige tombe et Déborah, sans hâte, s'arrache les cheveux...

Miriam s'affaisse sur le sol ; elle cache sa tête dans les genoux de Déborah et reste là, immobile. Sur le visage de Déborah, aucun changement, aucun signe de vie. Chacune de ses deux mains saisit tour à tour une mèche et l'arrache. Ses mains ressemblent à des bêtes au corps pâle et charnu, pourvues chacune de cinq pattes, qui se nourriraient uniquement de cheveux.

Mendel, lui, est debout, appuyant ses bras croisés sur le dossier de sa chaise.

Puis Déborah se met à chanter. Elle chante d'une voix grave, d'une voix quasi masculine ; on a l'impression qu'un chanteur invisible se cache dans la pièce. Cette voix étrangère entonne un vieil hymne hébraïque, sans paroles. C'est une berceuse très sombre, dédiée à des enfants morts.

Miriam se lève, remet son chapeau en bonne place sur sa tête, va à la porte et fait entrer Mac.

Il a l'air plus grand en uniforme qu'il ne le paraissait en civil. Dans ses deux mains qu'il présente comme des assiettes pleines, il tient la montre, le portefeuille et un porte-monnaie de Sam.

Mac dépose lentement ces objets sur la table, juste devant Déborah. Il la regarde un instant s'arracher les cheveux, puis il se dirige vers Mendel, appuie ses larges mains sur les épaules du vieillard et se met à pleurer sans bruit. Ses larmes coulent sur son uniforme comme une averse serrée. Tout est calme. Déborah a terminé sa berceuse. L'horloge continue son tic-tac. Soudain, le soir tombe sur la terre. La lampe répand une lumière qui n'est plus jaune, mais blanche ; derrière les vitres, le monde est plongé dans le noir, on ne peut plus distinguer le moindre flocon de neige. Brusquement, un cri rauque déchire la poitrine de Déborah. On croirait entendre un reste oublié de cet hymne qu'elle chantait auparavant, en quelque sorte l'éclat d'un son qui se serait brisé.

Et alors, Déborah tombe de sa chaise. La voilà par terre ; c'est une masse sans consistance, repliée sur elle-même.

Mac ouvre vigoureusement la porte et la laisse grande ouverte en partant ; le froid pénètre dans la pièce.

Il revient en compagnie d'un médecin ; c'est un petit homme vif, aux tempes grises.

Miriam est debout en face de son père.

Mac aide le docteur à porter Déborah sur le lit.

Le médecin s'assied sur le bord du lit et constate :

— Elle est morte.

« Ménouhim aussi est mort, tout seul, lui, au milieu d'étrangers », songe Mendel Singer.

13

PENDANT sept jours entiers, Mendel Singer demeura assis sur un tabouret à côté de la penderie. Il regardait continuellement la fenêtre dont une vitre portait, en signe de deuil, un petit morceau de toile blanche tandis que brûlait sans arrêt, nuit et jour, derrière la croisée, l'une des deux lampes bleues. Sept jours entiers s'écoulèrent donc, tournant, roulant sur eux-mêmes, comme de grandes roues noires et lentes, sans début et sans fin, sept jours refermés sur eux-mêmes comme doit l'être la période de deuil.

L'un après l'autre, les voisins se présentèrent. Menkès, Skowronnek, Rottenberg et Groschel apportèrent à Mendel Singer des œufs durs et des croissants aux œufs, nourritures de forme ronde, sans début et sans fin, refermées sur elles-mêmes, comme la période des sept jours de deuil.

Mendel ne disait pas grand-chose à ceux qui lui rendaient visite. C'est à peine s'il remarquait quand ils arrivaient et quand ils partaient. Nuit et jour, sa porte restait ouverte, le verrou ne servait plus à rien. Quiconque voulait entrer n'avait qu'à venir ; qui voulait s'en aller n'avait qu'à partir. Tel ou tel ami bien intentionné tentait d'amorcer une conversation, mais Mendel Singer s'y refusait. Tandis que les autres racontaient des faits qui appartenaient au monde des vivants, il s'entretenait avec sa défunte femme.

« Tu as de la chance, Déborah ! lui disait-il. Ce qui est dommage, c'est que tu ne m'aies pas laissé de fils en vie, si bien que je suis obligé de réciter moi-même la prière des morts. D'ailleurs, je mourrai moi-même bientôt et il n'y aura personne pour nous pleurer. Nous voilà dispersés au vent comme deux pauvres grains de sable. Nos vies, c'étaient des étincelles ; elles étaient bien faibles, hélas ! et déjà les voilà éteintes. J'ai engendré des enfants et ton sein les a conçus ; la mort est venue nous les prendre. Ta vie a été remplie de peines et dépourvue de sens. Quand nous étions encore jeunes, ta chair m'a donné du plaisir. Plus tard, je l'ai dédaignée. C'est peut-être alors que nous avons péché. La chaleur de l'amour ne nous habitait plus, nous l'avons remplacée par le froid morne de l'habitude. C'est pourquoi tout s'est mis à mourir autour de nous, tout s'est gâté, tout s'est flétri. C'est toi qui as le meilleur sort, Déborah. Le Seigneur a eu pitié de toi. Te voilà morte et enterrée. Pour moi, Il n'a pas de pitié. Car moi, je ne suis plus qu'un mort, et je suis condamné à vivre. Enfin, le Seigneur est le Seigneur. Lui seul sait ce qu'Il fait. Si tu le peux, prie pour moi, et tâche d'obtenir que je sois rayé du livre des vivants.

« Tu vois, Déborah, les voisins viennent me rendre visite pour essayer de me consoler. Mais malgré leur nombre et tout le mal qu'ils se donnent pour trouver quelque chose à me dire, ils ne réussissent pas à imaginer une consolation qui convienne à l'état où me voilà réduit. Mon cœur bat encore, mes yeux y voient toujours, mes membres peuvent se mouvoir et mes pieds me portent où je veux ; je mange, je bois, je prie et je respire. Mais mon sang se fige dans mes veines ; mes mains n'ont plus de vie et mon cœur n'est qu'un vide. Je ne suis plus Mendel Singer ; je suis un reste de Mendel Singer. C'est l'Amérique qui nous a tués. L'Amérique, c'est une patrie, sans doute, mais une patrie qui vous tue. Ce qui chez nous était le jour, ici c'est la nuit ; ce qui chez nous était la vie, ici c'est la mort. Notre fils qui, chez nous, s'appelait Chémariah, ici, il s'appelait Sam. Et te voilà à présent enterrée en Amérique, Déborah ; et moi, moi qui étais Mendel Singer, c'est en Amérique qu'on m'enterrera. »

Au matin du huitième jour, le deuil étant fini, Mendel

se leva de son siège et vit arriver Véga, sa belle-fille, en compagnie de Mr. Gluck.

— Mr. Singer, dit Mr. Gluck, nous avons une voiture en bas. Il faut que vous veniez tout de suite avec nous, c'est à cause de Miriam. Il lui est arrivé malheur.

— Bon, répliqua Mendel d'un ton indifférent, comme si l'on était venu lui apprendre qu'il fallait changer le papier de tenture de sa chambre. Bon, donnez-moi mon manteau.

Mendel glissa ses bras affaiblis dans les manches de son manteau et descendit l'escalier. Mr. Gluck l'aida un peu vivement à entrer dans la voiture. Pendant tout le trajet, ils ne dirent pas un seul mot. Mendel ne demandait pas quel malheur était arrivé à Miriam. « Elle est sans doute morte, elle aussi, supposait-il avec un calme absolu. Mac a dû la tuer dans un accès de jalousie. »

Il entra pour la première fois dans le nouvel appartement de son fils, de son malheureux fils défunt. Il sentit qu'on le poussait dans une chambre. Là, Miriam était étendue sur un grand lit tout blanc. Ses cheveux étaient épars sur les oreillers blancs où leur noir étincelant prenait des reflets bleus. Son visage était d'un rouge ardent, ses yeux noirs avaient de larges cernes rouges. On aurait dit que des cercles de feu s'étaient posés sur les yeux de Miriam pour les encadrer. Une infirmière était assise à son chevet. Mac était debout dans un coin où l'on devinait sa haute stature. Il ne bougeait pas plus qu'un des meubles de la pièce.

— Tiens, voilà Mendel Singer ! s'écria Miriam en montrant son père du doigt, et elle éclata de rire.

Son rire dura plusieurs minutes, avec ce timbre strident qu'ont, dans les gares, les sonneries continuelles des signalisations électriques ; à l'entendre, on pensait aussi à de fins marteaux de cuivre heurtant par milliers des milliers de coupes du plus fin cristal. Et tout d'un coup, ce rire s'arrêta. Pendant une seconde, ce fut le silence. Puis Miriam se mit à sangloter. Elle rabattit la couverture ; ses jambes nues s'agitaient frénétiquement, ses pieds frappaient sur un rythme rapide sa couche au contact moelleux, toujours plus vite, mais toujours en cadence, et ses poings crispés battaient l'air en même temps, entraînés dans un mouvement analogue. L'infirmière, d'une main ferme, força Miriam à se calmer ; en effet, bientôt elle se tint tranquille.

— Bonjour, bonjour, Mendel Singer, reprit Miriam. Au fait, tu es mon père, je peux bien te raconter tout ça. Tu sais, j'aime bien Mac, là, Mac, qui est là derrière. mais je l'ai trompé quand même. Eh ! oui, j'ai couché avec Mr. Gluck. Ça t'étonne ? Oui, avec Mr. Gluck ! Gluck, c'est mon Gluck à moi, et Mac, c'est mon Mac à moi ! Et Mendel Singer ! Hé ! hé ! il ne me déplaît pas non plus, si tu veux...

A cet instant, l'infirmière posa sa main sur la bouche de Miriam qui, dès lors, cessa de parler.

Mendel Singer était resté tout ce temps-là sur le pas de la porte et Mac n'était pas sorti de son coin. Les deux hommes ne cessaient d'échanger des regards. Comme ils ne pouvaient se comprendre en parlant, leurs yeux se parlaient un langage d'autant plus direct. « Elle est folle, disaient les yeux de Mendel à ceux de Mac. Elle ne pouvait pas vivre sans hommes, et elle est devenue folle. »

Véga entra et expliqua :

— Nous avons appelé le médecin ; il doit arriver d'un instant à l'autre. C'est depuis hier que Miriam dit des choses insensées. Elle était allée se promener avec Mac, et, au retour, elle s'est mise à se conduire d'une façon inimaginable. Enfin, le médecin va être là dans un instant.

Le docteur arriva. Comme c'était un Allemand, il pouvait se faire comprendre de Mendel.

— Nous allons l'emmener dans une maison de santé, déclara le docteur. Oui, malheureusement, il faut que votre fille aille dans un asile. Attendez un moment, je vais l'endormir.

Comme Mac se trouvait encore dans la pièce, le médecin lui demanda :

— Voulez-vous m'aider à la tenir ?

De ses grandes mains, Mac maintint Miriam immobile. Le docteur lui fit une piqûre dans la cuisse.

— Elle ne va pas tarder à se calmer, dit-il.

La voiture d'ambulance arriva ; deux infirmiers qui portaient une civière entrèrent dans la chambre. Miriam s'était endormie. On l'attacha sur la civière. Mendel, Mac et Véga suivaient dans une autre voiture.

— Voilà une épreuve qui t'a été épargnée, dit Mendel à Déborah, sa défunte femme, pendant qu'ils roulaient vers l'asile. Moi, il faut que j'en passe par là. Mais d'ailleurs, j'en étais sûr depuis longtemps. Oui, je le savais, depuis cette nuit où j'ai vu Miriam dans le champ de blé avec le Cosaque. Depuis ce moment, elle est possédée du démon. Prie pour nous, Déborah, pour que le malin l'abandonne.

Mendel se trouvait à présent dans la salle d'attente de la maison de santé. Autour de lui, d'autres personnes attendaient aussi, en face de petites tables basses sur lesquelles on avait disposé des vases où s'épanouissaient de belles fleurs jaunes, des fleurs qui rappelaient l'été. Çà et là, d'élégants porte-journaux présentaient au public une foule d'illustrés aux couleurs vives. Mais personne, dans cette salle d'attente, ne pensait à respirer le parfum des fleurs ni à feuilleter les revues. Au début, Mendel croyait que tous ces gens assis là étaient des aliénés et que lui-même était fou comme les autres. Mais soudain il remarqua une large porte vitrée, une paroi miroitante qui séparait la salle d'attente d'un corridor aux murs peints en blanc où l'on faisait défiler, deux à deux, des malades revêtus de sarraux à rayures bleues. Il vit d'abord passer des femmes, puis des hommes ; quelquefois, l'un des aliénés offrait à la salle d'attente, à travers la vitre, la vision atroce de son visage déséquilibré, parcouru de grimaces méchantes. Toute l'assistance, dans la salle, avait un frisson d'horreur ; seul, Mendel gardait son sang-froid. Il allait même jusqu'à s'étonner de ne pas voir les autres visiteurs porter des sarraux à raies bleues et de ne pas en porter un lui-même.

Il s'était assis dans un vaste fauteuil de cuir et avait posé à cheval sur son genou sa vieille calotte de reps noir ; son parapluie, fidèle compagnon en toute circonstance, avait trouvé sa place au creux de l'accoudoir. Mendel regardait alternativement les autres gens, la porte vitrée, les revues et les déments qui continuaient à défiler là-bas dans le couloir (on les menait au bain) ; finalement, son regard se posa sur les fleurs, ces belles fleurs d'un jaune d'or qui garnissaient les vases. C'étaient des primevères. Mendel se rappelait qu'il en avait souvent vu de semblables dans son pays quand les prairies reverdissaient. Ces fleurs, à ses yeux, venaient de là-bas. Cette pensée lui était douce. Que de prairies il y avait au pays, et que de fleurs ! Là-bas, on ne connaissait que la paix ; sa jeunesse avait pu s'y dérouler sans heurt, et la pauvreté, pour laquelle il était si bien fait, n'avait pas pour lui un mauvais visage. Le ciel, en été, était d'un bleu merveilleux, le soleil était vraiment chaud, et les blés, d'un vrai jaune d'or ; les mouches avaient, là-bas, des reflets d'un beau vert chatoyant et elles bourdonnaient en fredonnant leurs ardents refrains dans la lumière chaude ; enfin, tout là-haut, dans les zones les plus bleues du ciel, les alouettes lançaient leurs trilles, sans relâche. En contemplant les primevères, Mendel Singer finissait par oublier que Déborah était morte, que Sam était tombé à la guerre, que Miriam était folle et Jonas, porté disparu. Il avait l'impression de n'avoir perdu sa patrie que depuis peu et d'avoir perdu avec elle son fils Ménouhim, le plus fidèle de tous les morts, le plus lointain d'entre les morts, et pourtant le plus proche de tous. « Si nous étions restés là-bas, calculait Mendel, rien de tout cela ne serait arrivé. C'est Jonas qui avait raison, Jonas, le plus stupide de mes enfants. Lui, il aimait les chevaux, il aimait l'alcool, il aimait les filles et le voilà maintenant disparu. Jonas, je ne te reverrai plus jamais, et jamais je ne pourrai te dire que tu avais raison de devenir un Cosaque.

— Quel besoin avez-vous donc, vous autres, de courir toujours de par le vaste monde ? lui avait un jour demandé Samechkine ; c'est à croire que vous avez le diable à vos trousses !

Mais oui, c'était un paysan, ce Samechkine, un paysan russe, qui n'était pas bête. Mendel, lui, n'avait pas eu envie de partir si loin. Tandis que Déborah, Miriam et Chémariah, eux, ils avaient tenu à partir ; ils voulaient connaître le vaste monde. Il aurait mieux valu rester au pays, s'occuper des chevaux, boire de l'eau-de-vie, coucher dans les champs, laisser Miriam fréquenter ses Cosaques et entourer Ménouhim d'une chaude affection.

« Est-ce que je suis devenu fou ? continua Mendel dans son for intérieur. Est-ce bien moi qui pense ainsi ? Est-ce qu'un vieux Juif a le droit de juger de cette manière ? Dieu a mis le désordre dans mon esprit ; c'est le démon qui m'inspire de tels raisonnements, comme il inspire aussi les paroles de ma fille Miriam. »

Le docteur revint, attira Mendel dans un coin et lui dit à mi-voix :

— Vous allez avoir besoin de courage ; votre fille est très malade. Actuellement, nous avons beaucoup de cas semblables au sien ; c'est la guerre qui en est cause, vous comprenez. Et toute cette misère qui est au monde ! Nous vivons une époque terrible. La médecine ne connaît pas encore de vrai remède pour une maladie de ce genre. Vous avez un fils épileptique, d'après ce que l'on m'a dit. Excusez-moi d'insister sur ce fait. Mais à ce que je vois, cette tendance existe plus ou moins dans votre famille. Dans ce cas-là, nous aurions ici ce que nous appelons, en langage médical, une psychose dégénérative. C'est une affection qui se guérit. Mais il se peut aussi que nous ayons affaire à une maladie que nous nommons nous autres *dementia,* plus exactement *dementia praecox ;* et d'ailleurs, même quant au nom à lui donner, nous ne sommes pas vraiment fixés. En tout cas, c'est une des rares affections auxquelles nous ne sommes pas en mesure de porter remède. Enfin, Mr. Singer, vous êtes pieux, vous avez la foi ? Le bon Dieu pourra vous venir en aide. Priez, priez ; ne vous lassez pas de prier le bon Dieu. Mais au fait, vous voudriez peut-être revoir encore votre fille ? Venez avec moi.

On entendit cliqueter un trousseau de clés, une porte se referma avec un claquement sinistre et Mendel s'engagea dans un long corridor, tout bordé de portes blanches sur lesquelles était inscrit en noir leur numéro respectif ; on aurait dit des cercueils posés verticalement en file. De nouveau, le trousseau de clés de l'infirmière fit entendre son cliquetis, un des cercueils s'ouvrit. Miriam était couchée là et dormait ; Mac et Véga se tenaient à côté d'elle.

— Allons, il faut partir à présent, dit le docteur.

— Ramenez-moi directement chez moi, dans mon quartier, ordonna Mendel à ceux qui rentraient avec lui.

Sa voix avait un timbre si dur qu'en l'entendant, tous en furent effrayés. Ils le regardèrent. Rien dans son extérieur ne semblait avoir changé au cours de cette journée. Et pourtant, c'était un autre Mendel. Bien sûr, il était vêtu exactement comme jadis, à Zuchnow, et comme il l'était aussi en Amérique depuis son arrivée. Il portait toujours ses bottes à haute tige, son cafetan mi-long et sa calotte de reps noir. A quoi donc, alors, devait-il de paraître à tel point transformé ? Pourquoi avait-il l'air plus grand, plus imposant ? Pourquoi son visage rayonnait-il d'un éclat si blanc et si terrible ? On aurait presque dit qu'il dominait Mac, le bon géant. « Sa Majesté la Douleur, songea le docteur, a choisi ce vieux Juif pour prendre forme humaine. »

— Un jour, se mit à raconter Mendel, pendant qu'ils rentraient en voiture, un jour, Sam m'avait assuré que la médecine, en Amérique, était la meilleure du monde. A présent, la voilà incapable de soigner et de guérir. « Dieu peut vous venir en aide. » C'est tout ce qu'il sait dire, le docteur. Voyons, franchement, Véga, tu as déjà remarqué qu'Il ait eu envie, le bon Dieu, de venir en aide à Mendel Singer ? Dieu peut vous venir en aide !

— Tu vas t'installer chez nous, maintenant, conclut Véga en sanglotant.

— Non, je n'ai pas l'intention d'habiter chez vous, mon enfant, répondit Mendel. Tu vas te remarier ; il ne faut pas que tu restes sans mari et ton enfant ne doit pas non plus rester sans père. Moi, je suis un vieux Juif, Véga ; et je ne tarderai pas à mourir. Écoute-moi bien, Véga ! Mac était l'ami de Chémariah ; il aimait Miriam ; oui, je le sais bien, ce n'est pas un Juif, mais c'est quand même lui que tu dois épouser. Lui, et pas Mr. Gluck ! Tu m'entends bien, Véga ? Ça t'étonne peut-être de m'entendre parler de la sorte ? Allons, Véga, n'aie pas peur, il n'y a pas de quoi t'étonner. Je ne suis pas fou.

J'ai simplement pris de l'âge et, en vieillissant, j'ai vu plusieurs mondes s'écrouler ; ces choses-là ont fini par me rendre clairvoyant. Pendant tout le temps que j'ai enseigné, que j'étais maître d'école, je n'y voyais pas plus loin que mon nez. Mais maintenant, quand je dis quelque chose, c'est vrai, tu peux m'en croire.

On était arrivé ; ils aidèrent Mendel à descendre et le ramenèrent dans sa chambre. Mac et Véga restèrent encore un certain temps auprès de lui sans trop savoir que faire.

Mendel s'assit sur le tabouret, près de l'armoire et répéta à Véga sa recommandation : « N'oublie surtout pas ce que je t'ai dit. Allons, vous pouvez partir, mes enfants. » Ils le quittèrent. Mendel s'approcha de la fenêtre pour les regarder monter en voiture. Il avait l'impression qu'il aurait dû les bénir, comme on bénit des enfants qui partent pour une dure épreuve ou à la rencontre du bonheur. « Je ne les reverrai plus, se dit-il ensuite ; mieux vaut ne pas les bénir. Ma bénédiction pourrait finalement se retourner contre eux ; dans ce cas-là, ce serait pour eux un vrai malheur que de s'être inquiétés de moi. » Il se sentait léger, plus léger que jamais il ne s'était senti. Il avait rompu tous les liens qui l'attachaient aux autres. Il comprit alors que, depuis des années, il était seul. Oui, il l'était en fait depuis l'instant où le désir s'était éteint entre sa femme et lui. Seul, il était seul. Sa femme et ses enfants, autour de lui, n'avaient été que des présences qui l'empêchaient de supporter sa douleur. Pareils à des emplâtres inefficaces qui ne guérissent en rien le mal, ils s'étaient posés sur ses plaies et n'avaient réussi qu'à les dissimuler. Aujourd'hui enfin, il pouvait jouir de sa douleur sur un mode triomphal. Pour que tout fût consommé, il ne restait plus qu'une entrave dont il ne tarderait pas à se délivrer. C'est à cette tâche qu'il s'appliqua sans hésiter.

Il se rendit à la cuisine, rassembla d'une main hâtive du papier de journal et quelques poignées de petit bois. Il eut bientôt allumé un feu sur le dessus du fourneau, à même la plaque de fonte. Lorsque le feu eut atteint une hauteur et une superficie suffisantes, Mendel, d'un pas résolu, alla ouvrir son armoire ; il en retira le sac de velours rouge qui contenait ses phylactères et y prit en même temps son *talith* ainsi que les livres dont il se servait pour prier. Déjà, il s'imaginait ces divers objets brûlant et se consumant dans le brasier qu'il leur avait préparé. Les flammes commenceront par s'emparer de son talith ; elles dévoreront le tissu de laine aux tons ivoirins. Leurs langues voraces, acérées, d'un bleu d'acier, auront tôt fait de réduire à néant la proie qu'il va leur jeter. La bordure scintillante mettra plus longtemps à se carboniser et ses franges d'argent formeront bientôt de petites spirales de braise ardente. Le feu, avec douceur, enroulera sur lui-même chaque feuillet des livres saints avant de les réduire en cendre argentée et, pour quelques secondes, il teintera en rouge sang les caractères imprimés en noir sur les pages. Les coins de cuir qui renforcent la reliure se retourneront pour dresser des cornes menaçantes ; on croira qu'il pousse aux livres d'étranges oreilles, sans doute afin qu'ils puissent entendre le refrain dont Mendel accompagne, à leur intention, leur marche au supplice par le feu. C'est un terrible refrain qu'il leur chante : « Fini, fini, Mendel Singer ! C'en est fait, c'est bien la fin ! » Ses pieds toujours bottés de cuir ponctuent, martèlent la cadence, tirant un écho sonore des lattes du plancher, tandis que s'entrechoquent avec un timbre métallique les marmites accrochées au mur. « Il n'a pas de fils, il n'a pas de fille, il n'a pas de femme, pas de patrie, et pas d'argent. Le Tout-Puissant a dit : « J'ai voulu châtier Mendel Singer. » Mais pourquoi me châtier, moi ? Pourquoi Dieu n'a-t-il pas choisi plutôt Lemmel, le boucher ? Il aurait pu aussi bien châtier Skowronnek ? Et pourquoi pas Menkès ? Non, des châtiments, il n'en a que pour Mendel ! C'est à Mendel qu'il réserve la mort, à Mendel, la folie, à Mendel, les affres de la faim ! Tous les dons qu'il gardait en réserve, Dieu les a prodigués à Mendel ! Fini, fini, Mendel Singer ! C'en est fait, c'est bien la fin ! »

Ainsi hurlait Mendel Singer en piétinant furieusement le sol, en face du brasier qu'il avait allumé. Il tenait dans ses bras le sac de velours rouge, mais ne se décidait pas à le jeter dans le feu. Plusieurs fois déjà, il l'avait élevé au-dessus des flammes, et ses bras, d'eux-mêmes, s'étaient abaissés. Le cœur de Mendel était plein de rancune envers Dieu, mais la crainte de Dieu imprégnait encore ses muscles. Cinquante années durant, jour après jour, ses mains — ces mêmes mains — avaient déployé et replié avec soin le talith à l'heure des oraisons. Elles avaient déroulé les phylactères pour en entourer son front et son bras gauche. Elles avaient ouvert le livre de prières, l'avaient feuilleté en tous sens et l'avaient, à la fin, refermé avec un claquement sec bien familier. Elles se refusaient aujourd'hui, ces mains diligentes, à exécuter l'ouvrage que leur commandait la colère de Mendel. Seule, sa bouche, qui avait tant prié, ne se dérobait pas et consentait à lui rendre le service impie qu'il lui demandait. Ses pieds qui, tant de fois, au nom de l'alléluia, avaient, de leurs bonds rythmés, célébré la gloire de Dieu, soulignaient de leurs coups pesants l'hymne de rage que Mendel dédiait à Dieu.

Les voisins de Mendel, en entendant ses cris et son vacarme, puis en voyant sortir des fentes de sa porte une fumée grisâtre qui envahissait peu à peu le palier, s'en allèrent frapper chez lui ; ils l'appelèrent et, aussi fort qu'il leur fut possible, lui crièrent de leur ouvrir. Mais il ne les entendait pas. Les flammes et la fumée obscurcissaient totalement ses yeux ; ses oreilles ne percevaient rien d'autre que la houle grondante de sa joie féroce. Les voisins étaient sur le point d'aller chercher la police lorsque l'un d'eux eut une idée. « Et si nous allions alerter ses amis ? Ils sont toujours chez Skowronnek, c'est là qu'ils se retrouvent pour causer. Ils seront peut-être capables de ramener ce malheureux à la raison. »

Et en effet, lorsque ses amis se présentèrent à sa porte, Mendel recouvra son calme ; il tira le verrou pour les laisser entrer, l'un derrière l'autre, dans l'ordre qu'ils avaient adopté une fois pour toutes quand ils rendaient visite à Mendel : Menkès en tête, puis Skowronnek, Rottenberg et Groschel. Ils forcèrent Mendel à s'asseoir sur son lit et s'assirent, eux aussi, à côté ou en face de lui. Puis Menkès prit le premier la parole :

— Voyons, qu'est-ce qui t'arrive, Mendel ? Dis-nous

un peu pourquoi tu as allumé ton fourneau et pourquoi tu veux mettre le feu à la maison.

— Ce n'est pas pour brûler simplement une vieille bicoque que j'ai allumé ce feu. Ce n'est pas pour brûler simplement un pauvre type. Vous serez bien étonnés quand je vous dirai ce que j'avais l'intention de brûler. Pour sûr, vous serez bien étonnés, et vous direz : « Voilà Mendel qui est devenu fou comme sa fille. » Mais je peux vous l'affirmer : non, je ne suis pas fou. Pendant plus de soixante ans, oui, j'ai été fou, je le reconnais. Mais aujourd'hui, c'est fini, je ne le suis plus.

— Bon ; mais dis-nous un peu ce que tu as tellement envie de brûler.

— C'est Dieu que je veux brûler.

D'un même élan, un seul et même cri échappa aux quatre hommes. Ils n'étaient pas, tous les quatre, aussi pieux ni aussi strictement religieux que l'avait toujours été Mendel jusqu'alors. Ils vivaient tous les quatre depuis longtemps en Amérique et acceptaient de travailler le jour du sabbat ; leur esprit était orienté vers le profit matériel et leur foi de jadis finissait par disparaître presque entièrement sous une épaisse couche de poussière, sous la poussière grise et tenace qu'y déposait chaque jour la vie moderne au milieu des impies. Beaucoup d'usages avaient disparu de leur souvenir. Ils avaient péché contre un grand nombre de lois divines ; leur tête et leurs membres avaient commis bien des fautes, mais Dieu habitait encore dans leurs cœurs. Et en entendant Mendel blasphémer, ils avaient eu l'impression que, de ses doigts crochus, il tentait de leur arracher le cœur après l'avoir mis à nu.

— Il ne faut pas blasphémer, Mendel, reprit Skowronnek après un certain temps de silence. Toi qui es bien plus instruit que nous, tu dois d'autant mieux savoir que, toujours, si Dieu nous envoie des épreuves, elles ont un sens caché. Nous ne pouvons pas savoir pour quelle raison Il nous châtie.

— Mais moi, je le sais, Skowronnek, répliqua Mendel. Dieu est cruel ; plus on lui est soumis, plus il nous traite durement. Il est plus puissant que les puissants de la terre. L'ongle du plus petit de ses doigts est capable de les anéantir ! Seulement, voilà, il ne s'en soucie pas. Ce sont les faibles, seulement les faibles qu'il aime réduire à sa merci. Notre faiblesse à nous, les hommes, voilà ce qui plaît à sa force. L'obéissance ? Elle ne fait qu'éveiller sa colère. C'est un *ispravnik* (1), plus haut placé et plus cruel que tous les autres. Tu observes ses commandements ? Il te dira que si tu leur as obéi, c'est uniquement dans ton intérêt. Et si jamais tu as la malchance d'enfreindre un seul d'entre eux — je dis bien : un seul — il inventera, pour te punir, des tortures par centaines. Pour peu que tu essaies de le corrompre, il ne manquera pas de t'intenter un procès en règle. Montre-toi scrupuleux à son égard, et tu le verras sur la défensive, dans l'attente du moment où tu lui proposerais un marché peu honnête. Tu ne trouveras pas, dans la Russie tout entière, un ispravnik qui soit plus mauvais que celui-là.

— Écoute, Mendel, rappelle-toi, reprit Rottenberg, rappelle-toi l'histoire de Job. Ses malheurs ressemblent, en somme, assez aux tiens. Il était assis sur la terre nue, les cheveux couverts de cendres ; ses plaies le faisaient tant souffrir qu'il se tordait sur le sol comme une bête. Lui aussi, il blasphémait contre Dieu. Et pourtant, il ne s'agissait que d'une épreuve. Tu crois peut-être, mon pauvre Mendel, que nous pouvons y comprendre quelque chose, nous autres, à ce qui se décide là-haut ? Qui sait si ce n'est pas le démon qui est allé trouver Dieu et qui lui a dit, comme l'autre fois : « Il faudrait recommencer à soumettre un homme juste à une série de tentations. » Et alors, le Seigneur peut bien lui avoir répondu : « Bon, c'est entendu, tu n'as qu'à t'en prendre à Mendel, mon serviteur, qui m'est tout dévoué. »

— Oui, c'est vrai, continua Groschel. Cet exemple-là te prouve justement combien tes reproches sont injustes. Tu vois, Job n'était pas un faible quand Dieu a commencé à le mettre à l'épreuve. C'était, au contraire, un puissant de la terre. Eh bien, toi non plus tu n'étais pas un faible, Mendel. Ton fils dirigeait un magasin, un

(1) Gendarme.

grand magasin ; il s'enrichissait à vue d'œil ; ton fils Ménouhim était presque guéri ; il s'en fallait de peu, et il serait venu te rejoindre en Amérique. Toi, tu étais bien portant, ta femme l'était aussi, ta fille était belle et tu n'aurais pas tardé à trouver un bon mari pour elle.

— Dis-moi donc, Groschel, répondit Mendel, pourquoi tiens-tu tant à me déchirer le cœur ? Pourquoi passes-tu en revue tout ce qui a existé, tout ce que j'ai eu et qui ne peut plus être ? Mes plaies ne sont pas encore fermées et tu prends plaisir à les rouvrir.

— Il a raison ! s'exclamèrent en chœur les trois autres amis, comme s'ils n'avaient eu qu'une bouche pour trois.

Puis Rottenberg continua, parlant seul, cette fois :

— Ton cœur est déchiré, Mendel, je le sais bien. Mais puisque tu nous permets de traiter tous ces problèmes avec toi, puisque tu sais aussi que nous prenons part à tes épreuves comme si nous étions tes frères, dis-moi : est-ce que nous n'avons pas un peu le droit, sans te fâcher, de te demander de penser à Ménouhim ? Qui sait, mon pauvre Mendel, si tu n'as pas tenté de contrecarrer la volonté du Tout Puissant en laissant Ménouhim au pays ? Ce fils que le ciel t'avait donné, c'était un malade, et vous avez agi envers lui comme si c'était un mauvais fils.

Le silence s'établit. Longtemps, Mendel ne répondit rien. Et lorsqu'il reprit la parole, on aurait pu croire qu'il n'avait pas entendu ce que lui avait dit Rottenberg, car il se tourna vers Groschel et s'écria soudain :

— Qu'est-ce que tu veux donc me prouver avec l'exemple de Job ? Vous en avez vu, vous, de vrais miracles ? Vous en avez vu de vos propres yeux ? Je parle, moi, de ces miracles dont il est question à la fin de l'histoire de Job. Vous pensez que mon fils Chémariah va sortir de la fosse commune où on l'a jeté, là-bas, en France ? Et mon fils Jonas ? Depuis le temps qu'il est porté disparu, il va retrouver la vie tout d'un coup ? Ma fille Miriam va quitter l'asile d'aliénés d'un jour à l'autre, sans doute, et rentrer à la maison, parfaitement guérie ? Et quand bien même elle rentrerait, vous croyez qu'elle va trouver un mari qui voudra d'elle et qu'elle reprendra une vie normale, comme une fille qui n'a jamais été folle ? Et Déborah, ma femme, pensez-vous qu'elle va se lever de sa tombe où la terre est encore fraîche ? Enfin, pour en venir à mon fils Ménouhim, vous l'imaginez arrivant ici de Russie, en pleine guerre ? Cela, à supposer qu'il soit encore vivant ! Car il est faux — et à ces mots Mendel fit volte-face pour s'adresser à Rottenberg — il est faux que j'aie abandonné Ménouhim dans une mauvaise intention, pour le punir en quelque sorte. C'est pour d'autres raisons, c'est à cause de ma fille que nous avons estimé nécessaire de partir, à cause de ma fille qui s'était mise à fréquenter des Cosaques — vous entendez bien — des Cosaques ! Et Ménouhim, pourquoi était-il malade ? Je vous le demande ! Sa maladie, c'était un signe évident de la colère que Dieu déchaîne contre moi ; oui, c'était le premier des coups qu'Il m'a portés et que je n'ai pas mérités.

— Nous savons que, pour Dieu, tout est possible, reprit Menkès, le plus pondéré des quatre. Mais il y a tout de même lieu de supposer que s'il ne fait plus ses grands miracles de jadis, c'est parce que le monde d'à présent n'en est plus digne. Et puis, si Dieu voulait te gratifier d'une exception, il y aurait les péchés des autres pour s'y opposer. Les autres, vois-tu, ne sont pas dignes de voir s'accomplir un miracle en faveur d'un juste. C'est pour cette raison que Loth avait dû quitter la ville, pendant que Sodome et Gomorrhe s'abîmaient dans les flammes, sans pouvoir être témoins du miracle dont Loth avait eu la faveur. Mais aujourd'hui, la terre est peuplée partout, où que tu ailles ; même si tu croyais t'éloigner, changer de pays, les journaux ne tarderaient pas à raconter ce qui t'est arrivé. Dans ces conditions, c'est évident, Dieu ne peut accomplir, de nos jours, que des miracles de taille moyenne. Mais ils sont, malgré tout, assez grands, Dieu soit loué ! Déborah, ta femme, ne peut pas ressusciter, et ton fils Chémariah non plus. Au contraire, pour ce qui est de Ménouhim, il y a tout lieu de supposer qu'il doit être en vie ; c'est certain, tu pourras le revoir quand la guerre sera finie. Ton fils Jonas, lui, est peut-être en captivité, et lui aussi, tu pourras le revoir quand la guerre sera finie. Ta fille peut très bien guérir ; un dérangement comme le sien, ça se soigne. Elle en sortira plus belle encore qu'avant sa maladie ; elle trouvera un mari, tu verras, et elle te donnera plusieurs petits-enfants. D'ailleurs, un petit-fils, tu en as un, le petit garçon de Chémariah. Rassemble donc sur la tête de ce petit-fils tout l'amour que tu répartissais jusqu'à présent entre tous tes enfants. Crois-moi, c'est lui qui te réserve la consolation dont tu as besoin.

— Le lien qui me rattachait à cet enfant, répondit Mendel, s'est rompu quand Chémariah est mort. Chémariah, c'était mon fils et le père de mon petit-fils. Véga, ma belle-fille, va certainement se remarier. Mon petit-fils aura un nouveau père dont, moi je ne suis pas le père. La maison de mon fils n'est pas ma maison. Je n'ai rien à y faire. Ma présence n'y apporte que le malheur. Mon affection, dès que je la dispense sur un foyer, y attire la malédiction, comme un arbre isolé au milieu d'un champ attire la foudre. Quant à Miriam, le docteur lui-même ne me l'a pas caché : la médecine n'est pas capable de guérir la maladie qu'elle a. Jonas est probablement mort dans un combat, et Ménouhim, infirme comme il l'était — quand bien même il aurait été en voie de guérison — comment aurait-il pu se tirer d'affaire, au fond de la Russie, pendant une guerre si terrible ? Je suis bien convaincu qu'il a dû périr. Hé ! non, mes amis, rien à faire ! Je suis seul et je veux rester seul. Pendant toutes les années de ma vie, je n'ai eu pour Dieu qu'un ardent amour, et lui n'a eu pour moi que de la haine. Toutes ces années-là, je craignais Dieu, mais maintenant il n'a plus prise sur moi ; il a déjà épuisé tous les traits empoisonnés qu'il me réservait ; tous m'ont atteint. Désormais, il ne lui reste plus que la ressource de me tuer. Seulement, il est trop cruel pour y consentir. Il préfère me laisser vivre... il faut que je vive, que je vive !

— Attention ! Tu oublies, objecta Groschel, que son pouvoir s'étend à la fois sur ce bas monde et sur l'au-delà. Prends garde à toi, Mendel ! Quel sort t'attend quand tu seras mort ?

A ces mots, Mendel éclata de rire de toutes ses forces, puis il déclara :

— Je n'ai pas peur de l'enfer ! Ma peau a déjà subi l'épreuve du feu, mes membres sont déjà paralysés et les esprits malins, je m'entends bien avec eux. Je ne crains pas les tortures de l'enfer, je les ai déjà toutes endurées. Le diable, voyez-vous, il a plus de cœur que Dieu. Comme il n'est pas si puissant, il n'a pas les moyens d'être si cruel que lui. Non, non, mes amis, je n'en ai vraiment pas peur !

Après cette déclaration, les amis gardèrent le silence. Mais ils ne voulaient pas laisser Mendel tout seul et restèrent près de lui, assis, sans mot dire. Groschel, le plus jeune des quatre, descendit avertir la femme des autres ainsi que la sienne, et leur expliqua que, ce soir, leur mari ne rentrerait pas à la maison. Il rassembla encore cinq autres Juifs qu'il emmena chez Mendel Singer pour qu'ils fussent au nombre de dix, ce qui leur permettait de réciter en commun la prière du soir. Ils entonnèrent donc leur oraison, mais Mendel Singer ne s'y associa pas. Toujours assis sur son lit, il demeurait immobile. Il ne dit même pas la prière des morts et Menkès s'en chargea à sa place. Les cinq hommes de renfort rentrèrent chez eux, mais les quatre amis passèrent chez Mendel la nuit entière. L'une des deux lampes bleues finissait de brûler avec un dernier reste de mèche et un dernier fond de pétrole, quelques gouttes à peine, dans le bas du réceptacle. Personne ne parlait plus. Quelques-uns des amis s'endormaient sur leur siège ; parfois l'un d'eux se mettait à ronfler et s'éveillait, troublé dans son sommeil par son propre bruit. Puis, il recommençait à somnoler.

Seul Mendel ne dormait pas. Les yeux grands ouverts, il regardait par la fenêtre les ténèbres de la nuit se désagréger lentement. Le ciel devint enfin gris, puis se colora d'une teinte blanchâtre. Six coups retentirent à l'intérieur de la pendule. L'un après l'autre, les quatre amis s'éveillèrent ; sans s'être concertés, ils saisirent Mendel d'un même geste par les deux bras et l'emmenèrent en bas avec eux. Ils le conduisirent dans l'arrière-boutique de Skowronnek et le couchèrent sur un divan.

Il ne tarda pas à s'y endormir.

14

A partir de ce matin-là, Mendel Singer resta chez les Skowronnek. Ses amis revendirent son misérable mobilier. Ils ne lui laissèrent que sa literie et le sac de velours rouge qui contenait les accessoires rituels pour la prière, ceux-là mêmes que Mendel avait failli brûler. Mendel ne touchait plus à son sac ; il le laissait dans l'arrière-boutique des Skowronnek, suspendu à un gros clou, et la poussière qui s'y déposait lui donnait déjà une teinte grisâtre. Mendel Singer ne priait plus. Quelquefois, il est vrai, on avait recours à lui s'il manquait justement un homme pour pouvoir réciter à dix (nombre obligatoire, prescrit par la Loi) la prière en commun. Dans ce cas, Mendel demandait une rétribution pour sa présence. De même, il lui arrivait de prêter ses phylactères à tel ou tel de ses amis ou connaissances contre un petit droit d'utilisation. On racontait à son sujet qu'il s'en allait souvent se promener dans le quartier italien pour y manger de la viande de porc et exciter le ressentiment de Dieu. Les gens au milieu desquels il vivait avaient embrassé le parti de Mendel dans la guerre qu'il avait déclarée aux puissances célestes. Bien qu'ils fussent croyants, ils ne pouvaient s'empêcher de donner raison à ce Juif renégat, car Jéhovah l'avait vraiment traité avec une rigueur excessive.

La guerre continuait à régner dans le monde. A part Sam, fils de Mendel, dans les familles du quartier les garçons qui s'étaient engagés sous les drapeaux étaient encore tous en vie. Le jeune Lemmel avait été promu au grade d'officier et avait eu la chance de perdre la main gauche. Il était venu en permission ; c'était le héros du quartier. Sa gloire rejaillissait sur tous les Juifs du Nouveau Monde et leur assurait le droit de cité en Amérique. Il restait désormais à l'arrière pour parfaire la formation militaire des nouvelles recrues. En dépit de l'abîme qui séparait le jeune Lemmel du vieux Singer, les autres Juifs ne pouvaient s'empêcher d'établir entre ces deux hommes un certain rapprochement. On aurait dit, à leurs yeux, que Mendel et Lemmel s'étaient partagé à deux toute une somme de malchance qui, normalement, eût dû se répartir sur la totalité du quartier. Car, enfin, ce qu'avait perdu Mendel, c'était plus qu'une seule main gauche. Si Lemmel faisait la guerre contre les Allemands, Mendel, de son côté, faisait sa guerre à lui contre les puissances surnaturelles. Ils se doutaient bien, évidemment, que ce pauvre vieux n'avait plus tout à fait le plein usage de sa raison ; néanmoins, les Juifs se sentaient enclins à lui témoigner, outre leur pitié, une certaine admiration ; il s'y mêlait un respect quasi religieux, celui qui confère aux esprits chimériques une auréole de sainteté. Sans aucun doute, Mendel Singer appartenait à la race des élus. Au milieu de ses semblables, il faisait figure de témoin pitoyable, donnant par sa vie même la preuve de la cruauté toute-puissante dont Jéhovah peut accabler les siens. Chez les autres, jamais aucune catastrophe ne venait rompre la monotonie des semaines laborieuses. Des années durant, Mendel avait, comme tous ses semblables, vécu au jour le jour. C'est à peine si quelques personnes tenaient alors compte de sa présence ; beaucoup ne le remarquaient même pas. Et puis, voici qu'un jour il était devenu, de terrible manière, un être d'exception. On n'aurait pas pu trouver, dans ce coin de la ville, un seul Juif pour qui Mendel fût un inconnu. Il passait désormais la majeure partie de sa journée dans la rue. La malédiction qui l'écrasait semblait l'avoir condamné à assumer, outre les coups du sort, un rôle symbolique, à porter sur son front les stigmates de la souffrance, comme on porte sur le champ de bataille les couleurs du pays combattant. Il se sentait en quelque sorte le gardien de ses propres douleurs et arpentait sans cesse le milieu de la rue. Tout le monde le saluait ; souvent, on lui donnait une petite pièce ; beaucoup de gens tenaient à lui parler. Il ne répondait jamais aux aumônes par un mot de remerciement ; c'était à peine s'il rendait les saluts qu'on lui adressait ; les questions qu'on lui posait n'obtenaient pas d'autre réponse qu'un « oui » ou un « non ». Il se levait de très bonne heure. L'arrière-boutique des Skowronnek ne recevait pas de lumière, car elle n'avait pas de fenêtre. Mendel pressentait l'approche du matin à travers les volets. Quel long chemin il avait à parcourir, ce matin renaissant, avant d'arriver jusqu'à Mendel Singer ! Dès que les premiers bruits se manifestaient dans les rues d'alentour, la journée de Singer commençait. L'eau pour le thé bouillait bientôt sur le réchaud à alcool. Mendel buvait son thé tout en mangeant un morceau de pain et un œuf dur. Il jetait un regard timide, mais chargé de haine, vers le sac rouge toujours pendu au mur, qui contenait les accessoires rituels. Dans cette pénombre plus bleue que noire, ce sac avait l'air d'une excroissance enracinée dans l'ombre et plus sombre encore qu'elle. « Non, je ne prierai pas ! » disait Mendel. Mais, au fond de lui-même, il souffrait de ne pas prier. Sa colère lui faisait mal et, tout autant, l'inefficacité de cette colère. Quoique Mendel fût en mauvais termes avec Lui, Dieu n'en continuait pas moins à régner sur l'univers. La haine ne permettait pas plus d'avoir prise sur Lui que la piété ne s'en était jadis montrée capable.

Ayant ainsi roulé dans sa tête de telles pensées, et d'autres encore, Mendel se mettait en devoir de commencer sa journée de travail. Jadis — il s'en souvenait bien — il n'avait pas de peine à se réveiller. Il attendait avec joie l'instant de la prière. C'était pour elle qu'il renonçait au repos, impatient de renouveler la certitude qu'il avait alors de se sentir tout proche de Dieu. Il quittait sans regret la chaleur bienfaisante du sommeil pour se plonger, par la prière, dans une atmosphère lumineuse plus accueillante encore, plus intime ; il avait l'impression de pénétrer dans une salle splendide et pourtant familière où l'attendait, dans toute sa puissance, un père au visage souriant. « Bonjour, Père ! » disait Mendel Singer, et il croyait entendre une voix qui lui répondait. Cette impression était fallacieuse. La salle était splendide, mais glaciale ; le Père, au sein de sa puissance, était méchant. Les sons qui s'échappaient de ses lèvres étaient foudroyants comme des coups de tonnerre.

Mendel Singer pour ouvrir le magasin tournait la clé dans la serrure ; il disposait dans le cadre étroit de la vitrine les cahiers de musique, les textes de chansons et les disques ; puis, à l'aide d'une longue perche, il remontait le rideau métallique. Ensuite, ayant aspiré une gorgée d'eau, il crachait sur le plancher pour l'humecter, prenait le balai et rassemblait toutes les ordures de la veille. Il isolait sur une petite pelle les divers bouts de papier qui se trouvaient mêlés à la poussière, les jetait dans le fourneau et y mettait aussitôt le feu. Après quoi, il sortait, achetait quelques journaux et les portait à domicile chez certains de ses voisins. Il rencontrait les garçons laitiers et les premiers livreurs de pain de la journée. Il leur disait bonjour et rentrait « au magasin ». Skowronnek ne tardait pas à arriver avec sa femme. Ils le chargeaient d'une foule de commissions de genres très différents. Toute la journée, on les entendait dire : « Mendel, vite, va nous acheter un hareng ! » « Mendel, on a oublié de mettre les raisins secs ! » « Mendel, et le linge, tu y penses ? » « Mendel, voilà l'échelle qui a craqué ! » « Il y a un carreau de cassé à la lanterne ! » « Où donc a passé le tire-bouchon ? » Et Mendel s'en allait vite, vite, acheter un hareng ; il rajoutait, avant qu'il ne fût trop tard, les raisins qu'on avait oubliés ; il s'occupait d'aller chercher le linge au blanchissage ; il réparait l'échelle ; il portait la lanterne chez le vitrier et retrouvait le tire-bouchon disparu. Les voisines venaient quelquefois lui demander d'aller garder leurs enfants en bas âge les jours où il y avait changement de programme au cinéma ou encore lorsque arrivait une troupe théâtrale en tournée. Mendel gardait donc les enfants de ces gens qu'il ne connaissait pas. Jadis, il avait balancé chez lui le moïse de Ménouhim. Il suffisait alors d'une légère impulsion, du bout de son doigt discret et affectueux ; de même il balançait aujourd'hui, d'un pied léger, attentif, le berceau de ces bébés qui n'avaient aucun lien avec lui et dont il ignorait le nom. Pour accompagner son mouvement régulier, il psalmodiait une chanson vieille comme le monde : « Répète après moi, Ménouhim : « Au début, Dieu créa le ciel et la terre. » Répète, Ménouhim, voyons, répète ! »

On était au mois d'Ellul et les jours des grandes fêtes approchaient. Tous les Juifs du quartier avaient l'intention d'installer provisoirement, dans l'arrière-boutique de Skowronnek, un lieu de rendez-vous pour les prières en commun, car ils n'aimaient pas se rendre à la synagogue.

— Mendel, on va venir prier dans ta chambre, lui expliqua Skowronnek. Qu'est-ce que tu en dis ?

— Oh ! ce n'est pas moi qui vous en empêcherai ! répliqua Mendel. Et il regardait les Juifs qui se retrouvaient là allumer de grosses chandelles de cire jaune dont les mèches, terminées en touffe à leur extrémité supérieure, se recourbaient bientôt sur elles-mêmes. Quant à lui, il allait aider chacun des commerçants à descendre le rideau métallique de sa boutique et à fermer ses portes. Il les voyait tous revêtir le sarrau blanc qui leur donnait l'air de cadavres récemment ressuscités à seule fin de louer Dieu. Ils retiraient leurs chaussures et restaient debout en chaussettes. Puis ils tombaient à genoux et se relevaient ; leurs grandes chandelles jaune d'or et les cierges de stéarine blanche ne tardaient pas à s'incliner, déposant sur les taliths, par grosses gouttes, des larmes brûlantes qui se figeaient instantanément. Les Juifs vêtus de blanc s'inclinaient, eux aussi, à l'image de leurs luminaires ; eux aussi versaient des larmes qui tombaient sur le plancher où elles finissaient par sécher. Mais Mendel Singer demeurait debout à l'écart, vêtu de noir, muet, dans la tenue qu'il portait tous les jours ; il restait au fond, près de la porte, et ne bougeait pas. Ses lèvres demeuraient closes, et son cœur était de pierre. Le chant du *kol-nidré* s'élevait soudain comme un ouragan, comme un vent d'orage. Les lèvres de Mendel Singer n'en restaient pas moins closes et son cœur était toujours de pierre. Vêtu de noir, muet, dans ses habits de tous les jours, il se tenait obstinément, au fond, près de la porte. Personne ne prenait garde à lui. Tous, autant que possible, s'efforçaient de ne pas le voir. Parmi eux, il faisait figure d'étranger. L'un ou l'autre des fidèles, dans l'assemblée, avait une pensée pour lui et priait à son intention. Mais Mendel Singer, lui, demeurait debout, contre la porte, plein de rancune envers le Tout-Puissant. « Je sais pourquoi ils prient, pensait-il ; c'est parce qu'ils ont peur. Moi, je n'ai pas peur. »

Lorsque tous furent partis, Mendel Singer s'étendit sur son divan ; sa couche n'était guère rembourrée, mais elle gardait encore la chaleur qu'y avaient déposée les corps des hommes en prière. Quarante chandelles finissaient de se consumer dans la pièce. Mendel n'osait pas les éteindre ; et pourtant elles l'empêchaient de s'endormir. Il resta donc éveillé toute la nuit, prenant plaisir à imaginer des blasphèmes extraordinaires. Il se voyait partant vers le quartier italien pour acheter dans un restaurant de la viande de porc et rentrer la manger ici, à la lumière muette des chandelles sacrées. Il alla même jusqu'à dénouer son mouchoir et à faire le compte des quelques pièces d'argent qu'il possédait ; mais finalement il ne quitta pas sa chambre et ne mangea rien du tout. Il resta étendu tout habillé sur son divan, les yeux grands ouverts et il murmurait à mi-voix son refrain : « Fini, fini, Mendel Singer, c'en est fait, c'est bien la fin ! Il n'a pas de fils, il n'a pas de fille, il n'a pas de femme, il n'a pas d'argent et pas de maison, il n'a pas de Dieu ! Fini, fini, Mendel Singer !... » A l'extrémité des bougies, les flammes d'or et les flammes bleuâtres frémissaient doucement. Leurs larmes de cire chaude s'égouttaient lentement ; chaque fois, un coup net frappait les plaques métalliques des chandeliers, tombait dans le sable fauve des mortiers de cuivre ou s'abattait sur le goulot vert foncé des bouteilles qui servaient de support aux bougies. Le souffle brûlant des fidèles, comme un être vivant, persistait dans la pièce. On voyait encore, posés sur les sièges de fortune qu'on avait dressés là pour eux, les taliths de tissu blanc qui attendaient le retour de l'aube et la reprise de la prière en commun. Tout sentait la chandelle et la mèche noircie. Mendel quitta la pièce, ouvrit le magasin et sortit au grand air. C'était une belle nuit d'automne, une nuit relativement claire. Personne en vue. Mendel se mit à marcher de long en large devant la boutique. On entendit s'approcher des pas lents et pesants : ceux des policemen. Aussitôt, Mendel rentra dans le magasin. Il n'avait pas perdu l'habitude de fuir comme la peste la proximité des hommes en uniforme.

L'époque des grandes fêtes était passée, à présent. L'automne commençait, ramenant la chanson de la pluie. Mendel continuait à acheter des harengs, à balayer le plancher, à chercher les ballots de linge, à réparer l'échelle, à partir en quête du tire-bouchon, à rajouter les raisins secs oubliés et à faire les cent pas au milieu de la rue. Il remerciait à peine pour les aumônes dont on le gratifiait et ne rendait pas les saluts qu'on lui adressait. Il ne répondait aux questions que par « oui » ou par « non ». L'après-midi, lorsque les habitués du lieu se rassemblaient dans la boutique pour parler politique et lire à haute voix des articles de journaux, Mendel s'étendait sur le divan et s'endormait. Les discours que l'on tenait autour de lui ne troublaient nullement son sommeil. La guerre ? Elle ne l'intéressait pas du tout. Les disques nouveaux l'aidaient à s'assoupir et berçaient sa somnolence. Il se réveillait enfin lorsque le silence était rétabli et que tout le monde avait disparu. Alors, il faisait un brin de causette avec le vieux Skowronnek.

— Tu sais, ta belle-fille va se remarier, lui dit un jour Skowronnek.

— Tant mieux ! répliqua Mendel.

— Figure-toi qu'elle va épouser Mac !

— Bon ; c'est bien ce que je lui avais conseillé.

— Leur magasin marche à merveille.

— Ça ne me regarde pas ; il n'est pas à moi.

— Mac nous a fait savoir qu'il voudrait te donner de l'argent.

— Je n'ai pas besoin d'argent.

— Bonne nuit, Mendel.

— Bonne nuit, Skowronnek.

Tout d'un coup, des nouvelles terrifiantes se dressèrent en lettres de feu en première page des journaux que Mendel achetait régulièrement chaque matin. Elles s'imposaient à lui comme des jets de flamme et bon gré, mal gré, il était bien obligé d'en percevoir au moins ce reflet lointain, quoiqu'il eût préféré n'en rien savoir. La Russie, disait-on, n'était plus gouvernée par un tsar. Eh bien, tant pis ! plus de tsar en Russie ! De Jonas et de Ménouhim, en tout cas, ils ne disaient jamais rien, les journaux. Chez Skowronnek, on commençait à parier que la guerre serait finie dans un mois au plus tard. Bon, bon, qu'elle finisse, la guerre ! Chémariah, de toute façon, ne serait pas parmi ceux qui rentreraient dans leur foyer. La direction de l'asile d'aliénés avait écrit que l'état de Miriam ne s'était pas amélioré. Véga avait transmis la lettre à son beau-père et Skowronnek en avait lu le contenu à Mendel. « Bien, en avait-il conclu, Miriam ne guérira donc jamais. »

Son vieux cafetan noir prenait aux épaules des reflets verdâtres. Tout le long du dos, comme un tracé discret de la colonne vertébrale, la couture du milieu devenait nettement visible. La taille de Mendel diminuait à vue d'œil, tandis que les pans de sa lévite allongeaient d'autant ; quand Mendel marchait, ce n'était plus la tige de ses bottes qu'à chacun de ses pas ils frappaient en cadence ; ils heurtaient déjà le haut des chevilles. La barbe de Mendel, naguère, ne recouvrait que sa poitrine ; maintenant elle atteignait presque les derniers boutons du cafetan. La visière de son couvre-chef, dont le reps était désormais plus vert que noir, s'était ramollie et distendue ; elle pendait, flasque, sur les yeux de Mendel Singer et faisait penser à un vieux chiffon informe. Dans ses vastes poches, Mendel Singer transportait une foule d'objets hétéroclites : des paquets qu'on l'avait envoyé chercher, des journaux, quelques outils qui lui servaient à réparer tout ce qui s'abîmait chez Skowronnek, des pelotes de ficelle de couleurs différentes, du papier d'emballage et du pain. Ces divers poids, en s'additionnant, faisaient pencher plus bas encore le dos de Mendel et, comme sa poche droite était d'ordinaire plus lourde que la gauche, elle tirait vers le bas l'épaule droite du vieillard. Il s'en allait donc par les rues, tout voûté de biais et penché en avant, tel un édifice qui menace ruine, ployant les genoux et frottant à chaque pas le sol de ses semelles. Les nouvelles qui électrisaient le monde ne retenaient pas son attention, et pas davantage non plus le train-train quotidien de ses voisins ou leurs jours de fête. La vie se déroulait à côté de lui, à distance, comme roule sur la route une file de voitures, non loin d'une masure isolée devant laquelle jamais rien ne s'arrête.

Un jour, la guerre fut bel et bien finie. Tout le quartier s'était vidé. Les gens étaient partis voir les cérémonies en l'honneur de l'armistice et le retour des régiments. Beaucoup de voisins avaient chargé Mendel de surveiller leur maison. Il allait donc d'une porte à l'autre, vérifiant les loquets et les serrures. Après quoi, il rentra chez lui, c'est-à-dire au magasin. Il croyait entendre à une distance incommensurable les joyeux remous de la fête à laquelle prenait part tout un peuple en liesse ; il devinait les détonations des feux d'artifice et les rires innombrables, d'immenses bouquets de rires, par dizaines de milliers. Un petit reflet de la paix revenue descendit sur lui. Ses doigts caressèrent sa barbe, ses lèvres esquissèrent une sorte de sourire, et voici même qu'à petits coups, un semblant de rire malicieux s'échappait de sa gorge. « Hé hé ! Mendel va se faire aussi sa petite fête ! » chuchota-t-il, et, pour la première fois, il s'approcha d'un des coffrets qui contenaient les phonographes. Il avait déjà eu l'occasion d'observer comment on actionnait l'instrument au moyen de la manivelle. « Un disque ! Je vais me mettre un disque ! » murmurait-il. Le matin même, un soldat qui revenait de là-bas avait passé au magasin pour y déposer une demi-douzaine de disques. C'étaient les nouvelles chansons, les nouvelles mélodies qui plaisaient actuellement en Europe. Mendel ouvrit le paquet, prit le disque qui se présentait sur le dessus et le plaça avec précaution sur l'appareil. Un instant, il réfléchit pour bien se rappeler comment s'y prenaient les autres, puis, finalement, se décida à poser l'aiguille sur la rainure. Le phono commença par se racler la gorge, puis la mélodie s'éleva. Le soir était tombé. Mendel, debout dans la pénombre à côté de l'appareil, écoutait de toutes ses oreilles. Chaque jour de la semaine, il entendait là, dans la boutique, des compositions de tout genre : des airs gais, des airs tristes, des rythmes lents, des rythmes vifs, des phrases sombres et des sons argentins. Mais jamais, jamais, une mélodie pareille à celle-ci n'avait retenti entre ces murs. C'était, au début, un petit filet d'eau alerte qui chantonnait tout bas, à travers la campagne ; puis il devenait ample, ample comme la mer, et le grondement de sa houle submergeait tout. « C'est l'univers... c'est l'univers entier que j'entends là-dedans ! » songea Mendel. Comment était-ce possible ? Comment l'univers tout entier avait-il réussi à trouver sa place au creux des sillons de ce petit disque ? Puis une flûte discrète au timbre cristallin vint se mêler aux autres instruments pour ne plus les quitter, fidèle compagne des violons aux notes de velours ; elle semblait dessiner autour d'eux, sans relâche, une fine bordure de dentelle. Alors, pour la première fois depuis bien longtemps, Mendel se mit à pleurer. Le morceau prit fin. Mendel remonta le ressort de l'appareil en tournant la manivelle et il fit de même une troisième fois encore. Peu à peu, gagné par la musique, il en reprenait les motifs de sa pauvre voix enrouée, tandis que ses doigts hésitants, maladroits, tambourinaient le rythme sur le couvercle du coffret.

Ce fut au milieu de ce plaisir nouveau que le trouva Skowronnek quand il rentra au magasin. Il arrêta le phonographe en disant :

— Mendel, allume donc la lampe ! Qu'est-ce que tu faisais marcher là, pour toi ?

Mendel alluma la lampe.

— Regarde bien, Skowronnek, et dis-moi comment s'appelle ce morceau.

— Ah ! ce sont les nouveaux disques ! répondit Skowronnek. Je les ai achetés ce matin. Celui-là s'appelle — et Skowronnek ajusta ses lunettes, approcha le disque sous la lampe, puis lut à haute voix — il s'appelle : *La Chanson de Ménouhim.*

Mendel se sentit faiblir. Il chercha vite un siège pour s'asseoir. Ses yeux ne pouvaient se détacher du disque miroitant que Skowronnek tenait entre ses mains.

— Je sais à quoi cela te fait penser, ajouta Skowronnek.

— Oui, répondit Mendel.

Skowronnek, à son tour, se mit à tourner la manivelle. « Oui, ça, c'est une belle mélodie ! » déclara-t-il en inclinant la tête vers son épaule gauche pour mieux écouter.

Au fur et à mesure, la boutique se remplissait de visiteurs ; les voisins étaient en retard, cette fois-ci. Personne n'osait parler ; tous écoutaient le nouveau disque et dodelinaient de la tête en mesure.

Ils l'écoutèrent seize fois de suite pour le savoir par cœur, d'un bout à l'autre.

Mendel resta seul au magasin. De l'intérieur, il ferma soigneusement la porte à clé, retira les objets exposés dans l'étalage et commença à se déshabiller. La musique du disque accompagnait chacun des pas qu'il faisait dans la pièce. En s'endormant, il eut l'impression que cette ligne mélodique, où s'entrecroisaient le bleu et l'argent, rejoignait dans l'espace la plainte pitoyable de son Ménouhim à lui, de son vrai, de son seul Ménouhim, cette chanson de Ménouhim que, depuis si longtemps, il n'avait plus eu le bonheur d'entendre.

15

LES jours allongeaient. Les premières heures du matin étaient déjà imprégnées d'une clarté si intense que la lumière arrivait même à traverser le rideau métallique de la devanture et à pénétrer dans l'arrière-boutique dépourvue de fenêtres où couchait Mendel. En avril, la rue s'éveillait au moins une heure plus tôt qu'auparavant. Mendel allumait son réchaud à alcool, mettait à chauffer l'eau du thé, puis il remplissait la petite cuvette bleue, y plongeait son visage, s'essuyait avec un coin de la serviette pendue à la poignée de la porte, remontait le rideau métallique, gonflait d'eau sa bouche, crachait consciencieusement sur le plancher et considérait les arabesques compliquées que dessinait dans la poussière le filet liquide transparent, projeté avec soin par ses lèvres tendues. Déjà, le réchaud à alcool faisait entendre ses premiers frémissements. 6 heures n'avaient pas encore sonné et Mendel sortait sur le pas de la porte. Alors, comme sous une poussée automatique, toutes les fenêtres de la rue s'ouvraient au même instant. C'était le printemps.

C'était le printemps. On se préparait aux solennités de la Pâque. Dans toutes les maisons, Mendel se montrait actif et faisait de son mieux. Il rabotait le dessus des tables de bois pour les rendre parfaitement nettes. Il s'agissait de faire disparaître la présence profane des restes de nourriture qui, au cours de l'année, avaient pu s'y incruster. Il disposait dans les étalages, sur des rayons bien blancs, sous forme de paquets ronds, ou plutôt cylindriques, les pains azymes superposés sous une enveloppe de papier rouge carmin. Il avait aussi à vérifier les bouteilles de vin de Palestine ; au fond des caves où régnait la fraîcheur, des toiles d'araignée les avaient recouvertes pendant leur long sommeil, il fallait donc les nettoyer. Mendel s'occupait en outre de démonter les lits des voisins ; il en transportait tous les éléments, un à un, dans les cours où le tiède soleil d'avril incitait les insectes à sortir de leurs cachettes et à venir trouver la mort qui les attendait, armée de benzine, de térébenthine ou de pétrole. Il découpait, à la pointe des ciseaux, des trous de forme ronde ou carrée, des festons ainsi que des franges dans du papier fantaisie rose ou bleu ciel. A l'aide de quelques punaises, il fixait ces motifs ornementaux aux étagères de cuisine pour donner à la vaisselle un aspect plus coquet. Il prodiguait ses soins aux tonneaux et aux baquets qu'il remplissait d'eau bouillante ; puis, à force de maintenir, dans le feu du fourneau, de grosses boules de fer, emmanchées d'une tige de bois, il parvenait à les porter au rouge. A ce moment-là, il plongeait les boules dans les baquets et dans les tonneaux ; quand on entendait l'eau siffler au contact du fer, on pouvait être sûr que les récipients étaient désormais purifiés, nettoyés conformément aux prescriptions de la Loi. Dans d'énormes mortiers, il broyait les pains azymes pour les réduire en farine et il en remplissait des sacs d'une propreté absolue dont il nouait l'extrémité avec un ruban bleu. Toutes ces opérations rituelles, il les avait jadis exécutées lui-même, à son propre foyer. Là-bas, le printemps arrivait plus lentement qu'en Amérique. Mendel se rappelait l'ourlet de vieille neige grise qui, à cette époque de l'année, bordait à Zuchnow les pavés de bois du trottoir. Il revoyait en pensée les aiguilles de glace aux reflets de cristal qui garnissaient le pourtour des bondes. Il songeait aux ondées imprévues qui chantaient dans les gouttières durant des nuits entières, au grondement lointain d'un tonnerre qui se déchaînait derrière la forêt de pins, à la couche de gelée blanche qui, chaque matin, sous un ciel d'azur, poudrait à frimas toute la contrée. Et son cœur se tournait vers Ménouhim qu'un jour Miriam avait plongé dans l'un des plus grands tonneaux pour se débarrasser de lui ; puis il évoquait la grande espérance qu'ils avaient tous de voir enfin arriver le Messie au cours de l'année nouvelle. Mais le Messie n'arrivait pas. « Bien sûr qu'il n'arrive pas ! achevait Mendel en son for intérieur ; il n'arrivera jamais. » Ils pouvaient l'attendre, les autres, si cela leur faisait plaisir. Mendel, lui, ne l'attendait pas.

Malgré tout, les voisins de Mendel, aussi bien que ses amis, constataient, depuis le début du printemps, un certain changement chez lui. Ils avaient remarqué qu'il fredonnait parfois un petit air et dépistaient même, au milieu de sa barbe blanche, l'esquisse d'un sourire serein.

— Il retombe en enfance, il se fait vieux, opinait Groschel.

— Il a dû tout oublier, continuait Rottenberg.

— C'est une dernière grâce pour lui, avant la mort, concluait Menkès.

Skowronnek, qui le connaissait mieux que les autres, gardait le silence. Un soir seulement, au moment de se coucher, il dit à sa femme :

— Depuis que les nouveaux disques sont arrivés d'Europe, notre Mendel est devenu un autre homme. Figure-toi que je le surprends de temps en temps en train de remonter un phono pour lui tout seul et de se mettre un disque. Hein, qu'est-ce que tu en dis ?

— Ce que j'en dis, répliqua d'un ton impatient Mme Skowronnek, c'est que Mendel se fait vieux ; j'en suis certaine, il retombe en enfance, et bientôt il ne sera plus bon à rien.

En effet, depuis quelque temps, elle était mécontente de Mendel. Plus il vieillissait, moins elle éprouvait de pitié pour lui. Peu à peu, elle oubliait totalement que Mendel, naguère encore, disposait de ressources au-delà de ses besoins, et sa sympathie pour lui comme pour les autres, à base de considération pour la valeur marchande des êtres (car son âme était mesquine) avait fini par s'éteindre dans son cœur. Ainsi, elle ne l'appelait plus, comme au début, « Mr. Singer », mais tout simplement « Mendel », et sans tarder, tout le monde l'imita. Autrefois, lorsqu'elle le chargeait d'une commission quelconque, elle montrait à cette occasion une certaine réticence qui devait lui prouver que, s'il accomplissait cette démarche, l'obéissance dont il faisait preuve était pour elle à la fois un honneur et une cause de gêne. A présent, au contraire, elle avait pris l'habitude de lui donner des ordres sur un ton tellement agacé, qu'à l'entendre on devinait d'avance qu'elle serait mécontente de lui, malgré la soumission et la docilité du pauvre Mendel. D'autre part, bien qu'il ne fût pas du tout dur d'oreille, Mme Skowronnek élevait toujours la voix pour lui parler. Peut-être craignait-elle réellement qu'il ne la comprît pas. Mais il est plus probable qu'elle voulait prouver, en employant ce diapason élevé, que Mendel exécutait ses ordres à rebours si elle s'adressait à lui avec une voix normale. En criant ainsi à tue-tête, elle prenait en quelque sorte une assurance. C'était là l'unique, la seule tactique capable de blesser Mendel. En effet, cet homme, que le ciel avait tant accablé et qui était tombé si bas, ne s'inquiétait guère des plaisanteries inoffensives dont, à la légère, sans réfléchir, tant de gens le gratifiaient. Mais dès qu'il voyait quelqu'un mettre en doute sa capacité d'intelligence, il se sentait profondément vexé.

— Allons, Mendel, dépêchez-vous, et plus vite que ça !

Telle était la formule par laquelle commençaient tous les ordres que lui lançait Mme Skowronnek. Mendel avait le don de l'énerver ; toujours, il lui semblait trop lent.

— Ne criez donc pas si fort, ce n'est pas nécessaire, lui répliquait parfois Mendel ; je vous entends.

— Oui, mais vous ne savez pas vous dépêcher ; vous prenez toujours votre temps.

— C'est que j'ai moins de temps devant moi que vous, madame Skowronnek, d'autant moins que je suis plus vieux que vous.

Mme Skowronnek, qui mettait un certain temps à saisir le sous-entendu et la petite leçon qui se cachaient dans la réponse de Mendel, avait surtout l'impression qu'il se moquait d'elle en public ; elle se tournait aussitôt vers la personne la plus proche d'elle dans le magasin : « Eh bien ! s'écriait-elle, qu'est-ce que vous en dites ? Vous le voyez, qu'il se fait vieux, notre Mendel ! Ah ! on peut le dire, qu'il est vieux ! » Elle aurait bien aimé avoir à lui reprocher encore une foule d'autres défauts, mais comme elle estimait que la vieillesse constituait en soi un vice, elle trouvait une satisfaction suffisante à insister sur ce point. Lorsque Skowronnek entendait des diatribes de ce genre, il faisait remarquer à sa femme :

— Que veux-tu ? Nous sommes tous appelés à vieillir. Tiens, moi, par exemple, j'ai exactement le même âge que Mendel, et toi, on ne peut pas dire que tu rajeunisses non plus !

— Tu n'as qu'à te chercher une femme plus fraîche, répliquait Mme Skowronnek.

Elle était heureuse de tenir enfin un motif capable de mettre en branle une belle scène de ménage. Mendel, de son côté, connaissant l'évolution habituelle de ces disputes, n'avait pas été long à comprendre que la colère de Mme Skowronnek à l'adresse de son factotum finissait toujours par rejaillir sur son mari, étant donné qu'elle le savait ami de Mendel ; aussi craignait-il de perdre cette précieuse amitié.

Ce jour-là, Mme Skowronnek avait une raison toute particulière pour être fâchée contre Mendel Singer.

— Figure-toi, dit-elle à son mari, que depuis quelques jours mon couperet a disparu. Je jurerais bien que c'est Mendel qui me l'a pris. Si je lui en demande des nouvelles, il me dira qu'il n'en sait rien ! Il vieillit, c'est fou ce qu'il vieillit ! Il est vraiment en enfance.

Or, c'était bien vrai. Mendel Singer avait fait main basse sur le couperet de Mme Skowronnek et l'avait soigneusement dissimulé. Depuis longtemps il mûrissait en secret un grand projet qui devait être le dernier de son existence. Un soir, il estima que l'heure était venue pour la réalisation de son plan. Il fit semblant de s'endormir sur le divan pendant que les voisins étaient en grande conversation autour de Skowronnek. En réalité, Mendel ne dormait pas du tout. Il restait aux aguets, l'oreille tendue et les paupières closes. Il attendait l'instant où disparaîtrait le dernier des visiteurs.

Alors, il glissa la main sous l'oreiller du divan, en retira le couperet qu'il cacha aussitôt sous son cafetan et, d'un pas furtif, sortit dans la rue où la nuit tombait. Les réverbères n'étaient pas encore allumés, mais, déjà, on voyait la lumière des lampes éclairer l'une ou l'autre fenêtre d'un reflet jaunâtre. Mendel Singer se planta en face de la maison où naguère il avait habité avec Déborah. Il ne quittait pas des yeux les fenêtres de son ancienne demeure. Un jeune ménage s'y était installé, le fils de Frisch avec sa femme ; ils avaient ouvert, en bas de la même maison, une boutique de glacier de style moderne où l'on dégustait des *ice-creams*. Voici que déjà les deux jeunes gens sortaient de chez eux. Ils fermaient leur boutique, car ils allaient au concert. On les disait économes, voire quelque peu avares ; en tout cas, ils travaillaient sans relâche et, en outre, aimaient beaucoup la musique. Le père du jeune Frisch était autrefois, à Kovno, à la tête d'un orchestre qui jouait pour les noces. Aujourd'hui, le concert qu'ils allaient entendre était donné par un orchestre philharmonique qui venait d'arriver tout récemment d'Europe. Frisch en parlait déjà depuis plusieurs jours. A présent, c'était à cette séance que se rendait le jeune couple. Tout doucement, il traversa la rue, entra dans la maison, trouva à tâtons la rampe dont le contact lui était encore familier ; une fois en haut, il retira de sa poche toutes les clés dont il disposait. Il en avait ainsi une véritable collection, car il transportait toutes celles que lui confiaient les voisins dont il devait surveiller l'appartement en leur absence, quand ils allaient au cinéma. Il n'eut pas de peine à ouvrir la porte. Il s'enferma au verrou, se posa à plat ventre sur le sol et se mit à frapper sur toutes les lattes du plancher. L'enquête de Mendel dura très longtemps. Il était bien fatigué ; il se permettait de temps en temps un petit arrêt, puis reprenait son travail. Enfin, une planche rendit un son creux ; c'était justement l'endroit où se trouvait jadis le lit de Déborah. Mendel retira la crasse qui obstruait les rainures, introduisit le couperet dans le pourtour de la planche, la fit basculer et la redressa. Il ne s'était pas trompé et trouva là ce qu'il cherchait. Sa main rencontra le mouchoir noué solidement ; il le cacha dans son cafetan, remit la planche en place et se retira sans faire le moindre bruit. Il ne rencontra personne dans l'escalier. Non, personne n'avait pu le voir. Il ferma la boutique plus tôt que de coutume, ce soir-là, et se hâta de descendre le rideau métallique devant l'étalage. Il alluma la grande suspension à mèche circulaire et s'assit juste au-dessous du faisceau lumineux. Il dénoua le mouchoir et fit le compte de ce qu'il contenait : soixante-sept dollars, telle était la somme que Déborah avait mise de côté, tant en pièces qu'en billets de banque. C'était une belle somme, évidemment, mais ce n'était tout de même pas suffisant, et Mendel était déçu. En y ajoutant ses propres économies, produit des aumônes et des rémunérations que lui avaient rapportées divers petits travaux exécutés à domicile, il arrivait à un total exact de quatre-vingt-seize dollars. Ce n'était toujours pas assez. « Bon, ce sera encore l'affaire de quelques mois, murmura Mendel. J'ai bien le temps. »

Oui, il avait bien le temps. Il ne s'agissait plus que de vivre encore assez longtemps, jusqu'au bout. L'Océan tout entier, dans son immensité, s'étendait devant lui. Il allait falloir le traverser complètement, une fois encore. Elle attendait Mendel, l'eau sans fin de la mer. Et là-bas, c'était Zuchnow tout entier, Zuchnow et ses environs qui l'attendaient de même : et la caserne, et la forêt, les grenouilles des marécages, et les grillons qui chantent dans les prés. Si Ménouhim est mort, il repose dans le petit cimetière, et il attend, lui aussi. Mendel y trouvera à son tour le repos. Auparavant, il entrera dans la ferme de Samechkine ; mais cette fois, il n'aura plus peur des chiens — vous le mettriez en face d'un loup, qu'il n'aurait pas peur, à condition que ce soit un loup de Zuchnow. Malgré tous les insectes et les vers qui grouillent sur le sol, malgré les grenouilles et les sauterelles, il sera bien capable, Mendel, de s'étendre sur la terre nue. Les cloches de l'église sonneront à toute volée et lui rappelleront cette lueur attentive qui avait brillé un jour dans les yeux hagards de Ménouhim. Alors, Mendel répondra : « Eh bien ! oui, me voilà de retour, mon bon Samechkine ! Que d'autres s'en aillent courir le monde si c'est leur goût ! Pour moi, il n'y a plus de monde qui soit encore vivant. Je suis donc revenu pour trouver ici mon sommeil éternel. » La nuit a étendu son manteau bleu sur la campagne, les étoiles brillent, les grenouilles coassent, les grillons chantent, et tout au loin, dans la forêt profonde, quelqu'un s'est mis à fredonner la chanson de Ménouhim.

Là-dessus, Mendel s'endort, serrant dans sa main le précieux mouchoir bien noué.

Le lendemain matin, il se rendit dans l'appartement des Skowronnek et déposa le couperet sur le rebord du fourneau où le feu ne brûlait pas encore. Il se contenta de dire : « Tenez, madame Skowronnek, vous voyez, le couperet s'est retrouvé. »

Il avait l'intention de se retirer aussitôt, mais Mme Skowronnek le retint : « Ah ! oui, il s'est retrouvé tout seul ! Ce n'était pas malin. C'est vous qui l'aviez caché, naturellement. Et puis, dites-moi, vous aviez le sommeil bien lourd, hier soir. Nous sommes revenus, nous sommes restés longtemps à la porte du magasin et nous avons frappé fort. Personne ne vous en a parlé ? Il paraît que le jeune Frisch, celui qui est glacier, a quelque chose de très important à vous dire. Il faut que vous alliez tout de suite le trouver. »

Mendel eut un frisson de peur. Ainsi, quelqu'un avait dû le reconnaître, la veille ! Peut-être aussi était-on venu cambrioler l'appartement des Frisch en leur absence ; on soupçonnait Mendel d'avoir commis le méfait. Et puis, qui sait si cet argent était bien celui que Déborah avait mis de côté ? Si c'étaient les économies de Mme Frisch, après tout ? Dans ce cas, Mendel était un voleur. Ses genoux tremblaient.

— Permettez-moi de m'asseoir, demanda-t-il à Mme Skowronnek.

— Je vous permets de rester assis deux minutes, dit-elle, mais pas plus ; il va falloir que je fasse la cuisine.

— Quel genre de chose importante croyez-vous que ce soit ? questionna-t-il avec insistance.

Mais il se doutait bien, comme il la connaissait, que cette femme ne lui trahirait rien. Elle prenait plaisir à voir sa curiosité en éveil et gardait le silence. Puis elle estima qu'il était temps de le renvoyer.

— Je ne m'occupe pas des affaires des autres. Allez donc demander vous-même à Frisch, conclut-elle.

Mendel s'en alla, bien décidé à ne pas se rendre chez Frisch. L'affaire en question ne pouvait lui apporter que du désagrément. Ces choses-là finissent toujours par s'imposer d'elles-mêmes, et plus tôt qu'on ne le voudrait. A quoi bon les provoquer ? Mieux valait attendre. Mais voici que l'après-midi, les petits-enfants de Skowronnek vinrent en visite chez leurs grands-parents. Mme Skowronnek envoya Mendel chercher trois portions de glace à la fraise. Mendel franchit d'un pas hésitant le seuil de la boutique. Heureusement, Mr. Frisch n'était pas là. Ce fut sa femme qui s'empressa de dire à Mendel : « Mon mari a quelque chose de très important à vous communiquer. Revenez sans faute, pas plus tard que cet après-midi, n'est-ce pas ? »

Mendel fit semblant de n'avoir pas entendu. Son cœur battait à coups précipités ; on aurait dit qu'il avait envie de prendre le large. Mendel le contenait de ses deux mains. De toute façon, un danger le menaçait. Il était prêt à dire la vérité. Frisch accepterait bien de le croire. Si le glacier ne voulait pas croire Mendel, alors, ce serait la prison. Après tout, pourquoi pas ? Il mourrait en prison, au lieu de mourir à Zuchnow.

Il ne pouvait pas se décider à quitter les alentours de la boutique du glacier. Il faisait les cent pas devant. Il vit rentrer le jeune Frisch. Il avait l'intention d'attendre encore, mais ses pieds l'entraînèrent d'eux-mêmes chez le glacier. Il ouvrit la porte, ce qui déclencha une sonnerie stridente et, comme il n'avait plus la force de refermer la porte derrière lui, le signal avertisseur continuait son vacarme sans arrêt. Mendel, abasourdi, se trouvait prisonnier de ce bruit intolérable, à la merci de ces terribles vibrations sonores, incapable de bouger. Ce fut Mr. Frisch qui ferma lui-même la porte. Au milieu du silence qui triompha soudain du bruit, Mendel entendit Mr. Frisch en personne commander à sa femme : « Vite, une framboise à l'eau de Seltz pour Mr. Singer ! »

Depuis combien de temps n'avait-on plus appelé Mendel « Mr. Singer » ? A ces mots, pour la première fois il se rendit compte que depuis longtemps on ne l'appelait plus que « Mendel », dans l'intention de le contrarier. « C'est une mauvaise plaisanterie que Frisch veut me faire, pensa-t-il. Personne n'ignore, dans le quartier, à quel point ce jeune homme est avare. Il doit bien supposer, de son côté, que je n'ai pas l'intention de me payer un soda à la framboise. Je ne le boirai pas. »

— Non, non, merci, s'empressa de dire Mendel, je ne veux rien prendre.

— Vous n'allez tout de même pas nous refuser ça ? opina la jeune femme avec un sourire engageant.

— Voyons, voyons ! Vous ne me ferez pas cet affront ? continua Frisch, le glacier.

Et là-dessus, il entraîna Mendel, bon gré, mal gré, vers une petite table à pieds de fonte en volutes, forçant le malheureux à s'asseoir au fond d'un confortable fauteuil de rotin. Quant à lui, il prit place sur une chaise ordinaire, se rapprocha de Mendel et commença son récit :

— Vous savez, n'est-ce pas, Mr. Singer, qu'hier soir je suis allé au concert.

Le cœur de Mendel s'arrêta de battre. Il s'appuya au dossier du fauteuil et but une gorgée pour ne pas s'évanouir.

— Eh bien, continua Frisch, Dieu sait si j'en ai entendu, de la musique, dans ma vie ! mais, vraiment, une soirée comme celle d'hier c'était quelque chose d'unique ! Trente-deux exécutants, vous entendez bien, et presque tous de chez nous ! Savez-vous ce qu'ils ont joué ? Des airs juifs de là-bas ! Vous vous rendez compte ? Ça, c'est de la musique qui vous réchauffe le cœur. Je me suis mis à pleurer, et d'ailleurs tout le public pleurait aussi. A la fin, ils ont joué *La Chanson de Ménouhim*. N'est-ce pas, Mr. Singer, vous l'avez entendue au phono ? C'est un beau morceau, ça ?

« J'aimerais bien savoir où il veut en arriver », se

demandait Mendel. Et il répliqua : « Oui, oui, il est bien beau, cet air-là ! »

— Pendant l'entracte, je suis allé voir les musiciens. Il y avait un monde fou dans les coulisses. Ils voulaient tous les voir de près, les musiciens. Beaucoup de gens ont retrouvé des amis d'autrefois parmi les membres de l'orchestre, et moi aussi, figurez-vous, Mr. Singer, moi aussi j'en ai trouvé un.

A cet instant, Frisch s'arrêta. Des clients entraient dans la boutique. Ils déclenchèrent la sonnerie au timbre strident.

— Savez-vous ce que j'ai trouvé, moi ? interrogea Mr. Frisch. Voyons, buvez donc, ne vous gênez pas, Mr. Singer. Voilà que je me trouve tout à coup en face de mon cousin, de mon vrai cousin, vous savez, Berkovitch, de Kovno. Oui, le fils de mon oncle. Alors, nous nous embrassons, nous commençons à raconter tout ce que nous avons à nous dire et puis, brusquement, voilà Berkovitch qui me demande : « Est-ce que tu ne connaîtrais pas, par ici, un nommé Mendel Singer, qui ne doit plus être de la première jeunesse ? »

Frisch ménagea un nouveau temps d'arrêt. Mais Mendel Singer ne broncha pas. Il se contentait d'enregistrer le fait : un certain Berkovitch s'était enquis de l'existence d'un vieux bonhomme du nom de Mendel Singer.

— Bon, reprit Frisch, je lui ai naturellement répondu que je connaissais un Mendel Singer qui habitait autrefois à Zuchnow. « Alors, c'est lui, s'est écrié Berkovitch. Voilà : notre chef, celui qui dirige notre orchestre, c'est un grand compositeur. Il est tout jeune encore, mais c'est un génie. C'est lui qui a écrit presque tous les morceaux que nous jouons. Il s'appelle Alexis Kossak et il est aussi de Zuchnow.

— Kossak, répéta Mendel. Ma femme était née Kossak. Ce doit être un parent à nous.

— Probablement, dit Frisch, et d'ailleurs ce Kossak m'a tout l'air de tenir beaucoup à retrouver votre piste. Il a sans doute une commission à vous faire. Moi, je suis chargé de vous demander si vous acceptez d'entrer en rapport avec lui. Ou bien vous pourriez aller le trouver à son hôtel, ou bien j'écris un mot à Berkovitch pour lui donner votre adresse.

Mendel se sentait allégé d'un gros poids, mais en même temps étrangement oppressé. Il but les dernières gouttes de son soda à la framboise, s'adossa au fond de son fauteuil et déclara :

— Je vous remercie bien, Mr. Frisch. Mais cette affaire ne m'intéresse pas tellement. Voyez-vous, ce Kossak, ce qu'il pourrait me raconter ce sont des choses bien tristes que je connais déjà. Et d'autre part, tenez, je vais vous dire la vérité : j'ai déjà eu plus d'une fois l'intention de m'adresser à vous pour vous demander un conseil. Si je ne fais pas erreur, votre frère est bien directeur d'une agence de voyages qui procure des billets pour les transatlantiques ? Voyez-vous, je veux m'en retourner chez nous, à Zuchnow. Ce n'est plus en Russie, je sais bien. Tout a changé, là-bas. Qu'est-ce que ça coûte aujourd'hui, un billet pour faire la traversée jusqu'en Europe ? Et si vous pouviez me dire quels papiers il me faudrait pour avoir le droit de partir... Parlez-en à l'occasion à votre frère, mais, je vous en prie, n'en dites rien à personne d'autre.

— Entendu, je vais me renseigner, répondit Frisch. Seulement, j'en suis bien sûr, cela doit être trop cher pour vous. Et songez donc, à votre âge ! Vous pourriez peut-être avoir, par ce Kossak qui veut vous voir, des renseignements intéressants. Qui sait s'il ne pourrait pas vous prendre avec lui pour le voyage de retour ? Il n'a pas l'intention de rester longtemps à New York. Vous ne voulez pas que je donne votre adresse à Berkovitch ? Ce serait la meilleure solution. Parce que, tel que je vous connais, je suis bien sûr que vous n'irez pas le trouver à son hôtel.

— Non, acquiesça Mendel, vous avez raison, je n'irai sûrement pas. Enfin, écrivez à votre cousin, si vous y tenez.

Il se leva.

Frisch le força à se rasseoir dans le fauteuil.

— Attendez un instant, ajouta-t-il. Mr. Singer, j'ai rapporté le programme de la séance. Tenez, voilà la photo de ce Kossak dont je vous ai parlé.

Et, entrouvrant son veston, il sortit de la poche intérieure un programme volumineux qu'il déploya sous les yeux de Mendel pour lui permettre de bien voir le portrait de l'artiste.

— C'est un beau jeune homme, opina Mendel. Il examina la photographie avec attention. La feuille imprimée était déjà bien abîmée ; le papier n'était plus très propre et l'image, vue de près, semblait se décomposer en un million de molécules microscopiques. Malgré tout, le visage du musicien semblait surgir du programme avec une vie intense pour se présenter à Mendel tel qu'il était. Mendel avait l'intention de rendre aussitôt le feuillet à son propriétaire, mais il le garda néanmoins entre ses mains sans pouvoir en détacher son regard. Le front de l'artiste était large, très blanc sous des cheveux très noirs, comme un grand palet bien lisse, illuminé par le soleil. Ce front surplombait d'immenses yeux clairs. Ils plongeaient tout droit dans ceux de Mendel Singer qui, de son côté, ne pouvait échapper à leur emprise. A leur vue, il se sentait joyeux, léger ; du moins en avait-il l'impression. Il lisait dans le rayonnement de ces prunelles une immense sagesse ; on aurait dit les yeux d'un vieillard et, en même temps, ceux d'un être très jeune. Ces yeux-là savaient tout ; le monde entier se reflétait en eux. A force de les regarder, Mendel se sentait rajeunir ; il se retrouvait au seuil de sa propre jeunesse, ignorant toute chose. Pour tout ce qui lui restait à apprendre, il comptait désormais sur ces yeux-là pour le lui enseigner. Quand il était petit encore, il les avait déjà vus, ces yeux, il les avait vus dans la réalité et il les avait vus en rêve. Voici bien des années déjà, quand il avait commencé à aller en classe pour apprendre la Bible, c'est ainsi qu'il voyait les yeux des prophètes. Seuls, les hommes auxquels Dieu a parlé en personne peuvent posséder de tels yeux. Ils savent tout, ils n'en trahissent rien, et la lumière demeure à l'intérieur d'eux-mêmes.

Mendel contempla longtemps encore le portrait. Puis il se décida à dire :

— Si vous me le permettez, Mr. Frisch, je l'emporterai chez moi.

Il replia le programme avec soin et s'en alla.

Il s'en alla jusqu'au coin de la rue, déploya le feuillet, le considéra un moment et le remit dans sa poche. Il avait l'impression qu'un temps infini s'était écoulé depuis l'instant où, une heure à peine auparavant, il était entré chez le glacier. C'est qu'en fait il fallait y ajouter toutes les années qui, par milliers, avaient laissé leur reflet dans les yeux de Kossak et aussi les années qui s'étaient écoulées depuis l'enfance de Mendel, depuis ce temps où il était encore assez naïf pour pouvoir s'imaginer le visage des prophètes. Il eut envie de revenir sur ses pas, de demander l'adresse de la salle où avait eu lieu le concert, où l'orchestre de Kossak se faisait entendre, et de s'y rendre. Mais il n'osait pas. Il rentra chez Skowronnek, au magasin ; il raconta qu'un parent de sa femme se trouvait actuellement en Amérique et cherchait à le rencontrer. Il s'était permis, dit-il, de lui faire parvenir, par l'intermédiaire de Frisch, l'adresse où l'on pouvait l'atteindre actuellement.

« A propos, demain soir, lui dit Skowronnek, tu viendras manger chez nous, comme tous les ans. » Ce repas dont il s'agissait, c'était la première veillée de la Pâque. Mendel fit, du menton, un signe d'acquiescement. Il aurait préféré rester dans son arrière-boutique, car il savait d'avance quels regards obliques lui lancerait Mme Skowronnek tout en lui servant, à contrecœur, d'une main parcimonieuse, sa portion de soupe et de poisson. « Tant pis, conclut-il intérieurement, ce sera la dernière fois ; dans un an, je serai à Zuchnow, mort ou vivant. Plutôt mort que vivant, je l'espère bien. »

Le lendemain, pour le dîner, il fut le premier des invités à se présenter chez ses amis, mais il fut le dernier à se mettre à table. Il avait pris soin d'arriver en avance pour ne pas fâcher Mme Skowronnek, et, en s'installant à sa place le plus tard possible, il désirait montrer qu'il s'estimait être le personnage le moins considérable de toute l'assistance. A présent, tous étaient là : la maîtresse de maison, les deux filles de Skowronnek avec leur mari et leurs enfants, un voyageur de commerce, étranger à la famille, qui fournissait à Skowronnek ses stocks de musique et de disques, et enfin Mendel. Il était assis au bout de la table à laquelle on avait rajouté une planche de bois blanc en guise de rallonge. De ce fait, Mendel n'avait plus pour unique souci celui de maintenir la paix sous le toit de son hôte ; il avait, en outre, celui d'assurer sans défaillance l'équilibre entre la vraie table et son prolongement de fortune. Une de ses mains devait soutenir constamment l'extrémité de la planche, afin qu'on pût y poser sans danger une assiette ou un plat de faïence. Six grosses bougies, d'un blanc immaculé, brûlaient dans six chandeliers d'argent posés sur une nappe parfaitement blanche. L'éclat de la toile empesée renvoyait comme un miroir la lumière des six flammes en enfilade. Pareils à des hommes d'armes, tout de blanc et d'argent vêtus, tous les six de taille identique, ils semblaient monter la garde, les six chandeliers rituels, alignés en avant du maître de céans. Skowronnek, vêtu de blanc lui aussi, s'était assis sur un coussin blanc, ayant pour dossier un deuxième coussin blanc. Monarque de blancheur que ne souillait nul péché, sur son trône sans tache il présidait la fête. Combien d'années s'étaient-elles écoulées depuis le temps où Mendel, costumé de même, fidèle aux mêmes rites, présidait, lui aussi, en maître de maison, pareille table et pareille fête ? Aujourd'hui, il se cachait là, voûté, vaincu, à l'extrême bout de la table, dans ses vieux habits verdâtres et lustrés ; il était, de tous les convives, le plus misérable, soucieux de se montrer le plus discret possible, conscient de n'apporter à la fête qu'une participation bien minime. Les pains azymes de la Pâque, dissimulés sous une serviette blanche, formaient un monticule neigeux dont le blanc faisait encore mieux ressortir le vert intense des herbes aromatiques, à côté du rouge foncé des betteraves et du jaune cru des racines de raifort. A chaque place, devant chaque invité, un volume des livres saints était ouvert à la page où était relaté le départ des Juifs sur le point de quitter l'Égypte. Skowronnek entama la lecture psalmodiée du texte sacré ; toute l'assistance répéta ses paroles. Puis tous se joignirent à lui pour chanter en chœur, à l'unisson, la mélodie apaisante, optimiste qui accompagne le dénombrement des divers miracles dont le compte n'est jamais fini et dans lesquels se reflètent toujours les mêmes vertus du Seigneur : sa grandeur, sa bonté, sa clémence, sa prédilection pour Israël et sa colère contre Pharaon. Même le voyageur de commerce, qui ne savait pas lire l'hébreu et ne comprenait rien aux coutumes juives, subissait malgré lui le charme de cette mélodie dont les notes l'enveloppaient, sinueuses et caressantes, tant et si bien qu'il se mit soudain à la fredonner lui aussi sans vraiment s'en apercevoir. Et les accents de cette musique exerçaient sur Mendel une action analogue, calmante ; elle le réconciliait avec le ciel, avec ce ciel qui, quatre mille ans auparavant, avait si généreusement répandu sur la terre ses miracles réconfortants. L'amour que Dieu avait témoigné à son peuple entier semblait inciter Mendel à se résigner presque de bon cœur à ce piètre destin qui se trouvait être son lot. Il ne joignait pas encore sa voix à celles du chœur, Mendel Singer. Mais son buste oscillait en avant, en arrière, comme jadis, selon le rythme berceur du chant que répétaient les autres. Il entendait les petits-fils de Skowronnek chanter avec des voix aiguës qui lui rappelaient celles de ses propres enfants. Il revoyait le pauvre Ménouhim aux gestes maladroits, installé à la table de fête sur un siège surélevé dont il n'avait pas l'habitude. Seul, son père jetait de temps en temps, pendant que tous chantaient, un regard furtif sur son benjamin si déshérité. Il voyait passer une lueur attentive dans les yeux mornes de l'enfant ; il devinait que le petit s'efforçait en vain de communiquer aux autres la musique qui était en lui et de chanter ce qu'il entendait. C'était le seul soir de l'année où Ménouhim portait, comme ses frères, un veston neuf ; le col blanc de sa chemise, en l'honneur de la solennité, s'ornait d'un motif rouge brique qui en faisait le tour et sur lequel reposait le double menton ridé de l'enfant. Quand Mendel l'aidait à boire un peu de vin, il avalait goulûment, d'un seul trait, la moitié de la timbale ; puis, aussitôt, il se mettait à tousser et à cracher de tous côtés, tandis qu'on pouvait lire sur son visage l'ébauche maladroite d'un sentiment. Avait-il envie de rire ou de pleurer ? Nul n'aurait pu le dire.

Tous ces souvenirs refluaient à la mémoire de Mendel pendant qu'il balançait son buste selon le rythme du chant qu'exécutaient ses voisins de table. Il remarqua que les autres étaient arrivés beaucoup plus loin que lui dans le texte ; il s'empressa de tourner plusieurs pages à la fois. Ensuite, il prit bien soin, avant d'avoir à se lever, de dégager le coin où il était assis et d'en écarter les assiettes afin d'éviter un malheur possible au moment où il serait obligé de lâcher la planche. Car l'instant approchait où l'on allait remplir de vin la coupe pourpre et ouvrir la porte pour faire entrer au milieu de l'assemblée le prophète Élie. Déjà le verre, brillant comme un rubis taillé, attendait l'hôte ; les six chandeliers reflétaient leurs flammes sur le pourtour bombé de la coupe. Mme Skowronnek leva la tête et lança à Mendel un regard significatif. Il se leva, se traîna lentement jusqu'à la porte qu'il ouvrit. Skowronnek entonna alors l'invitation à l'adresse du prophète. Mendel attendit qu'elle fût terminée, car il n'avait pas envie de faire deux fois le chemin de la table à la porte et vice versa. Il referma donc la porte, s'en retourna à sa place, installa de nouveau son poing fermé sous la rallonge qu'il s'agissait de soutenir, et les cantiques reprirent.

Une minute à peine s'était écoulée depuis que Mendel s'était assis lorsqu'on frappa à la porte. Tous entendirent nettement frapper, mais chacun pensa être l'objet d'une illusion. En cette veillée de fête, tous les amis de la famille restaient chez eux ! Les rues du quartier étaient vides, et pour longtemps. Il ne pouvait donc pas être question d'une visite à pareille heure. C'était le vent, certainement, qui heurtait la porte. « Mendel, remarqua Mme Skowronnek, vous n'avez pas bien fermé la porte. » A ce moment, on frappa une seconde fois, nettement et avec plus d'insistance qu'auparavant. Tous retinrent leur souffle. L'odeur des cierges, les effluves du vin, l'éclairage insolite avec ses lueurs d'ambre, et la hantise des airs anciens avaient suscité à tel point, chez les enfants et les grandes personnes, l'attente instinctive d'un miracle que tous, pour un instant, sentirent leur respiration s'arrêter. Désemparés, livides, ils échangeaient des regards anxieux comme pour se demander les uns aux autres si ce n'était pas vraiment le prophète qui désirait qu'on lui ouvrît. Pour toutes ces raisons, le silence demeura absolu et personne n'osa faire le moindre geste. Finalement, Mendel fut le premier à se mouvoir. Une fois de plus, il poussa les assiettes vers le milieu de la table, se traîna lentement vers la porte et l'ouvrit. Il distingua dans la pénombre de l'entrée la haute silhouette d'un inconnu qui lui dit bonsoir et demanda la permission d'entrer. Non sans peine, Skowronnek se souleva au milieu de ses coussins blancs ; il alla jusqu'à la porte, considéra l'étranger et lui dit : « *Please* », ainsi qu'il avait appris à le faire en Amérique. L'inconnu entra. Il portait un pardessus foncé dont le col était relevé ; il gardait son chapeau sur la tête, probablement en signe de respect pour la fête qui se célébrait là et que son arrivée venait d'interrompre, peut-être aussi parce que tous les hommes présents, assis à la table, gardaient la tête couverte.

« C'est certainement quelqu'un de bien », se dit Skowronnek, et sans prononcer un seul mot, il se mit en devoir de déboutonner le pardessus de l'étranger. Le nouveau venu s'inclina et expliqua :

— Je m'appelle Alexis Kossak. Je vous prie de m'excuser. Oui, je vous dérange, excusez-moi, je vous en prie. On m'a dit que je trouverais chez vous quelqu'un qui est originaire de Zuchnow et dont le nom est Mendel Singer. Je désirerais lui parler.

— C'est moi, répondit Mendel qui alla droit au nouvel invité. — Il leva la tête. Son front n'atteignait pas plus haut que l'épaule de l'étranger. — Monsieur Kossak, continua Mendel, j'ai déjà entendu parler de vous. Nous sommes parents, n'est-ce pas ?

— Retirez donc votre pardessus et venez vous asseoir à notre table, dit Skowronnek.

Mme Skowronnek se leva. Tous les convives se serrèrent un peu pour faire place à l'arrivant. Le gendre des Skowronnek alla chercher une chaise supplémentaire qu'il posa contre la table. L'inconnu suspendit son pardessus à un clou et s'assit vis-à-vis de Mendel. On posa devant lui une coupe de vin. « Ne vous dérangez pas pour moi, je vous en prie, reprit Kossak ; continuez à prier. »

Ils reprirent donc leurs psalmodies. Le nouveau venu à la silhouette mince demeurait, sans rien dire, à sa place. Mendel ne cessait pas de l'examiner. Quant à Alexis Kossak, il regardait inlassablement Mendel Singer. Ils restaient ainsi, assis en face l'un de l'autre, pris tous deux dans les remous du chœur des convives, mais en réalité séparés tous les deux de cette communauté.

Il leur était agréable, à l'un comme à l'autre, d'être empêchés par la présence des invités d'engager déjà une conversation. Mendel cherchait les yeux de l'étranger ; lorsque Kossak les baissait, le vieux Mendel aurait voulu, s'il l'avait osé, prier l'étranger de les garder grands ouverts. Rien, dans ce visage d'homme, ne rappelait à Mendel Singer un être qu'il eût pu connaître. Seuls, les yeux, derrière des verres sans monture visible, éveillaient en lui l'impression d'un souvenir familier. Le regard de Mendel revenait sans cesse à eux, comme on revient vers le pays natal, quand bien même on n'en verrait que deux lumières bien douces, à l'éclat voilé derrière deux fenêtres — deux lumières perdues au milieu d'un paysage déconcertant, aussi déconcertant, aussi impénétrable que l'était le visage mince, pâle et juvénile du nouveau venu. Ses lèvres, elles aussi, étaient minces ; très lisses, immobiles, elles ne s'ouvraient pas. « Si j'étais son père, pensa Mendel, je lui dirais : « Souris donc un peu, Alexis ! » Tout doucement il sortit de sa poche la photo du programme, la déploya sous la table pour ne pas déranger l'assistance, et puis il tendit la feuille à l'étranger par-dessus la table. Celui-ci la prit en main et esquissa un sourire discret, fugitif, qui ne dura qu'une seconde.

Les chants s'interrompirent et le repas commença. Mme Skowronnek posa devant le nouvel invité une assiette de potage brûlant et Mr. Skowronnek l'invita aimablement à prendre part à leur dîner de fête. Le voyageur de commerce en disques et musique entama avec Kossak une conversation en anglais à laquelle Mendel ne comprit absolument rien. Là-dessus, le voyageur expliqua à l'assemblée que Kossak était un jeune génie, qu'il ne resterait plus qu'une semaine à New York et qu'il allait se permettre d'envoyer à tous les invités de ce soir des entrées gratuites pour le dernier concert que donnerait son orchestre avant son départ. A part cela, il n'y eut pas moyen d'amorcer un autre entretien. On se mit à manger avec une hâte fort peu solennelle afin de voir arriver plus vite la fin des rites immuables. Une fois sur deux, dès qu'on s'apprêtait à goûter un morceau de quoi que ce fût, c'était une occasion d'échanger mille politesses entre l'étranger et ses hôtes. Mendel, lui, ne disait rien. De peur de contrarier Mme Skowronnek, il se dépêchait d'avaler sa part de festin plus rapidement encore que les autres pour ne pas risquer d'être une cause de retard au milieu de l'accélération générale. Tout le monde fut content lorsque le repas se trouva enfin terminé et l'assemblée s'empressa de reprendre sa psalmodie sacrée pour chanter les derniers miracles qui restaient encore à dénombrer. Skowronnek pressa le mouvement : plus vite, allons, toujours plus vite ! Les femmes n'arrivaient pas à suivre ce rythme effréné. Mais lorsqu'on en fut aux psaumes, le maître de maison changea de voix, et même de mouvement, comme l'exigeait la mélodie. Les mots qu'il prononçait alors avaient, dans leur résonance propre, quelque chose d'envoûtant à tel point que Mendel lui-même ne pouvait s'empêcher de répéter comme les autres « Alléluia, alléluia ! » à la fin de chacune des strophes. Il secouait la tête, et, à chaque coup, sa longue barbe venait effleurer la page à laquelle le livre était ouvert. Ce contact produisait un léger frémissement ; on aurait dit que la barbe de Mendel tenait à prendre part toute seule à la prière, sans doute pour compenser le manque d'ardeur des lèvres, trop paresseuses pour une telle solennité.

A présent, on n'allait pas tarder à terminer pour de bon. Les bougies étaient consumées jusqu'à mi-hauteur ; la table avait perdu son aspect net et imposant. On voyait des taches et des restes d'aliments sur la belle nappe blanche ; les petits-enfants Skowronnek commençaient déjà à bâiller. Enfin on s'arrêta à la dernière page du livre. Skowronnek prononça alors, en haussant le ton, la phrase de souhait traditionnelle : « L'an prochain, à Jérusalem ! » Tous la répétèrent en chœur, refermèrent leur livre d'un coup sec et se tournèrent vers le nouveau venu. C'était maintenant à Mendel d'interroger le visiteur. Le vieillard se racla la gorge et esquissa un sourire pour poser sa question :

— Alors, monsieur Alexis, qu'est-ce que vous vouliez me raconter ?

L'étranger répondit d'un ton discret :

— Voyez-vous, monsieur Singer, il y a bien longtemps que vous auriez reçu de mes nouvelles si j'avais connu votre adresse. Mais après la guerre, il ne s'est trouvé personne pour me la donner. Le gendre de Billes, vous savez, le musicien, est mort de la fièvre typhoïde. A Zuchnow, votre maison était complètement vide, car la fille de Billes s'était réfugiée chez ses parents. Eux, à cette époque, ils habitaient déjà à Doubno. Alors des soldats autrichiens se sont installés dans votre maison, à Zuchnow. Donc il fallait attendre. Quand la guerre a été finie, j'ai écrit ici à mon impresario pour lui demander de faire des recherches. Mais il n'a pas dû être très débrouillard, car il m'a répondu qu'il était impossible de vous trouver.

— Cela me fait de la peine que le gendre de Billes soit mort si jeune, opina Mendel qui, en disant ces mots, songeait à Ménouhim.

— Mais, d'autre part, reprit Kossak, j'ai une bonne nouvelle à vous apprendre. — Mendel leva la tête. — J'ai racheté votre maison. Oui, je l'ai achetée au vieux Billes, par-devant témoins, et sur la base d'une estimation officielle. Mais c'est à vous que je m'en vais à présent verser la somme.

— Et cela fait combien ? demanda Mendel.

— Trois cents dollars, répondit Kossak.

Mendel porta la main à sa barbe qu'il se mit à caresser et à peigner du bout de ses doigts tremblants :

— Je vous en remercie, dit-il.

— Quant à votre fils Jonas, continua Kossak, il est porté disparu depuis l'année 1915. Personne n'a pu me donner de ses nouvelles, ni à Saint-Pétersbourg, ni à Berlin, ni à Vienne, pas même la Croix-Rouge suisse. Je me suis adressé partout, soit personnellement, soit par des intermédiaires. Mais, il y a deux mois, j'ai rencontré un jeune homme qui venait de Moscou. Il s'était enfui en passant la frontière polonaise, car, vous le savez sans doute, à présent Zuchnow fait partie de la Pologne. Eh bien, ce jeune homme avait été un camarade de Jonas, dans le même régiment. Il m'a raconté que, par hasard, il avait eu des nouvelles de votre fils : il paraîtrait que Jonas serait vivant et qu'il combattrait actuellement dans les rangs de l'armée blanche. Évidemment, il est très difficile dans les conditions présentes d'obtenir des renseignements sur lui. Cependant, il ne faudrait quand même pas abandonner pour autant toute espérance.

Mendel était sur le point d'ouvrir la bouche pour s'enquérir de Ménouhim. Mais son ami Skowronnek avait deviné quelle question il allait poser; certain qu'elle entraînerait une réponse de deuil, il s'empressa de couper la parole au vieux Singer, car il était bien décidé à éviter, en ce soir de fête, autant que possible, toute conversation affligeante ou, tout au moins, à en repousser la nécessité inéluctable jusqu'à l'extrême limite permise. Skowronnek se hâta donc de demander :

— Écoutez, monsieur Kossak, ce n'est pas souvent que nous avons le plaisir de voir parmi nous un homme célèbre comme vous l'êtes. Est-ce que vous ne voudriez pas, par la même occasion, nous faire un plaisir plus grand encore en nous racontant, par exemple, certains détails sur ce que vous avez vécu. Comment se fait-il que vous ayez pu survivre à toutes les horreurs de la guerre, à la révolution et à tous les dangers qui vous ont entouré ?

L'étranger ne s'était probablement pas attendu à une question de ce genre, car il hésita à répondre. Il baissait les yeux comme quelqu'un qui éprouve un sentiment de honte ou qui a besoin de beaucoup réfléchir. Enfin, après un certain temps, il se décida à expliquer :

— Je n'ai pas connu d'aventures extraordinaires. Dans mon enfance, j'ai été longtemps malade; mon père était un pauvre maître d'école, comme M. Mendel Singer dont, vous le savez, je suis parent. Je vous expliquerai par la suite dans quelle mesure exactement je suis apparenté à sa femme. Bref, en raison de mon état de santé, et aussi parce que nous étions pauvres, il s'est trouvé qu'on m'a envoyé dans une grande ville, dans le service public d'un institut de médecine. On me traitait très bien, là-bas ; un des médecins m'a pris en affection. Quand j'ai été tout à fait guéri, il m'a gardé chez lui, et c'est là — à cet instant, Kossak baissa la voix et pencha la tête en avant, comme pour parler uniquement à la table, ce qui incita toute l'assistance à retenir son souffle pour mieux l'entendre — c'est là qu'un beau jour je me suis assis au piano. Alors, je me suis mis à jouer de petits airs à moi, que j'avais trouvés dans ma tête. Bientôt, la femme du médecin eut l'idée de transcrire mes chansons noir sur blanc, sur du papier à musique. La guerre, voyez-vous, la guerre m'a donné ma grande chance. J'ai été versé dans la musique militaire, on m'a placé à la tête de la fanfare du régiment. De cette façon, je suis resté tout le temps à Saint-Pétersbourg et j'ai même eu quelquefois l'occasion de jouer en présence du tsar. Après la révolution, mes musiciens ont trouvé moyen de passer avec moi à l'étranger. Quelques-uns ont fini par me quitter, mais il y en a eu de nouveaux qui sont venus les remplacer. A Londres, une agence de concerts nous a proposé un contrat ; nous nous sommes mis d'accord et voilà comment s'est formé cet orchestre dont, à présent, je suis le chef.

Tous les assistants continuaient à tendre l'oreille, quoique l'étranger eût terminé depuis longtemps son récit. Mais ses paroles n'avaient pas fini de vibrer à travers la pièce ; pour plusieurs des convives, elles commençaient seulement à éveiller un écho en eux. Kossak ne parlait le dialecte juif qu'avec une certaine difficulté ; il glissait souvent dans son récit des membres de phrases entièrement en russe. Ces termes-là, les Skowronnek et Mendel lui-même ne les comprenaient pas mot pour mot ; ils en devinaient néanmoins le sens, dans l'ensemble. Les gendres de Skowronnek, qui étaient encore tout petits lorsqu'ils avaient émigré en Amérique, ne saisissaient guère que la moitié de cette histoire et ils demandaient à leur femme de leur traduire en anglais ce que venait de raconter l'étranger. Quant au représentant en disques et musique, il répétait consciencieusement à haute voix la biographie complète de Kossak, afin de bien la graver dans sa mémoire. Les bougies s'étaient consumées et se réduisaient à de petits lumignons qui s'étalaient au bord des chandeliers. L'obscurité envahissait la pièce ; les petits-enfants s'étaient endormis sur leur chaise, la tête en biais sur l'épaule. Pourtant, personne ne faisait mine de s'apprêter à partir. Et voilà même que Mme Skowronnek s'en allait chercher deux bougies neuves pour les fixer dans la cire encore chaude des premières, déjà consumées. Son geste constituait, en quelque sorte, la seconde inauguration de la soirée. Le respect que lui inspirait jadis Mendel Singer était en train de ressusciter. Leur hôte imprévu était, à coup sûr, un homme célèbre puisqu'il avait joué devant le tsar ; il portait au doigt une bague étrange et une perle dans sa cravate. Le tissu de son complet venait certainement d'Europe ; on devinait qu'il était de qualité supérieure, et elle s'y connaissait, dans ce domaine, Mme Skowronnek : son père tenait jadis un commerce de tissus. Donc, il était impossible de laisser cet étranger raccompagner Mendel chez lui, c'est-à-dire dans l'arrière-boutique de leur magasin. Pour cette raison, son mari ne fut pas peu surpris de l'entendre dire :

— Monsieur Singer, vous voyez que vous avez bien fait de venir chez nous aujourd'hui. Vous savez, d'ordinaire, ajouta-t-elle en se tournant vers Kossak, il est modeste et si discret qu'il refuse toutes mes invitations. Dieu sait pourtant que nous le traitons, à notre foyer, comme si c'était l'aîné de nos enfants !

Skowronnek l'interrompit pour lui suggérer :

— Dis donc, si tu nous faisais encore un peu de thé ?

Et tandis qu'elle se levait, il continua, à l'adresse de Kossak :

— Vous savez, nous tous ici, voilà longtemps que nous connaissons vos chansons. C'est bien de vous, n'est-ce pas, *La Chanson de Ménouhim* ?

— Oui, répondit Kossak. C'est de moi.

Cette question semblait lui avoir causé un certain déplaisir. Il jeta un regard rapide vers Mendel Singer et lui demanda :

— Votre femme est morte, je crois ?

Mendel, de la tête, indiqua que oui.

— Et si je ne fais pas erreur, vous avez bien encore une fille ?

Au lieu de Mendel, ce fut Skowronnek qui s'empressa d'expliquer :

— Ah ! c'est bien triste ; la mort de sa mère, avec celle de son frère Sam, a fini par troubler sa raison. Elle est actuellement dans une maison de santé.

La tête de l'étranger retomba une fois de plus en avant. Mendel se leva et sortit de la pièce.

Il aurait voulu demander des nouvelles de Ménouhim, mais il n'en avait pas le courage. Il savait d'avance ce que lui répondrait le musicien. Pour simplifier les choses, il prenait le rôle de l'étranger et se donnait à lui-même la réponse :

« Ménouhim est mort depuis longtemps. Il a eu une fin misérable. »

Il se répétait cette phrase à satiété et, d'avance, en goûtait toute l'amertume afin de pouvoir garder son calme quand il l'entendrait prononcer ensuite, réellement. Sentant qu'au fond de son cœur une pauvre étincelle d'espoir tentait malgré tout de jaillir, il faisait de son mieux pour l'éteindre. « Si Ménouhim était vivant, se disait-il, cet étranger aurait commencé par me l'apprendre, oui, dès le début. Allons donc ! Ménouhim est mort depuis longtemps. Cette fois je vais lui poser carrément la question, pour en finir avec cet espoir stupide ! » Néanmoins, il ne se décidait pas encore. Il se contenta de se fixer un dernier délai au bout duquel il agirait. Comme il avait entendu Mme Skowronnek s'affairer bruyamment à la cuisine autour de la bouilloire à thé, il avait trouvé là un bon prétexte pour quitter la pièce, feignant de se rendre utile à la maîtresse de maison comme il en avait l'habitude.

Mais aujourd'hui elle le renvoya aussitôt vers les convives de la Pâque. Pensez donc, un homme qui possède trois cents dollars et qui compte dans sa parenté un monsieur aussi distingué que celui-là !

— Voyons, voyons, Mr. Mendel, objecta-t-elle, ce ne serait pas correct de laisser tout seul votre invité !

D'ailleurs, elle avait terminé ses préparatifs. Les verres étaient à présent remplis de thé, bien disposés sur un large plateau qu'elle prit de ses deux mains avant de regagner la pièce, suivie de Mendel. La vapeur chaude du liquide bouillant montait dans l'air. Cette fois-ci, Mendel était fermement décidé à poser la question ; il parlerait de Ménouhim. Skowronnek, lui aussi, de son côté, sentait bien qu'il n'y avait plus moyen de repousser davantage cette épreuve. Il préféra donc interroger lui-même l'étranger ; puisque son ami Mendel ressentirait forcément une vive douleur en entendant la réponse, il fallait au moins lui éviter auparavant la torture d'avoir à prononcer la question fatale.

— Mon ami Mendel avait encore un autre fils, un pauvre garçon qui était malade et qui s'appelait Ménouhim. Savez-vous ce qu'il est advenu de lui ?

De nouveau, l'étranger se refusa à répondre. Il tournait sans cesse sa cuillère au fond de son verre pour écraser le sucre. On aurait dit qu'il cherchait à lire dans son thé la réponse attendue, car il ne quittait pas des yeux le verre aux tons fauves qui contenait son breuvage. Puis, sans lâcher sa cuillère, qu'il tenait entre le pouce et l'index, sans arrêter non plus le mouvement circulaire qu'exécutait lentement sa main basanée, de forme élégante, il se résolut enfin à proclamer d'une voix sonore, avec une force inattendue, cette phrase qui avait la brusquerie d'une décision subite :

— Ménouhim est vivant !

Ces mots ne rendent pas le son d'une simple réponse neutre ; on dirait plutôt un cri de triomphe. Et ce cri déchaîne aussitôt un grand rire qui jaillit de la poitrine de Mendel Singer. Toute l'assistance en demeure sidérée et les regards s'immobilisent sur le vieillard. Mendel n'a pas bougé du siège auquel il est adossé et un rire convulsif le secoue violemment. Son dos est si voûté qu'il ne touche pas tout à fait le dossier de la chaise. De ce fait, il existe en haut un espace considérable entre le dossier et la nuque ridée de Mendel; on voit de petits poils follets tout blancs qui viennent frisotter en bordure du col élimé de son cafetan. La longue barbe de Mendel s'agite furieusement; on pense, en la voyant, à un drapeau blanc qui claque au vent; elle a, semble-t-il, envie de rire, elle aussi, à sa manière. De la gorge de Mendel s'échappent tour à tour des notes profondes comme celles d'un orgue et de petits gloussements guillerets. La peur s'empare de l'assemblée tout entière. Skowronnek se dégage à grand-peine des coussins entassés qui lui servent de trône; bien que son long vêtement blanc le gêne quelque peu pour marcher, il fait le tour complet de la table jusqu'à la place de Mendel, se penche vers lui et prend dans les siennes les deux mains de son ami. Alors le rire de Mendel cesse aussitôt et, d'une seconde à l'autre, voilà qu'il pleure, il sanglote; de ses yeux usés, à demi voilés, de grosses larmes s'échappent. Elles descendent dans sa barbe broussailleuse. Les unes s'y perdent au milieu d'inextricables maquis; d'autres s'attardent dans les poils blancs, conservant la forme parfaite de petites sphères de cristal.

Mendel s'est enfin calmé. Il lève son visage vers Kossak, le considère posément et répète la phrase magique :

— Ménouhim est vivant!

L'étranger regarde Mendel de ses yeux tranquilles et reprend :

— Ménouhim est vivant; il est en bonne santé, et je peux même affirmer qu'il se trouve dans d'excellentes conditions.

Mendel joint les mains et il les lève, aussi haut qu'il peut, dans la direction du plafond. Il voudrait, mais en vain, se détacher de son siège, car il a l'impression qu'il devrait maintenant se lever, se redresser, allonger sa taille, grandir, grandir, dépasser le toit de la maison et toucher le ciel de ses doigts. Il ne peut plus désunir ses mains jointes. Il jette à Skowronnek un regard de prière et son vieil ami comprend aussitôt quelle question décisive Mendel attend qu'il pose à sa place.

— Et où se trouve actuellement Ménouhim? demande Skowronnek.

Alors Alexis Kossak répond lentement :

— Ménouhim, c'est moi, c'est moi-même.

Tous se lèvent en sursaut de leur siège. Les enfants qui dormaient déjà se réveillent et se mettent à pleurer bruyamment. Quant à Mendel, il est déjà sur ses pieds, et avec tant de vivacité que sa chaise s'abat derrière lui par terre avec fracas. Il marche, il court, il fait des sauts désordonnés, il se précipite vers Kossak, le seul de tous les assistants qui soit resté assis. On voit se produire dans la pièce un va-et-vient général. La flamme des bougies se met à vaciller comme sous l'effet d'un vent soudain. Sur les murs, où se dessinent les ombres des convives — tous debout, à présent — les silhouettes oscillent, elles aussi, autant que les flammes. Mendel se laisse tomber aux pieds de Ménouhim qui est demeuré sur son siège. La bouche tremblante, la barbe agitée, il cherche à saisir les mains de son fils ; ses lèvres couvrent de baisers tout ce qu'elles rencontrent à leur niveau : les genoux, les cuisses de Ménouhim et les pans de son veston. Puis Mendel se redresse, lève les mains ; on croirait qu'il est brusquement devenu aveugle, car il tâte de ses doigts impatients le visage de son fils. Ses vieux doigts malhabiles effleurent timidement les cheveux de Ménouhim, son large front lisse, les verres des lunettes, froids au toucher, et ces lèvres minces qu'il garde toujours fermées. Ménouhim demeure immobile sur sa chaise, sans bouger. Tous les convives entourent Ménouhim et Mendel. Les enfants pleurent, les flammes s'agitent à l'extrémité des bougies ; les ombres ne sont plus sur le mur des profils nets, mais d'épaisses nuées aux contours indécis. Personne ne parle.

Finalement, c'est la voix de Ménouhim qui se fait entendre :

— Père, lève-toi donc ! dit-il.

Il prend Mendel à deux mains sous les bras, l'élève jusqu'à lui et l'assied sur ses genoux comme s'il s'agissait d'un enfant. Tous les autres s'écartent. Voilà Mendel assis sur les genoux de son fils ; il sourit au cercle de ses amis et à chacun en particulier. Il chuchote tout bas : « La douleur lui donnera la sagesse, la laideur un cœur pur, et l'amertume une âme tendre. De la maladie, il tirera sa force. » C'est vrai, Déborah l'avait annoncé. Il entend encore en lui la voix de sa femme.

Skowronnek quitte la table, retire son vêtement de fête, enfile son pardessus et disparaît en annonçant : « Je reviens à l'instant. » Où va-t-il, Skowronnek ? Il n'est pas encore bien tard, 11 heures à peine ; ses amis sont certainement encore à table, chez eux. Il va de porte en porte, chez Groschel, chez Menkès, et chez Rottenberg. En effet, tous sont encore attablés devant le festin rituel. « Un miracle est arrivé ! Venez chez moi, vous le verrez ! » Il les emmène tous les trois auprès de Mendel. En chemin, ils rencontrent la fille de Lemmel qui vient de raccompagner ses invités. Ils lui racontent l'aventure de Mendel et de Ménouhim. Le fils de Frisch, qui partait justement se promener un peu avec sa femme, est aussi un des premiers à entendre la nouvelle incroyable. Ils sont déjà un certain nombre, maintenant, à savoir ce qui est arrivé. Dans la rue, devant la maison des Skowronnek, on se montre la preuve du miracle : l'automobile dans laquelle Ménouhim est venu jusqu'ici. Quelques fenêtres s'ouvrent, des têtes se penchent pour regarder. Menkès, Groschel, Skowronnek et Rottenberg entrent tous ensemble. Mendel s'avance à leur rencontre et leur serre la main sans rien dire.

C'est Menkès, le plus pondéré du petit groupe, qui a pris maintenant la parole :

— Mendel, dit-il, nous sommes venus pour te voir au comble du bonheur de même que nous t'avons vu naguère au comble du malheur. Est-ce que tu te souviens comme tu étais abattu ? Nous faisions bien de notre mieux pour essayer de te consoler, mais nous savions que c'était en vain. Et voici qu'à présent, sans quitter ce bas monde, tu fais l'objet d'un miracle ! Nous avons autrefois partagé ton chagrin, aujourd'hui, de même, nous partageons ta joie. Ah ! qu'ils sont grands, les miracles de l'Éternel ! Il sait en accomplir aussi bien de nos jours qu'autrefois, il y a des milliers d'années ! Béni soit Son nom !

Toute l'assemblée était déjà debout. Les filles de Skowronnek, leurs enfants et leur mari, ainsi que le représentant en disques et musique, s'étaient habillés pour partir et dirent au revoir aux autres assistants. Les amis de Mendel ne prirent pas le temps de s'asseoir, car ils étaient venus seulement pour lui présenter de rapides félicitations. Quant à Mendel, au milieu d'eux, il était le plus petit de tous, avec son échine voûtée et son vieil habit verdâtre, lustré, dans lequel il avait l'air d'un roi qui se serait déguisé pour passer incognito. Il lui fallait se redresser de toute sa taille pour pouvoir les regarder en face.

— Je vous remercie tous, dit-il ; sans vous, qui m'avez tant aidé, je n'aurais pas vécu jusqu'à cette heure unique. Regardez mon fils, regardez-le !

De sa main, il désignait Ménouhim comme s'il craignait que quelqu'un de ses amis ne prît pas la peine de considérer avec toute l'attention désirable ce fils retrouvé. Les yeux de l'assistance entière, comme l'eussent fait des mains expertes, évaluèrent à leur prix le tissu du complet, la cravate de soie, la perle de l'épingle, les mains fines du musicien et la bague qui les rehaussait encore. L'examen fini, on déclara de façon unanime : « En voilà un beau jeune homme ! Et un jeune homme distingué ! Rien qu'à le voir, on devine que c'est quelqu'un d'extraordinaire.

— Je n'ai pas de maison à moi, expliqua Mendel à son fils. Tu arrives chez ton père, et moi, je ne sais pas comment te donner un gîte où coucher.

— Je voudrais plutôt t'emmener avec moi, père, répondit le fils. Mais je me demande si tu estimes que tu as le droit de monter en voiture avec moi, à cause de la fête d'aujourd'hui.

— Si, si, il en a bien le droit, répondirent spontanément en chœur tous les amis présents.

— Oui, j'ai bien l'impression de pouvoir me le permettre, opina Mendel. Vois-tu, j'ai commis tant de grands péchés, et le Seigneur a bien voulu fermer les yeux ! Je l'ai traité d'ispravnik, et il s'est bouché les oreilles. Il est si grand que notre méchanceté à nous est trop petite pour l'atteindre. Oui, j'ai certainement le droit de partir avec toi.

Tous firent escorte à Mendel jusqu'à la voiture. Des voisins, des voisines se mirent aux fenêtres pour regarder ce spectacle exceptionnel. Soudain, Mendel prit ses clés, se dirigea vers le magasin, le rouvrit une dernière fois, se rendit dans l'arrière-boutique et décrocha le sac de velours rouge toujours pendu au même clou. Il souffla avec vigueur sur le tissu fané d'où s'envolèrent des nuages de poussière ; puis il descendit le rideau de fer, referma soigneusement à double tour et remit les clés à Skowronnek. Son sac au bras, il monta dans l'auto. Le moteur se mit en marche. Les phares s'allumèrent. Par-ci, par-là, on se penchait aux fenêtres pour lancer un adieu fraternel :

— Au revoir, Mendel !

Mendel Singer, soudain, retint Menkès par la manche et lui dit :

— Demain, à l'heure de la prière, tu feras annoncer de ma part à la communauté un don de trois cents dollars pour les pauvres. Au revoir, mes amis !

Et c'est ainsi qu'il partit, assis à côté de son fils, pour Broadway, 44e Rue, c'est-à-dire à l'hôtel Astoria.

16

CHÉTIF, le dos voûté dans son vieil habit verdâtre et lustré, tenant au creux de son bras son fidèle sac de velours rouge, Mendel Singer s'engagea dans le hall de l'hôtel. Il promena ses regards ébahis sur l'éclairage électrique, sur le portier à cheveux blonds, puis, en avant de l'escalier monumental, sur le buste de marbre blanc qui représentait un dieu inconnu, et enfin sur un nègre du plus beau noir qui voulait le débarrasser de son sac. Il monta dans l'ascenseur, et là il se vit dans la glace à côté de son fils. Il ferma bientôt les yeux, car il sentait le vertige l'envahir. Il était déjà mort, il flottait, il planait entre ciel et terre. Ce voyage irréel ne semblait pas vouloir finir. Son fils lui prit la main, car l'ascenseur s'arrêtait. Mendel marchait tout le long d'un immense corridor sur un tapis où les sons s'étouffaient. Il ne rouvrit les yeux qu'une fois vraiment entré dans la chambre. Selon son habitude, il alla droit à la fenêtre. Là, pour la première fois, il put voir de près ce qu'est la nuit d'Amérique. Il avait devant lui un ciel de pourpre où s'enflammaient, lançant mille étincelles, mille gouttelettes de feu, des lettres, des images et des signes. Il y en avait de rouges, de bleus, de verts et d'argentés. Mendel percevait aussi le vacarme complexe qui est le chant de l'Amérique : concert de trompes d'autos, de klaxons, de moteurs, de timbres et de sonnettes, échos du métal qui grince, du bois qui gémit, des sifflets stridents, des sirènes qui hurlent... En face de la fenêtre à laquelle Mendel était accoudé, on voyait apparaître toutes les cinq secondes un jeune visage féminin éclairé d'un large sourire. Ce visage était fait uniquement de paillettes scintillantes et de points lumineux juxtaposés ; au contraire la dentition éblouissante que laissait voir la bouche grande ouverte consistait en une plaque unique, en un seul morceau d'argent en fusion. Et voici qu'avançait, par ses propres moyens, une coupe aux tons de rubis d'où débordait une mousse abondante. Elle s'approchait peu à peu du visage épanoui, basculait d'elle-même et déversait son contenu dans la bouche accueillante avant de s'éloigner pour revenir, toujours remplie de liquide rubis, toujours surmontée d'une mousse pétillante. C'était une réclame pour une nouvelle marque de soda. Mendel ne pouvait s'empêcher de l'admirer, voyant en elle l'image parfaite de la félicité nocturne et de la santé rayonnante. Un sourire errait sur ses lèvres ; il regarda plusieurs fois de suite l'image lumineuse apparaître et disparaître, puis il s'en détacha pour se retourner vers la chambre. Il vit un lit tout blanc préparé pour lui. Ménouhim se balançait dans un rocking-chair.

— Je n'ai pas l'intention de dormir, aujourd'hui, dit Mendel. Toi, tu te coucheras et je resterai assis près de toi. A Zuchnow, tu dormais dans un coin, à côté du fourneau.

— Il y a un jour dont je me souviens parfaitement, commença Ménouhim en retirant ses lunettes, ce qui permit à Mendel de voir enfin à nu les yeux de son fils, des yeux qui lui parurent tristes et las. C'est un matin : le soleil brille, la lumière est très vive et à part toi, il n'y a personne dans la pièce. Tu t'approches de moi, tu me prends dans tes bras pour m'asseoir sur une table et tu donnes un coup contre un verre avec une cuillère, pour produire un son. Ce son était merveilleux, cristallin ; je voudrais le retrouver aujourd'hui pour m'en servir quand je compose et quand je joue. Ensuite, tu te mets à chanter. A ce moment, ce sont les cloches qui sonnent, de très vieilles cloches. A les entendre, on croirait qu'on frappe lourdement avec des cuillères énormes contre des verres gigantesques.

— Et ensuite ? Allons, dis-moi la suite ! demanda

Mendel. Lui aussi, il se rappelait exactement ce jour décisif où Déborah avait quitté la maison pour s'occuper des préparatifs de voyage, avec l'intention d'aller consulter Kapturak.

— De tous les jours d'autrefois, c'est le seul dont je me souvienne, conclut le fils de Mendel. Ensuite, pour moi, c'est la période où j'ai l'occasion d'entendre jouer souvent le gendre de Billes, qui était violoniste. Il devait, je crois, jouer tous les jours de son instrument. Quand il cesse de jouer, moi je l'entends encore ; je l'entends toute la journée et toute la nuit.

— Et ensuite ? Dis-moi la suite ! reprend Mendel, exactement sur le ton qu'il adoptait jadis pour inciter ses élèves à réciter leur leçon.

— Ensuite ? Longtemps il n'y a rien, et puis voilà qu'un jour je vois un grand feu, avec des flammes rouges et bleues. Je me jette par terre et je rampe jusqu'à la porte. Finalement, quelqu'un arrive qui me pose brusquement sur mes pieds et me pousse en avant ; alors, je me mets à courir tout seul. Je me retrouve dehors, je vois des gens, en foule, massés sur l'autre côté de la rue. Je crie : « Au feu ! » sans même m'en rendre compte.

— Et ensuite ? Dis-moi la suite ! réclame Mendel.

— Ensuite... ? Je ne sais plus rien. On m'a raconté beaucoup plus tard que j'avais été longtemps malade, inconscient. Les souvenirs qui me reviennent ensuite, ce sont déjà ceux qui datent de Saint-Pétersbourg : une salle toute blanche, des lits blancs et, dans ces lits, beaucoup d'enfants. Il y a un harmonium, qu'on entend, à moins que ce ne soit un orgue, et lorsqu'on en joue, moi je chante en même temps, de toutes mes forces. Un jour, le docteur m'emmène en voiture chez lui. Une grande dame blonde, en robe bleu clair, joue du piano. Elle se lève. Je m'approche des touches ; dès que j'y pose les mains, elles produisent une musique. Et puis voilà que je peux jouer sur le clavier les airs que j'ai entendus à l'orgue, ceux-là et d'autres, enfin tout ce que j'ai pu chanter jusque-là.

— Et ensuite ? ensuite ? insiste Mendel.

— En somme, je ne crois pas qu'il y ait pour moi, à

part cela, rien de vraiment important ; l'essentiel, je l'ai vécu pendant ces quelques jours-là. Oui, j'ai bien un vague souvenir de ma mère. Auprès d'elle, je me sentais entouré de chaleur, de bien-être. Il me semble me rappeler qu'elle avait une voix très grave. Son visage me paraissait immense, tout rond, comme un univers infini.

— Et encore ? encore quoi ? répéta Mendel.

— Tu penses à Miriam, à Jonas, à Chémariah ?... Non, je ne retrouve rien d'eux dans ma mémoire. C'est par la fille de Billes que j'ai entendu parler d'eux, seulement beaucoup plus tard.

Mendel poussa un soupir.

— Ah ! oui, Miriam, dit-il en écho.

Il la revoyait, drapée dans son châle jaune, avec ses mèches folles, ses cheveux noirs de jais, alerte et légère comme une jeune gazelle. Elle avait les yeux de Mendel.

— J'ai été un mauvais père, avoua-t-il. Je ne t'ai pas assez bien traité ; ni elle non plus. Et voilà qu'elle est perdue, à présent ; les médecins n'imaginent pas comment on pourrait la guérir.

— Nous irons la voir, je te le promets, répondit Ménouhim. Regarde, père, est-ce que moi, on n'a pas trouvé moyen de me guérir ?

Bien sûr, Ménouhim avait raison. « Le cœur de l'homme est insatiable, songea Mendel. A peine un miracle vient-il de s'accomplir qu'il lui en faudrait déjà un nouveau. Attends donc un peu, Mendel Singer ! Un peu de patience. Regarde donc à quel point il s'est transformé, Ménouhim, le pauvre infirme ! Regarde ses mains fines et ses yeux, comme ils sont intelligents. Et la peau de ses joues, comme elle est devenue lisse ! »

— Il faut te coucher, père ! conseilla Ménouhim.

Il s'agenouilla sur le parquet et se mit en devoir de retirer à Mendel Singer ses vieilles bottes. Il considéra les semelles trouées, rongées sur les bords par l'usure ; il vit l'empeigne jaunâtre reprisée à maints endroits, les tiges de cuir râpées, puis les chaussettes déchirées et le bord effrangé du pantalon. Il déshabilla son vieux père et le mit au lit. Puis il quitta la pièce pour aller prendre un livre dans sa valise, revint auprès de Mendel, s'assit dans le rocking-chair, tout près du lit, alluma la petite veilleuse voilée de vert, et se plongea dans sa lecture. Mendel fit semblant de dormir. Il gardait entre ses paupières une étroite fente entrouverte, juste assez pour lancer des regards furtifs vers son fils. Celui-ci abandonna bientôt son livre et dit à son père :

— Tu penses à Miriam, n'est-ce pas ? Nous irons la voir. Je demanderai à certains médecins de l'examiner. Tu verras qu'on pourra la guérir. Elle est encore jeune, voyons ! Mais toi, il faut dormir.

Mendel ferma les yeux ; pourtant il ne s'endormit pas. Il continuait de penser à Miriam tout en écoutant les bruits insolites du nouveau monde et, à travers ses paupières closes, il sentait la présence des flammes nocturnes dont s'illuminait le ciel phosphorescent. Non, il ne dormait pas, mais il se sentait bien ; il se reposait. L'esprit conscient, il s'abandonnait au sommeil absent, dans l'attente du petit jour.

Son fils lui prépara un bain, l'habilla et l'installa dans la voiture. Ils roulèrent longtemps à travers des rues bruyantes, puis quittèrent la grande ville pour s'engager sur une longue route très large, bordée des deux côtés par des rangées d'arbres en fleur. Le moteur bourdonnait avec des vibrations suraiguës ; la barbe de Mendel flottait au vent. Il gardait le silence.

— Tu n'as pas envie de savoir où nous allons, père ? demanda Ménouhim.

— Non, répondit Mendel. Je ne veux rien savoir ; du moment que tu y vas, je suis sûr que cela me plaira.

Et ils aboutirent à une contrée où le sable fin avait une couleur fauve, où la mer se révélait bleue à perte de vue, où toutes les maisons étaient d'une blancheur éblouissante. Bientôt, Mendel Singer prit place sur la terrasse d'une de ces maisons, en face d'une élégante table basse. Il buvait à petites gorgées un thé de teinte ambrée. Son dos voûté sentait, chaude et bienfaisante, la caresse du premier soleil de l'année. Quelques merles, en sautillant, venaient se poser tout près de lui. D'autres gazouillaient gaiement en bordure de la terrasse. Les vagues de la mer, avec douceur, frappaient la plage à coups réguliers, et faisaient entendre un joyeux clapotis. Quelques nuages légers détachaient leurs formes blanches sur le fond bleu clair du ciel. L'aspect de ce ciel incitait Mendel à croire qu'un beau jour Jonas retrouverait le chemin du pays et que Miriam reviendrait au foyer paternel. Une citation chantait dans sa mémoire : « On ne trouvait pas dans toute la terre d'aussi belles femmes que les filles de Job. » Et quant à lui, Mendel chargé d'ans, il verrait venir la mort, sans crainte, entouré de petits-fils sans nombre et « rassasié de jours », comme il est dit à la fin du Livre de Job. Il éprouvait un désir étrange, le désir d'un geste interdit, celui d'enlever sa vieille calotte de reps et de chauffer au soleil son crâne, bien vieux lui aussi. Donc, pour la première fois de sa vie, Mendel Singer découvrit délibérément son chef, ce qu'il n'avait jamais fait ailleurs que dans les bureaux pour saluer des fonctionnaires, à moins que ce ne fût pour se baigner. Sur sa tête chauve, quelques rares cheveux frisottés dansaient légèrement au souffle de la brise. On aurait dit des plantes délicates, des tiges fragiles aux formes étranges, agitées au gré du vent.

Ce geste était un salut que Mendel Singer adressait à l'univers.

A cet instant, pareille à un trait d'argent tombé du ciel, une mouette s'engouffra brusquement sous le vélum qui ombrageait la terrasse. Mendel observa la sûreté de son vol rapide et le sillage radieux, immatériel que l'oiseau traçait derrière lui dans l'azur de l'horizon.

Ménouhim prit alors la parole :

— La semaine prochaine je dois me rendre à San Francisco. Sur le trajet du retour, nous nous arrêterons dix jours à Chicago pour une série de concerts. Dans ces conditions, je crois bien, père, que nous pourrons partir pour l'Europe dans moins d'un mois.

— Et Miriam ?

— Je compte bien la voir dès aujourd'hui ; je parlerai de son cas à des médecins. Tout va s'arranger, père, tu verras. Qui sait si nous ne pourrons pas l'emmener ? Peut-être qu'elle guérira quand elle sera en Europe...

Ils retournèrent à l'hôtel. Mendel alla dans la chambre de son fils. Il se sentait las.

— Étends-toi donc sur le divan ; tu devrais faire un petit somme, lui conseilla son fils. Dans deux heures je serai de retour.

Docile, Mendel s'étendit. Il savait où se rendait son fils. Ménouhim allait voir sa sœur. C'était un être merveilleux, Ménouhim. Il portait en lui la bénédiction divine. Il saurait, lui, guérir Miriam.

Mendel remarqua une grande photographie posée sur le guéridon dans un cadre d'un brun mat.

— Montre-moi cette photo, demanda-t-il à son fils.

Il la considéra longuement. On y voyait une jeune femme blonde, vêtue d'une robe claire, claire comme le jour. Elle était assise dans un jardin que la brise animait de son souffle, agitant le feuillage des arbustes en bordure des pelouses. Deux bambins, une petite fille et un petit garçon, se tenaient sagement à côté d'une voiture à leur taille attelée d'un âne, telle qu'on en voit dans certains parcs pour amuser et promener les enfants.

— Que le Seigneur les bénisse ! prononça Mendel.

Le fils s'en alla. Le père resta sur le divan. Il reposa la photo avec soin, près de lui, à portée de sa main. Ses yeux las erraient à travers la chambre. Ils s'arrêtèrent au niveau de la fenêtre. Du divan très bas où il se trouvait, il pouvait voir toute une portion du ciel. Ce ciel sans nuages lui apparaissait bordé d'une rangée de créneaux au profil assez irrégulier. Il reprit en main la photo. Ainsi c'était sa belle-fille, la femme de Ménouhim ; c'étaient ses petits-enfants, les enfants de Ménouhim ! En examinant de plus près le visage de la fillette, il croyait voir un ancien portrait de Déborah : Déborah quand elle était petite ! Elle était morte, Déborah ; peut-être avait-elle aujourd'hui des yeux, différents de ceux de jadis, des yeux d'au-delà, pour être témoin, elle aussi, du miracle. Mendel évoquait d'un cœur reconnaissant le contact jeune et chaud que lui avait jadis prodigué sa femme. Il revoyait ses joues empourprées, ses prunelles mi-closes qui brillaient dans la pénombre des nuits d'amour — sources de lumière à peine perceptibles, mais combien attirantes. Pauvre Déborah, trop tôt disparue !

Il se leva, poussa une chaise tout près du divan, posa le cadre bien droit sur la chaise et se recoucha. Lentement, peu à peu, ses yeux se refermaient sur l'azur d'un ciel pur, serein et sans limites, qu'ils voulaient emporter pour embellir ses rêves en même temps que les visages de ces nouveaux petits-enfants. Auprès d'eux surgissaient de l'ombre, dans le cadre, deux formes bien connues, Jonas et Miriam. Mendel déjà s'assoupissait. Puis il s'abandonna au sommeil qui répare, écrasé sous le poids du bonheur imprévu et vaincu par l'excès de grandeur des miracles.

Achevé d'imprimer en mars 1989
sur les presses de l'Imprimerie Bussière
à Saint-Amand (Cher)

PRESSES POCKET — 8, rue Garancière — 75285 Paris
Tél. : 46-34-12-80

— N° d'imp. 7279. —
Dépôt légal : mars 1989

Imprimé en France